MAYA

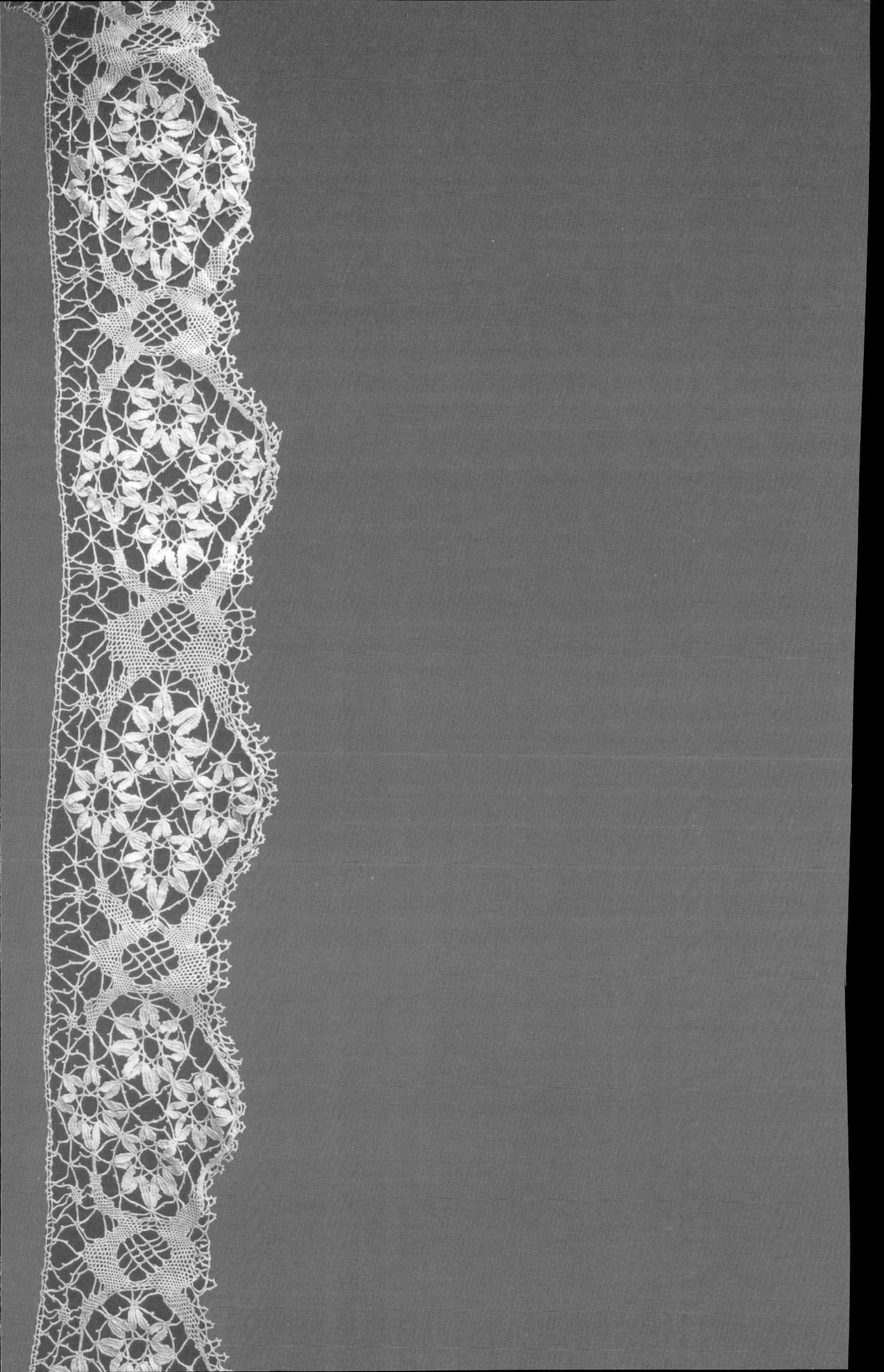

MAYA

HILDA SIMÕES LOPES

Porto Alegre, 2025

Libretos

Na escrita não bastam ideias,
é preciso torná-las sensíveis.

Annie Ernaux

Não só vos comeis uns aos outros, senão
que os grandes comem os pequenos (...)
Porque aos grandes que têm o mando
das Cidades e das Províncias, não se
contenta a fome de comer os pequenos
um por um, poucos a poucos, senão que
devoram e engolem povos inteiros.

Sermões, Padre Vieira

Para meus amigos,

Mário Mattos, incomparável artista dos pampas e simoneano apaixonado.

E, in memoriam,

aos inesquecíveis
Major Ângelo Pires Moreira
e Adão Monquelat.

SUMÁRIO

As vivandeiras ou "las chinas quarteleras" em embarque de soldados, no Porto de Montevidéu

Altos da Praia assim era chamado o campo da Matriz, em 1779. Acima, a pequena capelinha do Espírito Santo, reformada no século XIX

PREFÁCIO

A trajetória da mulher rumo ao entendimento e à liberdade

MAYA, filha espúria da contradição. Europeia e africana; nem europeia, nem africana. Os olhos verdes e os cabelos cacheados são os legados do pai holandês. A epiderme preta vem da mãe sudanesa. Assim, nasceu predestinada às indefinições, com a sina do judeu errante.

Seu ponto de partida é o pior possível. Do fundo de um poço. Amanhece para a vida numa terra consagrada à Virgem do Rosário, no cenário da batalha de Ituzaingó, como a Maria Cadela, china de regimento, estuprada mil vezes, vilipendiada, pisoteada, revolvida pelas entranhas.

O tempo e o lócus da trajetória não são lineares. A narrativa é atemporal e nela convergem e dialogam, como contemporâneos, acontecimentos e vultos de diversas épocas. Também o espaço da caminhada de Maya é imaginário. Maya perambula por ruas e lugares ainda não registrados nos mapas.

O compromisso da autora é com os valores universais, a beleza, a bondade, o amor, o conhecimento, a liberdade, cuja compreensão Maya vai adquirindo na sua peregrinação, desde o colo de Dandara, do acalento de Bartira, do acolhimento das herdeiras de Isabel Carneiro da Fontoura, dos ensinamentos de Luciana de Abreu. A obra de ficção prescinde da verossimilhança factual.

A autora recolhe retalhos da memória familiar, de lendas urbanas, dos imaginários popular e social e da crônica histórica para tecer o fio condutor das jornadas de Maya. Ao recolher esses retalhos, os reelabora, os recria ficcionalmente; por eles Maya vai passar.

Hilda Simões Lopes identifica Porto Alegre como a sede da construção da mulher rio-grandense, onde aprendeu a ter opinião, livre dos grilhões patriarcais. Maya desperta para sua trajetória na Porto Alegre vista como uma encruzilhada, local de múltiplos encontros e desencontros, convivência e exclusão, amores e ódios, guerra e paz, vida e morte, onde o outro e a diversidade são percebidos em sua maior dimensão e as interdições são carregadas da mais cruel impiedade, onde hábitos, costumes, valores, expectativas, modos de fazer e formas de estar no mundo cambiam de acordo com a origem e o destino de cada um. É a sede de ordenamento e ajuste de subjetivações que desencadeiam processos de redefinição da própria identidade e na qual seus sobreviventes resultam nas melhores testemunhas.

É em Porto Alegre que Maya, como sobrevivente de entrechoques culturais e das muitas vezes tentadas ressignificações de sua individualidade, dá o seu testemunho. Sua origem indefinida e contraditória, sua marginalidade social e cultural é estruturante de sua resiliência, de seu modo de enfrentar o dia a dia, de encarar as contingências da transitoriedade, de emprestar significado e finalidade às coisas miúdas de suas circunstâncias, de enfrentar todas as suas vicissitudes como medida de sua energia vital.

No turbilhão de sua existência anônima, o estímulo para a reflexão, o sopesamento, a decisão e à vertente forte do aprendizado da vida conflui o insopitável desejo de ter uma identidade, de ter procedência, condição de dignidade e vai para a África. Cumpre a sua sina, a mesma sina do judeu errante...

Miguel Frederico do Espirito Santo
Presidente do Instituto Histórico e Geográfico do Rio Grande do Sul

1.

Província de São Pedro do Rio Grande do Sul, 1825

É uma noite assustada. No céu, nuvens encarvoadas ora escondem e ora mostram o prateado clarão das afiadas pontas do crescente e na terra os homens cumprem o ancestral gesto de abrir enxergões e pelegos para encobrir cavalos, afinal, para eles será o calor na madrugada de ventanias gélidas. Os uivos dos lobos-guarás, pumas e graxains angustiam gente imersa em fantasmas enquanto a natureza salienta o contorno sensual da coxilha a separar os homens da guerra.

A coxilha. Ela sabe como os homens amontoados por um lado chegaram da banda oriental e os amontoados por outro lado vieram de terras brasileiras. Sabe ainda como seu corpo ao campo deitado para encantar a existência mais uma vez irá sofrer o macabro ritual das lutas pela morte e pela vida. E a noite fareja pólvora, os homens enfileiram canhões, prendem lumes nos candeeiros e chamam a mulher.

Ela chega. Avançam vários tambores e três violas, o ritmo do Candombe se insinua, cresce, contagia, semeia gosto de vida e impõe esquecer a guerra. A mulher sobe ao canhão e em pisadas de puma esparrama sensualidade e mansidão. Chega à extremidade, começa o sapateado e lento feito se descascasse pêssego maduro põe-se a abrir o poncho que escorrega ao chão. Fica nua, só nos pés, botas de salto fino. Dança feito uma onça, escarva chamando ao ataque e dando salto felino cai noutro canhão. Gritos, uivos, assobios e vivas à Cadela! abafam a música. Soa a corneta, fala um coronel.

– Tropa! Exigimos silêncio. Maria Cadela dançará para seus corpos e nossas forças, como também nossos cavalos serem protegidos. Ao amanhecer as tropas das Províncias Unidas do Prata vão nos atacar, e que se cumpra a magia. Mulher nua dançando em cima dos canhões em véspera de batalha fecha nossos corpos a todo e qualquer ataque inimigo.

O corneteiro toca e o coronel conclui: Esse corpo que os excitará e deslumbrará não pode ser tocado para a fúria do desejo entumecer suas veias e suas forças à vitória!

Para ela, é obrigação. Sempre mais forte, a música invade a todos por dentro e derrama cores por fora. Com vagar e gana a mulher sapateia, o ritmo acelera, ela convida e ameaça e com a guampa cheia de pedras bate as mãos ao alto à moda chocalho. O Candombe se esparrama e Maria, igual puro-sangue em rédea curta sapateia de lado um chamamento imenso, inebria e subjuga. Ouve-se o choro da viola de dez cordas e ela arranca as travessas, a cabeleira preta em ondulado largo e macio cai numa juba que arrepia os homens e apequena as mulheres. E o Candombe, aquela imensidão de sentimento e erotismo maneado, enrola e desenrola e chora e se lamenta, e ainda o chocalho de osso picoteia, provocando, atiçando e convidando.

É um bailado cadenciado por desafio e ela bate os pés, serpenteia os braços e grita o incompreensível. E se a música espicha lamento, ela desliza. Voa e rola no canhão, vira serpente negra para de pé armar o bote. A ameaça subjuga. Os "olés!" acompanham, enquanto homens seguem a trazer garrafas com lumes no óleo para mais alumiar. O corpo negro reluz, a imensa cabeleira jogada às costas e a lindeza do rosto colérico e molhado, com dois grandes olhos verdes em faísca, altivos e distantes, queima.

O Candombe acelera o ritmo e os homens fazem passos de dança quando Zuleide-Cama-Quente atira um xale à dançarina. E Maria Cadela, a se enrolar e desenrolar, abre o pano em forma de saia, seios nus e botas negras, as flores do xale rodopiam, vestem e desnudam, a magia aumenta e os homens urram. Ela percebe, ela domina, ela sabe e sente, tem todos aos seus pés. Invadida por força, prazer e raiva, começa a bambolear e a bater as botas nos ferros, e num erotismo estonteante joga a cabeleira sobre o rosto e apenas a boca, vermelha e úmida, se mostra. Alonga a perna e afunda o salto nos soldados, um deles pega-a com firmeza. Maria estaca, derrama a cabeleira ao lado, puxa da bota o punhal e num grito tresloucado encosta a finíssima ponta do florete no pescoço do homem. Tudo silencia. Só a voz dela:

– Filho da puta!

Ouve-se a corneta e o homem se afasta, a música recomeça. E Maria ainda mais provoca, enrola-se nos canhões, no xale, e de pé, ao ritmo cadenciado e excitante, avança, mais e mais, sempre mais.

Zuleide, a furiosa, se aproxima, teme as audácias de Maria Cadela. Contavam doutra pendenga com castelhanos, quando um deles viu em carroça brasileira a mulher amamentando; achegou, puxou a espada e lhe decepou o seio. Enxergou a criança aos berros e a matou. Zuleide montou-lhe as costas e numa só estocada degolou a criatura. Caiu agarrada ao morto e foi socorrer a mãe gritando: Tragam sal, cinza e pimenta forte pra cicatrizar, panos pro curativo e cachaça pra essa infeliz se emborrachar. Corria nas tropas que a vivandeira Zuleide-Cama-Quente era conhecedora de ervas, benzedeira e curandeira de respeito.

A corneta sinaliza, a música para e o coronel ordena: Todos aos pelegos, hora de dormir.

As vivandeiras cercam Maria Cadela, atiram-lhe o poncho e seguem para debaixo de suas árvores e de seus panos. São mulheres familiarizadas com o perigo, pertencem *àquella raza indomable* rejeitada pela sociedade, acompanham os homens nas guerras, conhecem os segredos dos matos, são guerreiras e amantes, mães de filhos *das touceiras* por não saberem o pai, paridos ao longo das marchas e levados na cintura da mãe, às vezes pendurados no pescoço de um ou outro soldado.

Naquela noite elas ficariam em espaço apartado da tropa; abrem pelegos e se enrolam, discutem e riem, briguentas e debochadas. Algumas erguem a voz e cantam: *Quem a vida quiser verdadeira...* e as vozes seguem... *é fazer-se uma vez vivandeira.* Aproxima-se um imenso vulto de mulher e continua: *Só na guerra se matam saudades... só na guerra se sente o viver!*

– E agora tratem de dormir! – diz a voz forte e firme da "vó Bartira".

Faz-se o silêncio e Bartira, a índia guarani dita nos oitenta, volta para debaixo do cinamomo e sua charrete. Contavam dela histórias nunca bem esclarecidas porque a índia era do silêncio, das fumaças de seus rituais e das falas curtas. Vivandeira noutros tempos, assim constava, agora morava à beira do Rio Uruguai.

Foi na estrada a caminho da guerra o encontro da índia com as vivandeiras. Vinham elas a cantar seu hino quando Bartira apareceu na charrete e acompanhou: *Quem a vida quiser verdadeira... é fazer-se uma vez vivandeira.* As vivandeiras aplaudiram, fizeram perguntas e ela disse: Sou Bartira, e nada explicou. Tinha duas longas tranças de cabelos brancos amarradas com cipó, em torno à cabeça uma faixa de palha bordada com missangas coloridas e um vestido vermelho desbotado e de estamparia miúda.

E como as mulheres viessem de corpo cansado foram parando, falando em café, no pão e nas *galletas*. Não eram as mulheres dos soldados, não sabiam seu destino, mas grudavam nos batalhões a caminho das guerras e lá cuidariam dos cavalos, fariam comida, seriam enfermeiras, rasgariam as saias arranjando ataduras para os feridos, fariam benzeduras e bruxarias, lavariam e costurariam roupas, e acima de tudo enlouqueceriam os homens nos pelegos, no meio dos pastos, nos riachos e nas cachoeiras, sem nada pedir ou cobrar. Apesar das ervas de aborto fervidas e sempre tomadas, quando sentissem a gravidez usariam talos de folha de couve enfiados até o útero para vir a hemorragia e o aborto; usavam ainda seringa arranjada com bambus cheios da mistura de raízes de gravatá maceradas na gordura de orelha de jacaré para não emprenhar e aquilo não tinha fim, cada uma um ensinamento, e muitas infecções e várias mortes. E quando faltava o tabaco, elas cavavam e pegavam raízes, secavam e picavam para enrolar nas palhas de cigarros engendrados.

O prazer do corpo cheio de canha, a alegria dos bailes e das risadas, a fervura das brigas e das lutas quando pegariam os cavalos e as armas de mortos e feridos e ocupariam seus espaços na batalha, matando, apunhalando e pondo a correr. Entre elas havia figuras assustadoras, verdadeiras megeras prontas ao enfrentamento, a lutar e a degolar. Tudo as incendiava porque pelejar e ajudar machos de farda, lutando por seu povo, eram princípios de vida. Também rezariam e fariam enterros e muitos observadores diriam serem abnegadas. Mas por agora pensarem no café, elas foram parando e abrindo as trouxas.

Bartira ergueu o relho e o cavalo avançou.

– Tome um café conosco, vó Bartira!

A velha índia puxou as rédeas e fixou o grupo. Para onde vão? Encontrar os batalhões, lá na beira do Rio Uruguai. Ela fincou os olhos e sentenciou:

– Não deviam. Quem vai ganhar essa guerra são os castelhanos.

Como ela sabia? Ela não respondeu, mas desceu da charrete, amarrou as rédeas, pegou um pelego para sentar e disse:

– Um café me agrada – e se calou num mutismo férreo.

As mulheres seguiam gritando e rindo. Acenderam um fogareiro torto e enferrujado e aqueceram o café entregue à velha de pernas cruzadas à moda guarani. Nada disseram, nada ela falou nem mais nada aceitou, só as olhava num olhar forte e esperto que desassossegava.

Perguntaram como ela sabia a letra do "Hino das Vivandeiras". Fui uma delas, disse. Fizeram muitas indagações, donde era, contasse das guerras doutras épocas, como eram os machos daqueles tempos. Conte! – insistiam.

Sempre calada, ela se põe de pé: Agradeço o café. E fixando a menina pretinha, alta e magrinha, pergunta: Guria, como te chamas? Me chamam Maria Cadela, disse. E a índia sentenciou: Teu nome está errado.

Entrou na charrete, açoitou o cavalo e foi adiante.

E as vivandeiras, depois de a dizerem caduca, também juntaram suas tralhas, puseram seus amarrados de caçarolas nos ombros e seguiram o caminho. Ignorando como, ao chegarem nos campos do Passo do Rosário a primeira coisa que enxergariam embaixo de um grande cinamomo seria a charrete de Bartira.

– Será que veio trepar ou lutar? – gargalhava o mulherio.

No campo, bem ao fundo, uns dois ou três quilômetros além, também havia mulheres. Dentro de uma carroça com toldo, algumas prostitutas contratadas pelo exército ali ficavam. Ganhavam dinheiro semanal que perderiam se dali saíssem. As vivandeiras diziam-nas "o puteiro" dos soldados. Ganhavam bom dinheiro para servir à soldadesca, quando quisessem, quantos quisessem e como quisessem, sequer nome tinham, eram prazeres pagos e se incomodassem seriam tocadas a relho. Elas odiavam as vivandeiras, por isso a distância, se ficassem mais perto, iriam se matar em brigas que em geral ganhavam em fúrias e maldades às lutas dos militares nas batalhas.

Ora, acontecia as vivandeiras serem instáveis e arruaceiras, furiosas e capazes de grandes maldades nos campos de batalha onde saqueariam os cadáveres, por vezes maneando moribundos para deles tirar coisas de valor. Seriam servas, criadas, lenhadoras e rameiras, passariam frio e por vezes atravessariam dias e noites caminhando com fome e sede. Sabiam como aquilo passaria e depois iriam divertir os acampamentos sentadas em volta ao fogo para rir e falar de amor. Chamadas de "vivandeiras" no Brasil e de *chinas cuarteleras* no Prata, a cada uma os homens rebatizavam, dando um nome quase sempre humilhante, debochado ou ridículo como "A Cara de Macaca", a "Égua Velha", a "Cama Quente" ou a "Tigra Vesga". Embebedavam umas às outras para levarem a seus pelegos os melhores combatentes e homens de alta patente e, caso morresse alguma, as outras brigariam por seus anéis e pulseiras.

Não apareceriam em registros oficiais ou na escrita de historiadores, ninguém delas se lembraria e nunca teriam estátua, homenagem, nome de rua, ou mesmo de beco em pracinha do interior. Mas nas guerras e nas revoluções elas seriam as indomáveis e terríveis protagonistas da retaguarda nos campos de batalha. No Brasil, fizeram leis proibindo sua presença junto aos batalhões, espalhavam doenças e disseminavam bebedeiras. Mas nenhuma legislação as submetia, apareciam nas estradas e nos portos com suas trouxas e panelas e eram invencíveis às leis e aos generais, aos ferimentos e às mortes.

Veja, amigo, toda história é filha doutra história, então busquemos o nascedouro dessa de estar eu a lhe contar. Pois foi lá pela Bahia e em tempo distante quando venderam Dandara, a escrava africana, para charqueadores do extremo Sul. Com mais de cinquenta anos ela já pouco valia e dos nove filhos só restava a pequena. E quem sabe, passados dois ou três anos comprassem a menina por bom dinheiro, diziam os comerciantes do "ouro negro".

Dandara lembrava a chegada e a fala dos negociantes: Esta é sudanesa, vale mais. Era comprada, vendida e revendida e em altas vozes apregoavam, vale mais pela boniteza e a marca de trabalhadeira revelada nas pernas finas. E além do mais, diziam, ia pra cama, pro catre, pros cantos e recantos com os homens da casa, sem regatear ou precisar castigo.

As senhoras dos casarões dela gostavam, fazia bonito passando bandejas nas festas e nessas ocasiões usava panos de seda enrolados na cabeça, saias brancas engomadas com babados cheios de rendas, colares de contas coloridas e imensas argolas douradas nas orelhas. E as mulheres da senzala ensinavam como fazer para não emprenhar, pois se tivesse filho seria escravo, e contavam a dor e o desespero de ver um filho apanhar à toa, ganhar castigo nos ferros ou ser vendido e nunca mais dele saber.

E lhe digo, de todos os filhos de Dandara, alguns morreram, outros vingaram e tomaram seus rumos, vários fugindo, alguns negociados. Quando envelheceu e foi vendida para ser escrava nas estâncias do Sul levava consigo Iára, a menina de cabelo meio ondeado e olhos verdes feito esmeralda; nunca soube quem eram os pais dos filhos nascendo mas de Iára, ela tinha certeza, o pai era o louro alto, de olho verde e fala arrevesada que vivia na fazenda, lá pelo meio das lavouras de canas-de-açúcar.

Chegou na estância do Sul e conheceu o frio, o vento zunindo e assobiando solidão nas árvores e nas janelas, e vieram as chuvas e os temporais, viu as árvores caindo e sentiu amargor ao perceber a gemedeira dos galhos se misturando às cantorias tristes da senzala. Sempre doente, sempre revendida para cá e lá, não se deixava ir sem a menina e tanto era o choro, os beijos na pequena e a imploração, que sempre a negociavam, como diziam, com cria ao pé. Morreu na madrugada em que a fazenda tinha hóspedes e a menina de treze anos havia dias ajudava na cozinha da casa-grande; naquela noite Iára deixou cair a bandeja com os copos de cristal e foi levada ao tronco, nele amarrada, levou surra de chicote. Queria a mãe, por ela chamava e foi como soube, passava mais de semana, Dandara tinha morrido na senzala.

Tonteou, emudeceu, a cabeça ficou oca de pensamento e vida, cheia de uma gosma grudenta e entregue para onde a empurrassem. Certa madrugada enxergou a brancura em risco entrando pelo buraco do telhado e pulou a janela, sentiu o luar e a imensidão da lua cheia e a ela implorou: Mãe, me cuida. Seguiu pela claridade a caminho da estrada e assim se foi, volteando atalhos para não ser achada, indo e indo até quando, sem forças, viu o rancho onde lhe deram abrigo e um prato de comida. Ao perguntarem seu nome dizia ser Maria, afinal, intuía como por certo havia escravos e capitães do mato em busca da menina Iára. E de novo e quase sem fala alguma, ela pegava a estrada e ia adiante, sempre adiante, ela e o pavor de ser achada pela gente da estância.

Caminhou com fome e frio, às vezes um rancho e alguma comida, então se alimentava e criava força. Quando naquela tarde preta, com redemoinhos de vento desgalhando as árvores e trovoadas acenando a morte, tomada por tremedeira e queimação perdeu as forças, deitou no barranco e a carreta encostou. Era puxada por dois bois e a mulher desceu. Ao nela tocar, falou num grito: Criatura, donde saíste?

– Não sei – sussurrou.

– Onde moras?

Chamou o velho e a colocaram na carreta. E aos berros, para ser ouvida em meio aos raios e às trovoadas exclamava, a guria ardia em febre, talvez nem resistisse.

No rancho, foi deitada nos pelegos do chão, coberta por um poncho, olhos fechados e corpo fervendo. A mulher trouxe o primeiro chá e logo outro chá, e vinham mais chás e ela suava e ela gemia e a mulher puxou as roupas molhadas e a enrolou em panos secos e enxergões, e foi o dia e foram as noites e a guria da estrada, como o velho e a mulher diziam, deu por si numa tarde, ao sentir o caldo morno de galinha, a canha com butiá e aquele xarope grosso de banana do mato com folha de corticeira, mel e hortelã que a mulher fazia beber.

Então naqueles dias se conheceram, e ela se dizia Maria e a mulher se disse Jurema; e se uma falava na mãe escrava morta, em cristais quebrados e surra de chicote, a outra dizia trabalhar em guerras e seu ofício era importante, era em defesa da liberdade.

Ao amanhecer Maria tremia de novo, a febre voltava, e enquanto o velho pegava galinha a matar, Jurema trouxe os panos molhados e lhe enrolou a cabeça.

E a febre, dava a ver, era menor e Maria melhorava. O velho e Jurema diziam esquisita aquela melhora, pois assim com uma fala entremeada por tremedeira, igual contasse história, por vezes a guria erguia um braço, apontando, dizendo, explicando.

Mas de Maria, eles só viam o por fora, dado no por dentro ela estar longe. Percorria as areias do Saara e a imensidão desértica, bem conhecida por Dandara e tantas vezes a ela contada. Somos da tribo dos Dinka – a mãe dizia e repetia – a mais respeitada no Sudão, lá onde os caçadores de escravos me pegaram; nós tínhamos gado e quando a seca chegava a gente ia tocando as vacas e os bois até as águas do Nilo, um rio lindo, tão lindo e tão sagrado. E aí Dandara não mais falava e a menina, escutando suas histórias desde o colo, via a lágrima correndo e ainda muito pequena secava a gota com as mãozinhas. Depois de crescida, ao conhecer nas pessoas os choros grandes, lembrava o choro da mãe, imenso feito o Saara e fundo igual ao Nilo, sim, tinha certeza de ser assim, mas era estranho, no choro de Dandara, a lágrima era uma só, só uma.

Acordou na manhã em que Jurema fazia o café. Ergueu o corpo e falou: Siá dona, esqueci o seu nome, me desculpe.

Então no rancho de torrão entrou uma alegria de pouco riso e escasso carinho, mas de muita vida, um existir em contentamento. E foi assim como Maria falou para o velho e Jurema:

– Estou no existir em contentamento.

Eles se achegaram, como tu falas bonito! Ah!, não sou eu – disse Maria – é Dandara, minha mãe, sonhei com ela e ela sempre dizia como na África o existir era em contentamento.

Jurema esperava outra batalha, logo brasileiros e castelhanos se atracariam pelo chão, bem ali onde estavam, dizia e repetia. E o velho, só a falar com voz lanosa no pouco dinheiro, na luta para viver e mais não disseram, porque Maria entendeu, agradeceu e disse, logo seguiria pela estrada em busca de lugar onde tivesse o de fazer em troca de trabalho e moradia.

Assim acertaram. O velho sabia de casa onde talvez ela tivesse serventia. Maria, fica mais dois dias para te fortalecer, depois segue teu caminho, falou Jurema. No meu rumo não te levo, vivandeira também é puta, não levas jeito.

Maria caminhava em volta ao rancho, descia a ver o riacho, sentava no campo e subia nas árvores. Gostava do jacarandá, as folhas em renda franjada e as flores daquela cor cheia de luz que não sabia o nome. Jurema ensinou, lilás, era o nome da cor. Não, é roxo claro, disse o velho e enquanto discutiam Maria concluiu ser a mais linda cor da existência, ainda teria uma roupa lilás, e esfregava as mãos no pano de saco cinzento virado em roupa de uso enquanto lavava o vestido.

Pediu retalhos, corta para cá e lá, costura ali e aqui e fazia duas calcinhas, talvez desse para fazer três, e empurra agulha de um lado e puxa do outro, e, sim, a África estava lá, e então Maria cantava a música sem letra mas com melodia e ritmo, e repetia baixinho e repetia alto, e se enxergava no colo de Dandara. E quais seriam as palavras do recheio da música sempre cantada pela mãe enquanto crescia, primeiro no colo, mais adiante quando chorava e no navio a caminho dali, o lugar da friagem, das ventanias e do rio? E estava em cima do jacarandá com suas falas caladas quando inventou de enfiar palavras na melodia, igual enfiava agulha nos pedaços de saco; olhava as flores lilás e muitas ia pegando, esparramou por tudo e prendeu nos cabelos e no faz de conta se disse, eu agora sou a princesa das flores.

– Maria, com quem falas? – indagou Jurema levantando a cabeça ao chegar do arroio, banho tomado e trouxa de roupa molhada.

Maria falava e falava e o pensamento de Jurema se enrolava, sentou na grande raiz junto ao tronco e pediu: Maria, conta isso tudo, mas com vagar e bem explicado, para eu entender. Maria arrebanhou as flores em sua roupa de saco e passou ao galho mais baixo, pertinho de Jurema. E olhava a imensidão dos campos arrematada pelo céu azul, e contava:

– Olhe, dona Jurema, para os outros sou de pouca palavra, mas para mim mesma sou de muita porque sempre me digo história, e história se diz pingando palavra; e minha mãe sempre me disse, a fortidão do povo da nossa tribo vinha de nela, desde a barriga da mãe, cada um ouvir música recheada com história.

E como Jurema pouco entendesse ela repetiu os casos da mãe, as grávidas sendo cercadas por mulheres e entrando no rio chamado Nilo, acarinhando a barriga prenhe noite e dia até quando alguma principiasse a cantarolar a letra com a música da criança; então era batuque e letra e de pé na água, as mulheres recebiam a inspiração e assim cada criança cresceria com sua música, para ouvir e cantar ou dizer sozinha, nas alegrias e nas tristezas, na fortidão e na fraqueza, no medo e na grande coragem.

Aí Maria calou e explicou: Minha mãe falava como a gente dos Dinka sempre falava do perigo da grande coragem, porque ela pode ser o empurrão mais forte para o mau caminho.

– E como é a tua música, Maria?

– Em verdade, dona Jurema, era só uma música, uma coisa que dava para dançar em roda mas sem letra, porque eu nasci nessas terras daqui, não nas de minha mãe.

As duas calaram, os cachorros latiam e longe as caturritas gritavam. Enfim Maria se explicou e encerrou o assunto: Nas histórias de meu povo, dizia minha mãe, as palavras eram inspiradas e então vinham lá do avesso da gente. Nas minhas, as palavras são invenção minha.

Jurema olhou com tristeza a menina com o colo encoberto pelo lilás das flores do jacarandá e tentou consolo:

– Ora, Maria. Olha essas flores; tu sabes se elas não vão te dar isso que o tal de Nilo dava para a mulherada?

– Era a tal de inspiração – disse Maria, e pegando um raminho com as flores, seguiu: É, essa cor inspira a fazer história inspirada que, pela fala da minha mãe, era história nascida dentro da gente, lá no fundo.

– Pois então tudo certo, a tua história é inspirada pela cor que tu mais gostas – falou Jurema, virando as costas e entrando no rancho.

Dois dias depois, com Maria na carreta, o velho pegou a estrada. Jurema tinha saído na madrugada, farejava guerra. E na casa branca no meio de um mato, Maria foi oferecida. Acho que devo andar chegando nos catorze, respondeu sobre a idade. Pois podia ali morar se ajudasse em tudo, na cozinha, no lavar roupa no rio, cuidar dos bichos e tirar leite, limpar a casa e brincar com as crianças. O velho se despediu abanando o chapéu e Maria olhava a mulher e o homem, mas eles não falaram, só mandaram ir para a cozinha, apontando o caminho.

Aprendeu a quarar roupa e a planchar com ferro a carvão, escovava chão, limpava vidro e lavava panela e dormia no quartinho do fundo, sempre calada porque ninguém falava com ela, e a cozinheira sempre de cara amarrada era surda e muda.

Nunca soube quem foi o peão que a estuprou na madrugada, lutou, chorou, mostrou a sangueira na cozinha e a cozinheira, acendendo o fogo, ergueu o vestido e Maria entendeu, ela dizia ser assim mesmo, com ela foi igual. E toda a noite um homem entrava, a portinha só com tramela e ela sempre chorando, estuprada e cheia de horror e, tinha certeza, a cada noite vinha um diferente do outro.

Na madrugada clara, saiu ao pátio e mordia desespero e lhe escorria lágrima quando ao ver a imensa lua cheia aspirou a ternura da luz e clamou: Mãe, me cuida ou me faz morrer. Sentou no chão e inventou história, e deu ao luar voz e palavras e ele a ela dizia: Maria, procura o caminho e vai adiante, eu iluminarei os matos e te farei bem enxergares a estrada. Então Maria foi e andou e se enredou nos cipós, tropeçou em mato rasteiro e enfim lá adiante o caminho de campo aberto, a estrada de chão limpo e iluminado era banhada pelo clarão da Mãe. Foi adiante e viu o grande umbu, e dizia de si para si, ele me enxergou e porque ele a enxergou e a esperava, nele encostou e dormiu para só acordar com a luz do sol e o barulho longínquo de cascos de cavalo. E o barulho vinha e vinha e eram patas em trote levantando areia e pelo meio da poeira ela enxergou o cavalo.

E havia, mesmo, uma carrocinha. Com três mulheres, falantes e alegres. Enxergaram a menina rasgada e suja em frente ao umbu, mão direita levantada.

– Precisa alguma coisa?

– Pode me dar água?

E tomou água e café e comeu pão e contou o a ser contado. As mulheres disseram para ir com elas, teria uma vida alegre e divertida pois elas eram vivandeiras. Maria não sabia o que diziam mas aceitou, e, com vergonha de como estava, afundou bem lá atrás. E pediu desculpa, não tinha alegria nem era de muita palavra para fora, assim, para entreter os outros. Calou num sono profundo e só acordou por entre fiapos de entendimento, embaixo de uma árvore e à beira de um riacho.

Entrou águas adentro e não parava de se lavar. Uma delas entregou roupa, dizendo: Demora, Maria, para depois de fazerem com a gente, o que eles fizeram contigo, a gente se limpar da raiva e do ódio. É assim mesmo, podridão de ódio é a pior, demora a sair. E elas foram avisando, Maria se preparasse, lá nos batalhões iam lhe dar outro nome. E Linda Luz disse como lá era chamada Lata Enferrujada, Estrela da Tarde era Tigra Manca, e Joana era a Égua Torta. Maria pouco entendia mas matava a fome, ninguém lhe batia e nenhum homem a maltratava, então pediu um pente e voltou à carroça.

– Guria, tu és linda, vais fazer sucesso!

Passou o tempo e os combates foram muitos, a tal guerra pela zona do Prata tinha mortandade cá e acolá, e aquelas mulheres farejavam a todas, escolhiam os caminhos e nunca erravam. A menina Iára, que se dizia Maria, no linguajar dos homens virou Maria Cadela. E sempre com o olhar evaporado a eles se entregava por entre palavras pisoteadas e úmidos silêncios. Não tinha macho preferido – assim lá chamavam os homens – e dizia e repetia: Nunca é bem o que eu queria, mas não existe homem bom. Guria esquisita, diziam as outras, sempre a contarem os detalhes de seus homens fosse para enaltecer o macho, fosse para debochar e ridicularizar o infeliz. E riam da expressão insossa de Maria, a de olhos evaporados. Alta, magrinha e fraquinha, era bonita e cobiçada nas danças e se transformou no amuleto preferido, por onde andasse era a escolhida a dançar nua em cima dos canhões nas vésperas das batalhas.

Aprendeu a fazer o fumo com as raízes, os chás de aborto e as tripas secas recheadas de mandinga para cuspir filho quando prenhe, ficou exímia nos chás de cura e nos curativos com trapos e também soube do *carcheio* nos campos com mortos, pois foi pegando coisas de valor nos corpos de soldados mortos em combate como conseguiu a prata para comprar as botas, o punhal e alguma roupa.

Sempre esperando, nas noites de lua cheia sequer dormia, e falava e falava com o luar e contava história e fazia pedidos e a Mãe respondia, suas palavras chegavam lá no coração. E foi assim como Maria Cadela entendeu muitas coisas, criou outras e desenhou fantasias cheias de cor, muitos anseios e tímidos traços de alegria.

Certo dia, repetindo pensamentos da madrugada, falou às mulheres como ser mãe era importante, filho era sagrado. Riram dela, fizeram troça. Então preferiu não dizer como agora ia para os pelegos sem recorrer às mandingas de não emprenhar. Não sabia qual dos machos seria o pai da cria, mas teria uma família, seria feliz com a criança igual tinha sido com a mãe.

Zuleide, a mais esperta e sabida, até com alguma leitura, disse como a tal voz a falar dentro dela em noite de luar, era dela mesma, vinha de suas vontades:

– Mas escuta, Maria, não tens condições de ter filho, e se emprenhares, terás de pôr a cria pra fora, afinal, enquanto é feto não é gente.

Maria nada falou, ficou de pé, saiu caminhando e sumiu no mato.

Eram semanas de batalhas por águas e terras, algumas pequenas outras maiores, os batalhões se dividiam e atacavam a zona das missões pela Província do Sul adentro e avançavam pelas beiras dos rios próximos às terras do futuro Uruguai, o espaço ambicionado. Fervia o entusiasmo das vivandeiras, batalhas constantes significavam fartura de campos onde cuidariam dos feridos e haveria muitas mortes. Oportunidades para o *carcheio* de armas e dinheiro nos corpos dos moribundos, além do ouro nos dentes, das fivelas de prata, dos anéis e das medalhas.

E veja, aconteceu de naqueles dias surgir um murmúrio, aproximava-se a grande luta, os pedaços de exércitos já se organizavam e se reuniam para o enfrentamento final. E se as tropas e milícias tinham destacamentos por vários cantos, todas arrastavam vivandeiras com panelas, trouxas e filhos encaixados no quadril e aquilo era, caro leitor, para você bem ter ideia, feito cortejo de casamento.

Em frente e acima, o altar, noivos e padrinhos, só boniteza! Depois, caindo sobre degraus, as sedas, cetins e tafetás das longas caudas dos vestidos das noivas, e arrematando, bonitas moças amparando e equilibrando as diáfanas transparências dos véus, a magia maior.

Bem, não assim belo e sublime era o cortejo dos exércitos, mas havia correspondência: à frente, generais, chefes e coronéis de botas e fardas impecáveis, chapéus e alamares dourados; depois, encobrindo a coxilha, soldados, dragões, cavalarianos, lanceiros e tanto mais, todos bem arranjados; e no arremate as vivandeiras que, feito as moças bonitas a segurar véus e caudas, elas também, meio transparentes em termos de visibilidade, com sua agilidade pelo meio de bruxarias e fetiches – aqui, por favor, não confunda – elas também simbolizavam magia e transcendência, e criavam névoas de amparo.

Só falavam na grande batalha e vivandeiras de todos os cantos e ranchos da zona do Prata estavam na maior euforia, pensavam e diziam de como em luta igual àquela talvez nunca houvessem estado. E corriam a juntar ervas, a macerar raízes, a lavar os panos e os enxergões e, claro, a aprontar os cabelos com os óleos perfumados que bem sabiam fazer.

Maria Cadela anda mais esquisita, diziam as mulheres. Não come, não fala, não dorme e durante a noite caminha campo afora, comentavam. Eram as semanas de acampamento pelas bordas do rio e Maria desaparecia: Já comeste? Onde andavas, guria? Que há contigo? – era o mais dito. Maria olhava fundo a penca de mulheres e entrava para dentro de si, calada e enevoada, amarrada em pensamentos enrolados e nela grudados feito por fora estivesse maneada e por dentro fosse pessoa de alma entupida.

Naquele dia ela viu Zuleide, a furiosa, descendo ao banho no arroio e foi atrás. Maria, o que há contigo? Queria lhe falar, ela respondeu, enterrando as pernas na areia. Zuleide sentiu a seriedade e convidou às sombras do mato: Por certo a conversa é só comigo, não?

– Sim senhora, dona Zuleide.

Zuleide gostava da menina e havia muito não mais pedia para tirar a senhoria; enxergou o pântano em seus olhos e derretendo perguntas prontas com incontrolável piedade, sentou junto e pegou a mão de Maria ao passo em que ela sussurrava:

– Tem uma pergunta que me queima por dentro, posso lhe fazer? Não fala para ninguém?

Com gestos acolhedores, Zuleide abriu um berço e nele Maria afundou, sentia confiança, esperava ajuda.

– Bom, dona Zuleide, quatro meses não me corre o sangue, e a barriga cresce e os peitos incharam.

– E é filho das macegas, porque não sabes o pai, é isso? E por que não me pediste ajuda, eu te ensinava e te enfiar tronco de folha de couve, ou...

– Eu sei tudo isso, mas eu quero ter meu filho – repetia Maria, e enrolava as mãos e para espanto de Zuleide, imensidão de lágrima inundava o rosto da menina e o choro jorrava com ânsia e soluço, então ela abriu os braços e deu guarida.

As duas tremiam abraçadas e Maria se derramava num pranto secular. Despencava uma cachoeira de dor e solidão encravadas na menina, e nunca na vida tanto doeu em Zuleide o sofrer de outra pessoa. Quando enfim o choro parou, sentiu o corpo de Maria macio e silencioso e ficou a acariciar seus cabelos, e Maria dormia e ressonava com a suavidade de uma criancinha. Escorregou no barranco e nele se encostou de maneira à pequena órfã nela aninhada sonhar e repousar uma dor tão grande e pontiaguda quando invisível, mas bem viva, palpitando. E já era noite quando Maria acordou e Zuleide falou:

– Agora vamos subir ao acampamento e vou te dar o de comer.

De nada adiantaram as indagações das outras, Zuleide permanecia calada e Zuleide calada metia medo.

No outro dia Zuleide chamou a menina ao arroio. E do arroio foram se esconder nos matos e ela dizia: Agora não dá mais, a criança está grande, precisa nascer. Maria respondeu:

– Eu sei e eu quero, eu quero meu filho. Eu sonho em criar um filho e eu vou dar tudo o que ele precisar. Vou fugir daqui e vou me empregar.

As palavras de Zuleide vieram em avalanche, ora, com filho só lhe restava seguir nas guerras e parir nas estradas. Maria não mais chorava, era como se o pranto da véspera a tivesse esvaziado por dentro. Até os olhos, percebeu Zuleide, estavam limpos, o lodo negro tinha desaparecido.

Era entrada de primavera e a friagem se acalmava e dava lugar ao sol, Maria passeava olhando as flores nas árvores, e já nos campos surgiam, miudinhas e humildes, as amarelinhas, roxas e brancas, e ela ia pelo meio e era bonito, quanta luz e cor, algumas cintilavam. Sentava nos troncos, olhava o céu e desejava picotar o algodão das nuvens para com ele fazer o bercinho do filho.

Maria acariciava a barriga e sentia a criança a se mexer, batia pés e mãos e sem nada pensar apenas sentia e murmurava, a criança ia ser bem criada e ela daria um jeito, mas não sabia qual jeito, pois o jeito de agora era abaixar a cabeça à barriga e sussurrar como o filho a fazia feliz.

Nas horas de comer, de montar a cavalo e seguir no rumo dos exércitos, de irem se lavar nas lagoas e nos riachos, Maria seguia a juntar flor daqui e dali, sempre um apanhado colorido na mão, ou enfiado na roupa, preso no freio do cavalo, na cincha ou engatado nos pelegos.

– Viraste a Maria das flores – brincavam.

– Como é que pode? – Maria perguntava, com os atados de flores nas mãos – de uma terra tão preta saírem cores tão bonitas?

A barriga crescia e mais linda Maria ficava, o verde dos olhos estava nacarado, flor e cor por todos os lados, e o sorriso! Enfim a menina sorria, e sua presença era prenhe de filho e contentamento, de um encanto diferente que fazia bem aos da volta e trazia mudança. E todos olhavam Maria por nela enxergarem a claridade desconhecida.

Naquela noite, já próximo à zona do combate, as vivandeiras se deslocavam atrás de um batalhão com soldados e milicianos, algumas nas carroças, outras nos cavalos. Maria gostava de ir a cavalo, iam a trote miúdo e ela sentia o perfume das árvores e admirava o sorriso das estrelas.

Num repente, todos ouviram os gritos! Confusão, correria, beira da estrada. Pelego aberto, nele, Maria se contorcia:

– Está nascendo – gritavam.

Pararam os homens e correram as mulheres, e vieram tesouras e panos e baldes d'água, e as entendidas gritavam para se afastarem, deixassem com elas. E a mãe que mais queria ser mãe clamava a dor maior: Tá vindo antes do tempo, não vai vingar. E já alguém segurava o corpinho mínimo, enrolava panos e apelava à Mãe do Céu. Zuleide fez o batizado em nome do Pai e as mulheres gritavam, a guria tá mal e a sangueira não tem fim, vão morrer os dois.

Pararam cavalos, se achegaram mais homens e o grito de Maria ressoava nos matos: Me entreguem meu filho, quero meu filho. Zuleide procurou o lenço na trouxa, azul claro e limpinho, tinha pego no bolso daquele seu coronel e seu homem que, atingido por espada e tiro de canhão, morreu em seus braços. Enrolou o corpinho mínimo e morto no pano com delicadeza e o acomodou nos braços de Maria.

Ela beijava, chorava e cantava: Meu filhinho, eu vou te fazer muito feliz, e com palavras recheava a melodia antes cantada sem palavras, e trocava as falas, feliz vais ser, filho meu, tu és meu e só meu, e aquilo não tinha fim e a criança não chorava, e ela o nanava, cada vez mais e a cada vez sempre mais alto. Homens e mulheres souberam a criança morta, homens e mulheres se calaram. Nunca talvez naquela estrada e em volta àqueles matos houve silêncio tão grosso e tão áspero.

Então, baixinho, Maria começou o embalo e cochichava uma canção e acariciava e nanava o filho enrolado em azul. E de Maria brotavam palavras e eram suaves e diziam do ser mãe e do ter amor, e diziam do cuidar e do amar, e do abençoar e amparar, e de como o sentimento que tinha guardado para ele não era desse mundo, era mais forte do que a vermelhidão do sol poente e mais sagrado que o clarão da Lua Cheia. As mulheres ouviam, choravam e gemiam, e os homens, aqueles homens que nunca alguém viu chorar, também choraram, e foi quando num repente Maria calou e restaram fios de murmúrios e naquele murmurar pontiagudo ela enxergou o berço de seda iluminada sendo colocado em suas mãos para guardar o filho, e entendeu, a ela restava, em silêncio para não o entristecer, fazer o devido e se entregar à sangueira da dor e da saudade a invadir para sempre seu corpo, seus sentimentos e seus ossos.

O silêncio era de pedra, mas não era das pedras ásperas e tortas do por ali pois vinha dos cristais de pedras relampejando cores, sempre a espalhar luzes rosadas e douradas e elas se abriam e outras surgiam e mais cores se espalhavam e ninguém se mexia e ninguém falava e a brancura e a cintilância a tudo orvalhava e a tudo invadia.

E a voz de Maria:

– Que lindo! Estamos cercados por cores e luzes, vejam, e elas sobem e se esparramam, e elas brilham e cintilam cada vez mais alto, e eu sei, elas vão a caminho das estrelas. Sabem o que é? Sabem de onde vem esta cintilância e essa boniteza? Vem do meu filho. Ele se pulverizou em pedrinhas de brilhante e está por aí, se esparramando.

Aí a menina Maria ficou de pé:

– Não chorem, meu filho se transformou em luz e boniteza porque ele é lindo demais para este mundo ruim e nojento, onde tem gente que surra gente, gente que é malvada e não presta e só causa sofrimento, porque tem muito jeito de matar, tem matador que mata na alma, e tem matador que mata no corpo.

E assim foi a mãe Maria Cadela. Desde então nunca mais emprenhou e nunca a viram chorar. Dizia ter lágrimas secas e explicava, elas foram muitas e formaram um rio de águas brancas vindas para levar seu menino. E tanto Maria falava e nada os outros diziam, nem cigarro acendiam, nem se mexiam.

Mas consta, dias passados, falou alguém: Essa guria está por demais esquisita, quem sabe o aborto do filho perto de nascer tenha lhe entrado por dentro e criado maluquice.

2.

E naquele ano de um mil e oitocentos e vinte e cinco, e naquele extremo sul das Américas a guerra seria entre o Império do Brasil e as Províncias Unidas do Rio do Prata pela posse de área ocupada por brasileiros; quem a tivesse dominaria a navegação no Rio da Prata e teria acesso aos Rios Paraguai e Paraná. E aquelas matanças e batalhas, feitas em águas e terras daqueles tempos e lugares, seriam ditas pelo Império Brasileiro a Guerra Cisplatina, enquanto as Províncias Unidas, a futura Argentina, a elas chamariam Guerra do Brasil.

E no ano de um mil e oitocentos e vinte e oito, e não vale a pena explicar motivos, a expressão *foi assinada a paz* foi escrita, carimbada e rubricada; três palavrinhas usadas a significar a matança parou e os ódios foram mais uma vez encarcerados. Com o encerramento das lutas houve o nascimento da nação chamada Uruguai, e desde então seus habitantes seriam carinhosamente chamados pelos brasileiros de *los hermanos.*

É, meu amigo, os homens! Pois veja, talvez assim como sucede a você, doem-me essas barbáries das quais, em verdade, os proprietários somos nós.

Mas enfim, simpatias por haver, carinhos por saber, paz por acontecer, vamos à Guerra.

Veja, todos prontos. Falta apenas o clarear do dia engolir a noite para agarrados em canhões, armas e munições os homens se matarem, aleijarem e virem a perder os pedaços para os menos despedaçados serem donos do ambicionado pedaço. Humanos e guerras, a pequenez de um não vive sem a pequenez do outro.

Mas retornemos à colina onde ao cá e ao lá os soldados se aprontavam, e elas também, as vivandeiras, caprichavam no café forte e nos bolos de milho para os levarem à tropa onde estavam, de facão afiado em volta a espetos fincados em torno ao fogo, mãos a cortar e mergulhar carnes sangrentas na farinha de mandioca, bocas e dentes comendo e rasgando pedaços de vaquilhonas carneadas na véspera.

Logo enfiam os dedos nas guaiacas e abrem as palhas de milho que são alisadas no fio da faca e nelas, com cuidado, acomodam o tabaco engendrado. Depois acendem o palheiro na fogueira dos espetos e tragam com volúpia, apertam bocas secas com olhos sujos de medo e escorregam as mãos nos cabos das armas; não visível é o por dentro, o galope do sangue na enrolação das tripas, igual trincha a cortar ovelha carneada.

Examinam os cavalos, perguntam a hora e pegam café quente com pouco assunto e olho no céu. E enquanto as beiradas do nascente se insinuam no negrume da noite os homens seguem a enrolar a extremidade de barbas e bigodes, cruzam olhares enviesados, tossem e mais ainda mergulham no silêncio.

Por trás da quietude havia o mascar dos temores no iminente deflagrar da batalha e por trás dos matos era o lago onde as vivandeiras iam encher os cântaros com águas de socorrer. Entretidas em carregar as águas, as mulheres sequer viram, atrás do cinamomo, a índia Bartira a espichar o braço e puxar a mão de Maria Cadela:

– Menina, vem pra minha charrete.

Ela se deixa levar, afinal sua vida foi sempre assim, permitindo que a levassem, fazendo como ordenavam e pegando a estrada quando enxotada. E foi com essa mesma obediência como cumpriu a ordem e sentou ao chão na carrocinha da índia para não ser vista.

Era menina de coragem e humildade. Se as outras eram extravagantes e gostavam de gritaria, intrigas e risadas, ela, feito uma gata, se movia em silêncio e ao pular de cima das árvores seria, todas sabiam, para sumir com homem, do qual não falaria, sequer o nome diria. Também sem palavras cuidava do a ser cuidado, ajudava onde preciso e desaparecia se desnecessária. Guria esquisita! – diziam. Estava entre elas desde bom tempo e já na primeira batalha os homens a chamaram Maria Cadela, nome aplaudido pelas mulheres; sempre em quietude, ligeira em puxar o punhal ou pegar no bolso a roseta afiada que arrancou de esporas nas botas de um morto em campo de batalha.

Qualquer dia vai ser morta, diziam as outras. Maria levantava a cabeça e relampejava o verde dos olhos numa indiferença muda. Vivia imersa na raiva e na falta, acostumada ao vazio duro e áspero a subir por dentro e a se derramar num choro trancado, de corpo chorando convulsões secas em olhos sem lágrima; então lembrava da mãe, e de como ela chorava sempre uma lágrima, só uma.

Nas beiradas da Guerra, Bartira e Maria Cadela. A índia fala em palavras emendadas e a menina enrola a ponta dos cabelos nos dedos, o que a índia está a dizer? Não me entendes? – pergunta Bartira. Não, me desculpe. Bartira fixa a menina preta feito carvão, olhos verdes igual nunca visto e uma imensa cicatriz a descer braço abaixo e a sumir no vestido sem cor. E vai perguntando, quantos anos tem, o que é aquilo, de onde veio? E se até então a índia era a muda, ali na charrete pouco falava a menina que, num mínimo de palavras, explica, deve estar chegando aos quinze e nasceu na Bahia, chegou naquelas bandas com sete, a mãe morreu e ela cresceu entre as estradas e os ranchos, por fim encontrou as amigas. A cicatriz? foi numa das quatro batalhas onde andou desde quando se juntou a elas, mas não sabia a causa da luta nem o nome do lugar. Elas são tuas amigas? São, sim, me dão comida. E bem baixinho, olhando para o chão, explicou: Elas me cuidam. Bartira ergue a cabeça e aponta o céu:

– Viste o susto da noite, guria?

Começa a gesticular às raras estrelas, ao fio prateado e arqueado da lua, aos carvões das nuvens e fala pausado: É lá a fonte e a sabedoria da vida, uma coisa da qual nessa terra os homens muito falam mas nada entendem, e por dela só dizerem bobagem, vivem de miolo sujo. Bartira afina a voz: Sabes o que mais importa nessa vida, guria? Sei não, siá dona. A índia ergue o braço: Os guaranis sabem, é só olhar a fala do céu, das águas e das florestas, todo o tempo eles falam conosco, mas as palavras deles não são ditas porque são mostradas. No meio dos guaranis, alguns são messias e têm a missão de recuperar a felicidade ancestral usurpada pelos conquistadores. Sou um desses, e a limpeza das dores, sustos e faltas da tua alma é tarefa minha. Mas antes, presta atenção, diz, apertando a mão da menina:

– Quando a batalha começar vou embora. Não te levo comigo porque teu caminho é outro. Estás a engolir dor, conheceste a miséria da existência e isso em ti é mantido, mas lá adiante, num tempo ainda por vir, em ti vai brotar, crescer e aparecer a mulher que vieste a ser.

Entregando uma garrafa a índia gesticula: Bebe tudo, é agua com mel e gengibre do mato.

Maria começa a beber, sem medo nem cuidado, aquela mulher punha nela olho manso, olho sem o deboche das amigas nem a gana dos machos, era um olho macio e forte, um olho com voz.

– Escuta, guria, e não esquece, quando a palavra é mostrada, só pode ser ouvida se estiveres de ouvidos limpos e alma em quietude; e o que suja ouvido é falar mentira, tramar intriga e fazer maldade. E a quietude? – é pra ficares só tu e as estrelas, tu e a lua, tu e as nuvens, tu e as águas, o sol, o rio, as árvores, pássaros e tudo o mais que nos é dado pela mãe Terra. Neles andam os espíritos da natureza e eles cuidam, protegem e orientam quem, igual a ti, é filha de Tupã. Através de imagens, eles vão te orientar.

Mas do que eles falam assim, sem falar? – ela perguntou. Falam de amor e falam do Belo, responde a índia, cruzando as mãos sobre o peito. Ao contemplares o Belo, seguiu Bartira, vais te preencher com as energias dos astros celestes. E presta atenção! O Belo irá abrir o voo livre da tua imaginação; e esse teu voo, Maria, será inspirado pelas divindades sagradas.

– Como a senhora sabe disso?

– Os guaranis sabem, somos um povo crescido ouvindo a natureza e o amor dela por nós. Mas aconteceu de muito ódio e maldade ter sido em nós inoculado, quero dizer, enfiado dentro de nós, e a raiva e o ódio nos entupiram, perdemos a pureza e a podridão que nos invadiu impede a maioria dos nossos de ler as imagens das falas sagradas.

O silêncio respirava. E a índia:

– Agora, Maria, vou me calar. Pensa nas minhas palavras, olha o céu e a luz de prata derramada em nós por aquele crescente feito com uma fatia de Lua.

E Maria obedeceu.

Cachorros uivam, cavalos resfolegam e só os relâmpagos e as trovoadas mexem e se remexem no céu. Bartira puxa um amarrado de palha, recheia com um picado de ervas escuras, acende a ponta na lamparina e começa a fumar. Corta o olhar de Maria Cadela com a faísca dos próprios olhos e fala: Os tais de civilizados vivem acorrentados pelas palavras, as deles, as dos outros e as pingadas pelo pensamento, sabes por quê? Porque eles agora só têm as palavras, não têm mais contemplação. Então não conseguem ouvir e ler as falas sagradas porque as palavras deles ficaram igual a árvore seca, perderam a seiva. E a seiva, menina, é fértil, tem luz.

– Me explica melhor, vó Bartira.

– É simples, guria. Palavras verdadeiras têm seiva porque são prenhes, entendes? Uma vez ditas, elas se multiplicam.

– Elas dão filho?

– Sim, dão filho... quer dizer, são recheadas de vida, igual barriga de mulher prenhe – e Bartira falava baixinho e fumava um grande charuto com longas tragadas, cabeça erguida, olhos imersos na noite.

Bartira cala, vibra nela a magia com a proximidade de Maria Cadela, sim, não se enganou, a guria traz no coração a estrela de Tupã. E caberia a ela, Bartira, batizá-la com Nhanderú, aquele com forma humana e pupilas de luzes infinitas capazes de alcançar os avessos do céu e as comunicações divinas. Olha Maria com demora, a filha abençoada de Nhanderú vivia anestesiada no sono inoculado pelos arco-íris-negros. E a ela, Bartira, caberia lhe tirar o sono da alma e rasgar o véu. Surgiria, então, a Maria renascida.

Seria igual, havia muitos e muitos anos, o que o xamã guarani fizera com ela. E ela dormiu vários dias e várias noites e quando acordou estava renascida e o índio explicou, igual uma cobra, ela tinha perdido a pele, e já nascia a pele nova e ela seria quem, em verdade, tinha vindo a ser.

E muito baixo e com música na voz a índia falou para ela se ajoelhar. Então pegou um amarrado de ervas e a caneca com o chá de ervas do campo. Molhou as ervas no chá, e de olhos fechados falava em guarani e banhava Maria pescoço abaixo, e passava as ervas molhadas com suavidade até seus pés. E Maria se sentia bem, estava acolhida e era estranho, mas algo suave e bom invadia seu corpo, seu pensamento, seu estar ali.

– Olha para mim, Maria.

Sem bem entender, a menina firmou nela os olhos e segurou a pequena caneca com chá. Bebesse tudo, emborcando de uma só vez. E, dizia Bartira, o chá foi feito por mim, com ervas temperadas com mel de lixiguana, flores de corticeira maceradas fervidas nas águas da fonte lá nas pedras cor-de-rosa.

– Bebe, bebe tudo.

Ora, acontecia de enquanto Maria beber, Bartira dizer palavreado estranho, usar um carvão molhado no mel e ir riscando sua testa, sempre a falar, cada vez mais rápido, até as palavras se amontoarem e ela fechar os olhos enquanto de sua boca saía um misto de assobio com canção de ninar. Assim, pois, a índia se ajoelhou aos pés de Maria e falou:

– A partir de agora, Maya será o teu nome.

Calou por longo tempo. Depois, seguiu:

– Eu uso a sabedoria e o ritual guarani para abrir em ti, Maya, as cores do arco-íris. E meu povo entrega a ti a abertura de teu ser. E te envolvemos no véu sagrado de maneira a jamais os arco-íris-negros voltarem a te invadir.

Ela respira fundo, precisa saber:

– Contemplação. Que é isso, vó Bartira?

Nunca mais ela esqueceria a fala da índia, baixinho: Pois contemplação era mais olhar do que falar, era olhar com o coração, com os sentimentos escancarados e o palavreado das gentes-coração-de-pedra maneado, era um olhar plenamente entregue, capaz de receber do contemplado as sagradas emanações fertilizantes, igual chuva em planta seca.

Bartira repete:

– E tu, Maya, filha de Tupã, tens de aprender a mais contemplar do que falar, a mais contemplar do que ver, a mais contemplar do que ouvir palavras secas, manipuladoras, podres e rasgadas, sem inteireza nem perfume. Entendes, Maya?

Envergonhada, pediu, Bartira repetisse, a confusão crescia. Já registrei em papel orientações para ti, menina Maya, mas agora vou escrever mais outras coisas. Era silêncio, Bartira escrevia e Maya contemplava o crescente em meio à escuridão do céu. Algum tempo depois a índia entregou alguns papéis dobrados.

– Não sei ler, vó Bartira.

– Mas um dia vais saber. Tupã ainda te levará a duras provas, mas lá adiante, gente boa, amiga e de estudo te ensinará. E ainda antes da leitura a nova Maya estará surgindo, deixará de ver o mundo como vê agora porque então estará com a intuição e os sentimentos abertos.

Maya guardou o papel dentro da bota.

Estavam Bartira e Maya tão plenas em silêncios de paz que não perceberam as franjas do dia nem como para os lados do Rio Uruguai as explosões começavam, abriam-se as pálpebras da batalha e o sangue, os feridos, os aleijados e as mortes se achegavam, eles e seus companheiros, a ruindade e o pretume dos ódios.

Bartira percebeu a claridade e se despediu.

As barras do dia beijavam as montanhas sob o trinar da passarinhada quando clarins e tambores, bandeiras e estandartes, canhões, espadas e carabinas surgem rasgando a natureza. E igual houvesse dois rolos de cavalaria, o das Províncias do Prata a se desenrolar coxilhas abaixo e o do Império do Brasil a se abrir coxilha acima, avançam cavalarias, infantarias, artilharias, milicianos e o tanto mais sempre exigido à troca do massacre da vida pela posse do poder.

Canhões abrem fogo, as explosões se misturam com as lanças e caem corpos de soldados feridos, cavalos se empinam e outros morrem por cima de cavaleiros esmigalhados. O horror cresce e a fragilidade das forças brasileiras é visível ante a organização, fúria e potência do exército das Províncias Unidas do Prata.

A visão imediata, a incrível assombração visível após o primeiro tiro de canhão *foi de um corpo sem cabeça e dez outros estendidos, dilacerados e sem pernas,* perpetuada à posteridade nos registros de um sacerdote das tropas do Império do Brasil.

O caos anunciado apela às vivandeiras e elas intensificam o preparo de panos, cachaças, chás e unguentos; calçam botas, enfiam chapéus, escondem patuás e mandingas, facões, punhais e correm ao campo. Maya observa e fica estática, trança e destrança os cabelos, quebra um galho e morde, aperta na bota esquerda a proteção do punhal e na bota direita o pano enrolando a roseta de espora, e parada em frente ao campo de batalha retrocede feito animal acuado.

Atrás de Maya, o mato. Trôpega, caminha de costas, aperta os olhos, denteia a boca e mais recua. Enovelada numa indiferença concreta e não percebida, equilibra-se na perigosa borda onde afundam os despossuídos da própria história e proibidos de sonhos futuros. O corpo gela e as têmporas palpitam, o pensamento vazio assusta e ela se entrega às garras do medo.

Algumas vivandeiras pegam armas de homens mortos, pulam para seus cavalos e entram na luta, matam a fogo e a golpes de espada, pelo meio mulheres socorrem brasileiros quebrados e sangrando, moribundos de vísceras expostas afundados na lama e no sangue.

Maya ao longe, as mandíbulas tremem e segue em marcha-a-ré, passos duros e miúdos recuam mais e mais, sempre mais. A cabeça ferve: Precisam de ajuda mas eu não vou, não mais tripas nem corpos retalhados – tosse, aperta a garganta, o amargor por dentro. Vou negar ajuda a quem não me deixou morrer? As pernas faltam e ela se arranha imersa na poeira negra dos próprios fantasmas, geme em delírio, o corpo oscila e a angústia liquefeita escorre numa aspereza grudenta. Cai de joelhos. Sufocada e submersa, estaca e, baixinho, pergunta-se, e a Maria Cadela? Não, essa não existe. Eu sou Maya. Não, não sou, só Bartira fala assim, meu nome aqui é Maria Cadela – aperta o peito, olha o chão, fala ao mato rasteiro:

– Não tenho nome, sou uma coisa desmanchada, fui Iára, e dela sobrou Maria, mas a Maria também não era. Quem fui não existe mais.

Afundada em si ela fica até quando, próximo, soa a cantoria do amanhecer de um sabiá e lembra a fala da mãe: Filha, você ouviu o sabiá cantando? Parece o sagrado canto das aves do Sudão, a nossa terra. Ela tinha perguntado, o que é sagrado? Você é sagrada, e agarrando seu queixo, a voz firme: Nunca esqueça, você, como eu, nós somos sagradas. Por quê, mãe? Toda pessoa que vive na trilha do seu encantamento é sagrada. Maya mergulha nas memórias congeladas, a mãe a falar, nossas almas vêm do Sudão, o maior e mais rico país da divina África, e igual árvores a sair das sementes, a semente que nos constrói é a nossa história ainda viva em nosso povo. E num tempo do futuro, filha, quando se enredar na história dos sudaneses, você irá se desenredar. Como, mãe? Dandara tinha respondido com duas palavras:

– Fazendo perguntas.

E ela dava outro passo atrás, a ouvir:

– Chegará o tempo de seres nutrida com a força das águas do Nilo e com a magia das areias do deserto. Somos raça única, magros e compridos igual coqueiro, nossa pele é de um pretume mais escuro que a noite – e logo o silêncio de Dandara, ela só respirava. Por fim: – Em minhas oferendas peço para quando ao fim da vida eu chegar no avesso do céu, te ver cá embaixo a viver junto aos Dinka. Lá onde nos vestimos com o colorido das flores e falamos com os deuses através das nossas canções.

E assim foi como a menina perdida de quem seria reencontrou-se com Maya, a mulher batizada no ritual guarani, sempre a sonhar com a busca da vida encantada donde tinham arrancado sua mãe.

Com mais alguns passos atrás, Maya sente o imenso corpo da velha figueira ainda úmida pelo sereno da madrugada. Aninhada no acolhimento das raízes e enrolada num carinho embalado pelo gemido dos insetos e o piar de pássaros aquecendo filhotes no ninho ela abre os olhos, e lá no alto a Mãe em forma de crescente é um rosto em largo sorriso cintilante, ladeado e cercado por algumas estrelas e suas poeiras de leite.

Acorda em mistura de susto e alegria por não saber se o que viu, ouviu e sentiu foi sonho ou verdade. Não pode ser vista, enterra as unhas nas cascas molhadas do tronco rachado, abre os braços e encontra a bifurcação, sente um galho, firma a mão e se ergue, e se puxa e se arranha, um galho fino se quebra, ela escorrega e a ponta lhe arranha o seio, lambe o sangue e vai adiante. Enxerga o galho forte e firme feito um degrau, firma as mãos e nele se acomoda.

Se abraça e se firma, Maria Cadela sumiu e eu sumi, não me enxergam e ninguém mais de mim haverá de lembrar. Eu me apaguei, diz baixinho, fixando os olhos escancarados da coruja presos nela. Parados e sábios. Mira de novo a cara redonda e alva, penas e peninhas brancas, um farol branquíssimo e forte cola-se em Maya. Coruja, você é bonita, fala baixinho. Coruja, fique aí, estou precisando de você, diga, se você fosse eu, o que faria? A coruja passa a um galho mais próximo, Maya morde a unha, o rosto branco e redondo se confunde com o rosto da Mãe Lua quando é cheia e ilumina os caminhos. A Mãe tinha se vestido de coruja, ela não era sozinha no mundo. Corta um galhinho da figueira e mordiscando a ponta onde a brotação se insinua lembra a fala da índia:

– Maya, deves ouvir a fala da natureza, ela vai reencontrar teu ser e ficarás pronta para reencantares tua vida.

– O que é isso de reencantar a vida?

– É abrir o teu ponto sagrado, é libertar o teu encantamento para aberto apontar teu rumo.

Afasta galhos, enxerga as vivandeiras em cavalos de homens mortos, empunham armas, algumas sangram e outras se arrastam feito cobra ao esconderijo das cachaças para emborracharem a si mesmas e aos feridos. Pelo meio, montadas em grandes cavalos negros e carabinas firmes na direita, as *chinas cuarteleras* castelhanas. Usam lenços amarelos ou vermelhos enrolados na cabeça, panos azuis sobre os arreios e mesmo no cabo das carabinas há fitas coloridas.

Ao longe um clarão vermelho cresce e avança, é tempo de seca e o fogo se alastra pelo campo de batalha, as ventanias alimentam as chamas e feito um fantasma em labaredas desatinadas o terror se espalha de forma incontrolável. Maya enxerga a catástrofe e a imagem restaria à posteridade nos registros, *os campos se transformando, sendo encobertos pelo vermelhão das brasas e pelo negrume das cinzas do incêndio devastador*. A calamidade segue na frente do campo de batalha e a terrível imagem ficaria documentada: *feridos e entregues à morte os homens não conseguem correr e restam carbonizados, pretos e inchados*. Em trecho adiante consta que as *chinas cuarteleras* castelhanas se misturam às vivandeiras brasileiras e, ágeis e lado a lado, tiram roupas de corpos feridos e inertes mas ainda com vida para lhes amarrar braços e pernas enquanto os saqueiam. Brigam entre elas, há esfaqueamentos, tapas e gritos numa luta macabra por dentes, moedas, armas, e tudo ali de valor prestes a ser consumido por chamas impossíveis de serem controladas por aquela gente vinda para mirar, matar e vencer.

Ao fim e ao cabo a morte abre as entranhas e expõe a intimidade oculta entre quem mata e quem morre. A guerra havia alinhado lado a lado corpos de castelhanos e brasileiros moribundos, ardendo nas brasas à espera das chamas para a consumação final.

Do alto Maya vê soldados correndo por entre pedaços de gente em meio a corpos de homens e cavalos mortos. A tarde é horripilante. Há carroças e carretas brasileiras ao longe, mas tal é o pânico e o desespero que mesmo as turmas de socorro tinham sido engolidas pela inércia e o pavor. É quando Maya ergue a cabeça e entre as bandeiras do Império Brasileiro enxerga uma imensa e trêmula Bandeira Branca.

Bartira acertou, os castelhanos venceram e carregam seus mortos enquanto os brasileiros atendem sobreviventes, aturdidos e entregues.

Maya escorrega troncos abaixo, o corpo enrijecido alcança o chão onde grossas raízes se abrem numa espécie de berço. Ali se aninha escondida pelas touceiras, os olhos se fecham, respira ansiedade e cai num sonho insonhado enquanto o torpor a invade.

Acorda falando consigo mesma: Eu preciso pegar a estrada e ir embora; trança os cabelos, olha em torno e em passos vagarosos começa a se embrenhar mato adentro, pula águas, pedras e lodaçais, enreda-se nos cipós e cai nas raízes, levanta, enxerga a clareira e nela, entregue e a borbulhar vida, a lagoa de águas serenas. Enxerga o cintilar dos raios de sol beijando as águas e lembra Bartira: A Natureza é o Belo em estado de Amor, ela contempla e entende como em verdade o Sol e a Água se amavam e se afasta cuidadosa, pisa leve e com vagar segue adiante. Com olhos injetados vai pelo entorno, e talvez por tanto olhar e tanto ir, perde-se por já nem saber se caminha nas águas ou em lençóis de ouro, e devido ao penetrante cheiro de fertilidade das terras se mesclar às suas inconscientes memórias africanas, e talvez ainda por estar à beira de um fim e de um início por ela ignorados, criança em regaço é Maya ao se espichar na suavidade das areias e outra vez ser invadida pelo sono.

Acorda com imensas mãos arrancando suas roupas, gritam e lhe tapam a boca. São dois dos muitos brasileiros vindos a juntar mortos e feridos. E eles vocejam: Cadela ordinária, agora não tens punhal e vais dançar pelada pra nós, só pra nós. E segurando relhos, facões na cintura e baionetas no ombro, ordenam:

– Dança pra nós, Maria Cadela!

Ela começa a sacudir o corpo ladeada e trêmula, perde o equilíbrio e as forças, as pernas se derretem, os ossos se desmancham e nada mais enxerga. De tudo os homens fazem com seus restos e se param logo retornam e talvez só quando a enxergam morta eles se vão.

Empoçado em sangue o corpo de Maya é longa massa negra massacrada estendida nas areias.

3.

– Ainda está viva – diz alguém.

Enrolam enxergões no corpo nu e se esforçam a lhe dar de beber com a guampa cheia d'água. E os homens vindos em busca das águas para levar às carretas do Coronel João José Palmeiro pegam a menina virada numa trouxa de enxergão, pernas balançando com duas botinhas nos pés e largam em frente a ele:

– Ainda não morreu, coronel.

Ele pergunta quem era, ora, é a vivandeira que dança em cima dos canhões. Não, não tinha entrado na batalha, devia estar escondida nos matos. Pegaram a infeliz na beira do lagoão, surraram, estupraram, pelo jeito queriam matar, sai sangue por todos os buracos.

O coronel se aproxima, afasta a ponta do enxergão, o rosto de uma menina. Lembra das filhas, tinha várias regulando com ela e ainda as netas, e o coronel da Armada Real de Portugal, então no exército da Província do Sul, pensa em suas meninas.

Pergunta onde estava o enfermeiro, na carreta com toldo, a da frente – disseram. Pois o trouxessem, pegassem cavalos e galopassem até a estrada, quem sabe conseguiam salvar a infeliz criatura. Os homens se vão e o cabo olha o Coronel Palmeiro:

– Será que vale a pena, coronel? Se não morrer vai virar china de grande sofrimento.

– Mas é tão menina. Valha-nos Deus! Pois é vida bem dura essa onde nos metemos – responde o Coronel Palmeiro fixo nos vultos vindo ao longe na carreta.

A decisão é rápida, o pulso fraco e o sangue correndo, só na carreta com os remédios e as enfermeiras engendradas poderiam tentar alguma coisa. Assim providenciaram e o corpo de Maya, ardendo no fogaréu da febre, foi entregue às atendentes de emergências da Casa de Misericórdia de Porto Alegre na carreta dos medicamentos. E elas a lavavam e estancavam a sangueira do corpo adolescente que só respirava e, trêmulo, gemia. Pouco a pouco a nutriam, hidratavam e comentavam, a infeliz não tem mais forças, precisa de aconchego, está rasgada por fora e por dentro.

Iguais aos sobreviventes, as três carretas seguiram lentas e sonolentas. E havia dois deles na última, dois na do meio e na primeira – a única protegida por um toldo – com Maya iam atendentes, material médico e de enfermagem, e o de comer; oito soldados trotavam ao lado, puxando três bois e cavalos de troca. Era um cortejo com as dores e a devastação de uma gente cansada e massacrada. Dos quatro à beira da morte, a pior – ouvia-se – era a mulher. Coisa nunca vista, carretas de atendimento a carregar vivandeira – diziam os do entorno – silenciados ao verem o coronel João José Palmeiro e seu pequeno destacamento se aproximar, afinal, a presença dela tinha sido ordenada por ele.

O coronel encostou o cavalo enquanto os outros repetiam, a menina quase morria. E quem fez o trabalho foi gente nossa – falou o coronel erguendo o mango para ir adiante quando chegam três soldados no galope, avisando: A caravana estará em risco de ataque, e entregando carabinas e munição, recomendam, escondessem as armas no fundo falso das carretas.

Deixaram determinações, mandassem chasques nas necessidades. E se alguém morresse, enterrassem no campo e, bem erguida, uma cruz com o nome do bendito. Bateram mãos nos chapéus, fincaram esporas e tomaram o caminho da cidade.

– Acho que a menina será a primeira cruz – disse o coronel – mas, enfim, fizemos o possível.

E antes mesmo da poeira dos cavalos da turma do coronel desaparecer, outra atendente e o enfermeiro pularam à carreta onde, sozinha, estava Maya. Faziam o chimarrão e abriam as caixas com rapadura, bolo de milho e *galletas*. A atendente alemã de fala arrevesada, tão gorda quanto disposta, examinava a guria, pois acreditem, a respiração melhora e a febre cai. É de raça forte, disse o enfermeiro. A enfermeira magrinha e ruiva tranquilizou, tinha dado atendimento aos outros quatro, tomaram o caldo; só um não se alimenta, nem geme, nem abre os olhos.

Noite fechada, os bois indo e os cavalos acompanhando, e na última carreta a roda de chimarrão, e se cada um tinha terrível caso de batalhas a contar, sempre havia uma voz a carimbar tragédia, outra a provocar o riso e o deboche, às vezes, lamentações. E assim iam.

A enfermeira quase menina, rosto assustado e sem assunto foi percorrer as carretas e voltou desafinando a voz: Aquele velho que perdeu a perna e nem come está mal, muito mal. Pararam as carretas e examinaram o sobrevivente, vieram os soldados e rezavam e se benziam, o homem se finava, diziam e seguiam a se benzer. De tudo tentaram mas entenderam, ele tinha morrido, sua hora havia chegado.

Dois soldados pegavam as pás enquanto os outros cortavam galhos para fazer a cruz. Grajaú, o soldado meio índio, diferente por sempre estar assobiando, terminou o enterro, e ajoelhados no campo, três atendentes da Casa de Misericórdia, um enfermeiro e quatro soldados tiraram os chapéus, rezaram e Grajaú disse:

– Agora, antes do mate chimarrão e do carreteiro, uma canha.

Assim foi como, à beira de uma cruz, três carretas começaram a deixar os campos de batalha, esses espaços onde a humanidade, a sombria, constrói poderes e poderosos para eles depois construírem os mortos e as vítimas. E carregando talvez medo ou talvez coragem, mas com pessoas de olhos no rigor do luto, o cortejo se arrastava num deslocamento preto e quente de bois, cavalos, e de cuidadoras e viajantes ainda entregues ao grude faminto da morte. Então, pesada, silenciosa e lenta, havia uma caravana indo, apenas indo.

Na primeira semana os três sobreviventes mais reagiam e a surpresa foi a guria, assim a chamavam. Pois Maya abriu os olhos, aceitou o caldo e provou carreteiro de charque. A guria ficaria bem, disse um soldado índio sempre calado ao alto de seu cavalo, ao nascer do dia ele tinha visto uma nuvem rosada em cima da carreta onde ela estava e começaram a chover – e o índio espichava o braço e com vagar flutuava a mão – pequenas folhas rosadas e transparentes sobre ela; e com naturalidade o índio concluiu: Era o sinal. Todos olharam o homem em susto, e baixinho alguém sussurrou, não levassem a sério, os índios não eram bem certos. E se uma atendente puxava assunto as outras mandavam calar, como não viam? A guria precisava dormir.

E na próxima noite, carretas paradas, bois e cavalos amarrados nas sogas a pastar, os soldados e o pessoal da enfermagem comiam rapadura e passavam a cuia com o chimarrão quando Maya acordou e apoiada nos cotovelos balbuciou o incompreensível, ergueu a cabeça e apertou forte os olhos, gaguejava, tossia, apertava o pescoço e era visível, a menina tentava uma fala. Atendentes a apoiaram, estava bem e sem febre, fixava a escuridão da noite sem lua nem estrelas, examinava com curiosidade o entorno iluminado pelo candeeiro e por fim, com palavras erráticas, falou:

– Vocês me salvaram, me cuidaram.

Tossiu, se engasgou, e com esforço continuou:

– Preciso saber uma coisa.

Em seguida afundou naquela espécie de ninho feito com ponchos e enxergões e naquela cama improvisada enrolou o corpo, e tentando enrolar também os negrumes do por dentro seguiu a falar baixinho com a mão apertando o braço da atendente, a qual pediu a Maya a repetição logo ao grupo explicada:

– Ela quer saber para onde vai.

Achegando-se a Maya, aquelas pessoas imersas em exaustão e susto, ouviram: Vocês sabem para onde eu vou? Ora, ela ia para Porto Alegre. O que é isso? É uma cidade, a capital da Província.

– O que vão fazer comigo lá? – a menina condenada à incerteza tinha olheiras brilhantes, olhos perdidos e mãos trêmulas: – Onde eu vou viver? Onde vou trabalhar? Se no trabalho eu fizer coisa errada, vão me surrar de chicote?

Estava mais firme, fiapos de vida se abriam no olhar e com pequeno pingo de lágrima a escorrer nariz abaixo, continuou: Para ter moradia e comida eu vou ter que deixar macho me usar e me bater de tudo quanto é jeito?

Ninguém falava e ninguém sabia e por não saberem lhe ofereciam de comer, e ela, por entender atrás daquela gente sem respostas existir algum conhecimento que não desejavam falar, sentou-se em cima das pernas e seguiu sacudindo mãos espalmadas feito para ser mais bem entendida, e as palavras agora soavam mais fortes na carreta, e eram palavras decididas e irrecusáveis:

– Se me querem bem, me respondam. Não me enganem.

Os olhos tornaram a relampejar e Maya, pernas ainda inseguras, ficou de pé e avisou, era bom saberem, se na cidade Alegre ela fosse ter vida de escrava, ter dono e ser surrada no tronco, daria jeito de pular da carreta e se esconder nos matos.

Foi quando a atendente alemã entrou nas falas:

– É claro que nós vamos te ajudar, mas queremos saber qual é o teu nome.

Souberam, o nome era Maya, e adiante não foram porque ela não se calava: Vão me largar onde? Em resposta disseram como ao chegar, graças aos céus!, os doentes iam para o hospital, a Casa de Misericórdia, quando por certo a menina Maya deveria estar com a saúde recuperada.

– E aí, para onde eu vou?

Ninguém sabia, e a guria tinha alguém dela por lá? Não tenho ninguém em lugar nenhum, sou escrava, minha mãe morreu, sou só eu. E onde morava antes de ir para as batalhas? Na estância onde a mãe morreu e de onde ela fugiu.

– Você quer encontrar suas amigas das batalhas? – perguntou Grajaú com voz triste e mascada porque acabava de entender, ela era escrava fugitiva; por certo, então, havia muito capitão do mato que, a mando de seu dono, andava a sua procura.

Maya respondeu com palavras enferrujadas, pois de sua vida ela só sabia uma coisa, nunca mais faria parte das batalhas. Queriam saber a causa e ela não falou. Perguntaram como virou a dançarina dos canhões. Seguiu calada. E como conheceu aquelas mulheres, e ela sacudiu os ombros e tornou a perguntar aonde seria deixada na tal cidade Alegre. Houve o silêncio e, fazendo perguntas, ela mesma respondeu de olho firme nas atendentes.

– Só me dando cama e comida, eu posso trabalhar no hospital?

Ouviu ser aquela uma boa ideia, poderia ajudar na cozinha, lavar roupa, fazer limpeza. Pois então iria para lá. E como se houvesse tirado um saco de chumbo de si, a menina fechou os olhos, virou de lado e puxou o enxergão sobre a cabeça.

Quando percebeu Maya dormindo, Grajaú encostou o cavalo na carreta do meio e começou a falar em voz baixa. Igual mel atraindo abelha, todos pularam à carreta, queriam ouvir os assuntos daquele pessoal em sussurros, caras sérias e preocupadas.

– Gosto da guria – dizia Grajaú – e me preocupo, acho que na Casa de Misericórdia ela só vai conseguir trabalho como escrava.

Perguntavam daqui e dali e ele explicava, desde o ano passado lá na Misericórdia só entrava escravo alugado; fora esses, o que mais eles tinham eram escravos doados ou comprados pela Casa.

As atendentes bem sabiam, a Casa de Misericórdia fazia muita caridade para pobres e miseráveis, mas eles tinham de ser pessoas livres. E acreditassem, lá nunca socorriam escravos, afinal, se eles pertenciam a seus senhores, era obrigação destes o socorro nas doenças; e mesmo se precisassem tomar o Azougue, no cômodo especial para sifilíticos, escravo lá não entrava. E as escravas? – alguém perguntou. Elas não eram tratadas, por causa de regras assim é que as pretas ficavam parindo criança branca, preta e marrom, tudo cheio de sífilis.

Um soldado comentou a esquisitice daquilo, pois se a guria vivia sozinha, era livre. Era não, garantiu Grajaú, teria de comprovar sua origem e aí precisariam da carta de propriedade em posse dos donos da estância donde fugiu quando a mãe morreu.

– Que horror! Isso não podia acontecer! Capaz de matarem a coitadinha no açoite – dizia o enfermeiro.

E já as atendentes opinavam, a guria não tinha saída, lembrassem como sofreu fugindo, sendo estuprada e apanhando, misturada com as vivandeiras que todo mundo sabia como viviam. E ela no meio, lutando, sendo ferida e dançando pelada pros batalhões! Se descobrirem seu paradeiro poderá até ser executada no Largo da Forca. Ora vejam, opinavam alguns, isso não tem como acontecer, a estância de onde Maya fugiu é na fronteira, bem longe da capital. Para outros: Quem não sabia como estancieiros importantes tinham chácaras e parentes ricos e de poder na capital? Ah!, meu Senhor!

Na segunda semana o grupo temia que Maya afundasse nos infernos da existência, coisa por alguns conhecida no corpo e na alma e por outros apenas ouvida nos causos de chimarrão à beira do fogo nos invernos e embaixo das velhas figueiras nos verões. Mas estavam decididos, seria duro demais ver a guria continuar maltratada em vida de sofrimento. Então falavam e discutiam, de tudo fariam para a salvar. E a única forma seria pedir ajuda ao Coronel Palmeiro, o homem era bom, ia ajudar. Ficou acertado, quando viesse o próximo chasque entregariam um bilhete a ser encaminhado ao coronel pedindo apoio para proteger a guria, ela era escrava e se os donos soubessem onde estava, poderia ser enforcada.

– Ótima ideia – falou Grajaú – Dona Maria Josefa, a mulher do Coronel Palmeiro, vive brigando pela Abolição da Escravatura. E contavam, ela só não era ameaçada pelo governo da Província de sofrer um inquérito devido ao coronel ser pessoa de muito respeito.

A noite caía estranha e cheia de neblina, mais parecia com mofo, o ar estava sufocante, o silêncio arranhava e eles sentiam-se igual estivessem tampados, nada viam, nem nada olhavam.

– Bom – disse Grajaú – já decidimos, seremos os protetores da guria. E o coronel vai nos ajudar, tenho certeza.

– O senhor já viu a forca? – perguntou uma atendente pensativa.

Claro, era no Largo da Forca e quem cuidava das últimas vontades dos sentenciados era a Casa de Misericórdia. Eles saíam da cadeia, ali perto, no Beco da Cadeia, e o condenado era levado até a Capela Senhor dos Passos na Misericórdia; de um lado iam os soldados vigiando, mais o capelão e um representante da chamada Irmandade. Depois o futuro enforcado seguia a caminho da forca acompanhado pelo juiz da execução, o escrivão e o personagem que leria bem alto a sentença do infeliz – dizia Grajaú ao grupo, todos a sentir na boca um fel grudento, olhos esvaziados.

Mais tarde voltaram aos seus lugares, comeram com pouca vontade, trocaram bois e cavalos e trataram de dormir.

Na terceira semana, a estrada amanhecia em azul úmido e as carretas retomavam o caminho, Maya ia numa carreta com as atendentes e nas outras o enfermeiro cuidava dos três sobreviventes. Grajaú assobiava em cima do cavalo e falavam no Coronel Palmeiro, boa pessoa, diziam, e Maya ouvia, encolhida e calada. Conheço bem o homem, falou Grajaú, com doze anos fui preso, tinha roubado um pão no tabuleiro de uma velha e foi ele quem me soltou e depois ainda me arrumou trabalho na polícia. Em verdade, eu conhecia a família dele, mundaréu de filho, casado com dona Maria Josefa Carneiro da Fontoura, senhora bondosa e de respeito, moram na Praça do Novo Lugar, perto da Casa da Junta e do Palácio da Presidência. Fui boleeiro dele. Boleeiro? Sim, dirigia na boleia os cavalos do carro da família.

Grajaú contava as histórias do passado, o pessoal bocejava mas se distraía, e o que mais ele foi? Pois então, fui pescante na diligência para Pelotas, dois dias de viagem, eu ia na frente, junto ao maioral, ele governava onze cavalos com um feixe de rédeas e imensos chicotes para açoitar os animais, e na frente ia o ponteiro controlando um laço que prendia a diligência nos arreios. Nessas diligências – detalhava – viajavam homens importantes e senhoras muito finas, com colares de ouro, pulseiras e grandes brincos, luvas e roupas com rendas e sedas, sapatos de veludo. Bonito de se ver – concluiu, olhar perdido. Depois seguiu com sua melodia assobiada e Maya queria saber:

– Seu Grajaú, qual a cor de uma diligência por dentro?

– Olhe, os tetos e as almofadas dos bancos eram de um vermelho escuro, muito lindo.

E foi descrevendo, cabiam umas dez pessoas e os chapéus das senhoras, coisa nunca vista, às vezes tinham até laços e flores de seda.

– Que história cheia de belezura, conte outro causo desses, é bom saber da vida de pessoas felizes – disse Maya.

A conversa seguia e alguém queria saber:

– Maya, de onde tiraste a ideia de como pessoas em diligência são felizes?

– Vocês não percebem? Se não enxergam isso é porque nunca estiveram lutando na guerra e nunca foram maltratados. Eu queria era ser bem tratada, e, imagina só, poder usar roupas cheias de cor e de enfeite, andar em diligência sentada em almofadas vermelhas – e pediu: Não fiquem me olhando desse jeito, eu gosto de ficar pensando em gente assim, que vive num mundo cheio de coisa bonita, tudo bem arranjado. Porque se o senhor, seu Grajaú, seguir contando, eu depois posso me imaginar nesse mundo bonito, entende?

Mas essa guria precisava mesmo era de conhecer os palacetes de Porto Alegre! – dizia Grajaú controlando o cavalo. Todos da carreta acompanhavam o assunto e a atendente alemã foi enfática, ele estava certo, muitas vezes ela cuidou de gente cheia de dinheiro nas mansões lá dentro dos muros e nas chácaras de gente importante. E olhava para Maya abrindo os braços:

– Menina Maya, tu nem sabes, já passei semana cuidando de parturiente em sobrado nobre com móveis cobertos com guardanapos de organdi enfeitados com rendas. Coisa mais linda. E os tapetes? E o quarto? Lençóis de linho cheios de bordados e fitas de cetim.

Maya falou mais forte: Minha mãe contava assim dos casarões da Bahia, mas eu ficava no porão, nunca vi.

– Pois agora, falou Grajaú, quando a menina dormir pode sonhar e fazer de conta que vive num quarto assim.

Maya abaixou a voz, alinhava perguntas e todos ouviam concentrados. Perguntava por que existia quem podia viver no meio das roupas bonitas, por que existia para alguns salas com almofadas de veludo e colchas de cetim, e outros não tinham nada? E tornava a repetir: Eu só queria entender.

Mais tarde, enrolada pelo enxergão ao fundo da carreta, punha-se a lembrar dos tempos com a mãe nos casarões da Bahia. Por vezes era chamada, deveria ajudar a servir nos jantares dos salões. Vestiam-lhe vestidos brancos engomados, trunfas na cabeça, fios dourados no pescoço e ela percorria as salas. Quando começavam as músicas devia trocar a roupa, então de novo se enfiava no vestido de saco branco e dava um jeito de se esconder atrás das cortinas donde ainda espiava o brilho do cetim na ponta dos sapatos das mulheres e as barras com rendas, sedosas e aveludadas de suas roupas deslumbrantes. Depois descia correndo as escadas e com medo de ser vista fugia à senzala, deitava no amarrado de palhas e demorava a dormir. E como gostava daquilo! Depois se imaginaria usando os vestidos de sedas vermelhas e amarelas, sapatos da mesma cor, veludos, rendas e bordados em ouro, e se inventava com colares de pedras faiscantes, pedras brilhando nas orelhas, e, sim, ela teria grandes leques, alguns com plumas, outros bordados e havia os dourados e os de madrepérola, e com eles se abanava e se sentia bonita. Foi assim, através dos sonhos, como criou no espaço do pensamento um armário com vestidos rendados e cheios de cores dependurados, e inventou gavetas com joias e outras com laços de todas os tons de fitas em muitas espécies; era quando Maya inventava histórias com o pensamento – sempre a lembrar como aquele foi seu melhor viver – e afundava na brincadeira de ser senhora de casa grande ou filha de um daqueles casarões, de tudo ter e de tudo poder pedir. Adormecia imersa na urgência das cores, sedas e flores de veludo onde nada era escuro e feio, e, dizia de si para si, esse preto e cinzento esburacado aqui da senzala é dentro do meu sonho, não é na minha vida verdadeira. Afinal, eu só vivo de verdade quando fecho os olhos e abro meus armários e minhas gavetas.

E quando no meio das guerras contava seus sonhos para Zuleide, ela aconselhava: Guria nova e bonita igual a ti, poderás ter de verdade tudo isso que guardas nos armários dos teus sonhos, é só ver quem é o chefe mais rico, seduzir o homem e te amasiares com ele. Mas não era bem assim que ela queria viver, dizia e refletia como tudo ignorava daquele viver, e Maya trincava com os dentes a ponta do dedo daquela unha preta de tão mordida, confusa, com medo e vergonha de ser quem de fato era.

Para o enfermeiro, mais importava a recuperação da guria e ela estava a falar demais, as dores iam voltar. Com voz decidida mandou trazerem o caldo para Maya se nutrir e relaxar, e tratassem de fazer silêncio. No antes de se acomodar para dormir, Maya olhou o enfermeiro: Eu vi que às vezes o senhor abre umas pequenas caixas com remédios, o senhor se importaria de dar uma, depois de vazia, para mim? E ela ganhou onde guardar as páginas escritas pela amiga Bartira para serem lidas quando aprendesse a ler. Pegou a trouxinha com as botas, o punhal e a roseta, tirou os papéis, alisou com cuidado e os fechou na pequena caixinha que voltou ao fundo de uma das botas. Assim ela se acomodou nos enxergões, era um problema a menos, seus papéis estavam protegidos. E, como sempre, abraçou a trouxinha com um quase nada dentro e tratou de dormir.

Por consequência na caravana se abria uma réstia de vida com a guria pretinha feito carvão sempre a falar em cor, a se encantar pelos brilhos das sedas e a olhar demorado os campos dourados do amanhecer ou o festival vermelho na hora do poente; e a caravana indo, sonolenta e forte, e nela seguia sempre mais atenta Maya olhando os vagalumes e as estrelas, a dizer:

– Olhem, vamos pelo meio de luzes piscando, como eu gosto desses brilhos no campo escuro.

Todos se calavam e apreensivos seguiam adiante.

Na quarta semana, os sobreviventes melhoravam e os guias diziam, em quinze dias já avistariam a cidade, ficava no alto e à beira do rio, até pouco tempo ainda era uma vila. Maya, recostada em almofadas e pelegos, olhava a brancura úmida dos campos amanhecendo, algodoados pela geada cortante. E naquela carreta, assim, tipo orvalho, havia também se esparramado uma poeira sossegada e o pulverizado era a simpatia e o gosto pela menina da qual, no fundo, todos se consideravam salvadores. Grajaú, mate recém-feito na mão, foi o primeiro a falar:

– Menina Maya, fique sabendo como nessas casas lindas também existe sofrimento.

Concordaram. Maya falou mais forte, pois dou garantia, numa vida assim eu ia ser feliz. Ora, então vou lhe contar a história de uma gente, passada ali em Porto Alegre, meu irmão assistiu, trabalhava pra eles, dizia Grajaú: Imaginem só, a mulher se matou com veneno de rato e deixou carta escrita, saía da vida porque não suportava mais viver com ele que, a infeliz percebeu, casou com ela por haver perdido os bens e o dinheiro, e por saber o pai dela comerciante forte além de abastado em relações com pessoas importantes. E para ele – seguia Grajaú incisivo – como para muita gente, o de mais interesse era ter relação com pessoas de poder e com muita onça de ouro; pois a mulher deixou ainda escrito na carta como para ele a mulher servia só para enfeitar a casa e ser exibida nas festas, queria mesmo era a representação social de a ter ao lado. Muito tristes os relatos feitos por ela – encerrou, sacudindo o relho – e além de tudo o homem vivia na esbórnia com os machos.

– Foi uma boba, era só largar o homem – falou Maya.

– Como ia largar a peste? – disse uma atendente, no meio deles é vergonhoso abandonar casamento, as amigas, a família, todo mundo vira as costas para mulher que larga de marido.

Soltou a cesta com remédios e levantou a voz: Conto a vocês, no casarão onde a minha mãe trabalhava aconteceu bem assim, lá, a mãe da moça implorou para ela se casar com um velho podre de rico, o desgraçado se dizia apaixonado pela guria e elas estavam pobres desde a morte do pai. Acreditem – e a atendente prendia a curiosidade de todos – para agradar a mãe e não morrerem de fome a moça casou com o velho; e dizia, ele me exibe feito eu fosse animal de raça, em casa me surra, abria a roupa e mostrava as marcas de chicote no corpo. Depois trouxe uma rameira e logo mais outra, era um horror. Ela se mudou de quarto e a distração era ficar na janela; foi quando um vizinho começou a falar com ela, se apaixonaram e um dia ele chegou de revólver em punho e tirou a infeliz de lá. Aconteceu então de ninguém, mas ninguém mesmo, cumprimentar a pobre nas ruas, sequer falavam com ela, era tratada igual criminosa da mais baixa categoria. E a atendente encerra a fala:

– Os dois sempre juntos, havia amor e imensa tristeza com a rejeição a ela, nem os amigos e nem os parentes mais próximos a cumprimentavam, viravam o rosto e atravessavam as ruas para não se cruzarem, era vista igual fosse uma china ordinária.

E eram três mulheres sem estudo, mas com ânsia de curar e acalentar quem sofre, e era um enfermeiro com estudo em curar e acalentar, e eram vários soldados e alguns índios crescidos junto aos militares, todos juntos naquelas carretas onde três soldados meio despedaçados lutavam para sobreviver enquanto uma vivandeira quase adolescente, e de vida igual a pedra rolando ribanceira abaixo, perplexa, assustada e confusa, mordia a unha numa fúria incontrolável.

Ora, para a menina, onde um plano? uma escolha? uma iniciativa? Pois vejam, Maya era apenas mais alguém proibida a viver em vida viva pois pertencia aos destinados a existir em submissão às vidas vivas de seus donos. E assim, com Maya clamando por entendimento da vida, a contação de histórias ia adiante e as carretas seguiam, às vezes como agora, parando porque Raimundo, o chasque, trouxe comida e carne, fariam um churrasco. Pelo meio de tudo, a menina Maya, virada em atenção e em ouvidos, sequer falava, só pensava e cravava dente na unha do indicador.

Grajaú convidou o chasque ao churrasco, soldados tratavam do fogo e da carne nos espetos e os dois saíram a uma caminhada para espichar as pernas das longas marchas a cavalo. Por entre rasantes e gritos de quero-queros, Grajaú puxou o papel bem dobrado, entregasse ao Coronel Palmeiro: Escuta, vou te explicar o que tem aí, escrevo mal e ele pode não entender.

– E o problema, Raimundo, é essa guria vivandeira que o coronel quis salvar e vem conosco. Ela não tem pra onde ir e quer algum trabalho na Casa de Misericórdia, mesmo sem ganhar nada. Mas o problema, e a infeliz nem sabe, é ela ser escrava fugitiva sem carta de alforria.

Grajaú se cala, acende novo palheiro e tosse tragando com vagar: Será fácil ela ter o seu rastro achado por algum capitão do mato, garanto como o cabra tem bom dinheiro prometido pra levar a coitada de volta. E o castigo, tu sabes, pode ser a forca.

– É verdade, quase não tem semana em que não passe um desgraçado arrastando algum desses infelizes pros açoites dos donos.

– Pois então, homem, pede ao coronel pra ver como se pode fazer com ela; a guria é boa pessoa e tem sofrido demais.

O melhor seria ela ficar com as vivandeiras, nunca ouvi caso de escrava fugir pra viver com elas; mas enfim, lá não ia ser achada. E, coisa mais estranha – seguiu o chasque empurrando a aba do chapéu – tão novinha vivendo desse jeito, guerreando, apanhando e emprenhando, parindo e abortando filho, eta vida bem infeliz.

Grajaú deu um pontapé num gravatá:

– É verdade, estranho como se meteu nessa vida, ela não fala quase, mas pra mim, desde a morte da mãe ficou fugindo e acabou no bando das chinas.

Churrasquearam, Raimundo se despediu e seguiu no trote.

Para o grupo, restava descansar. Contavam casos, tomavam mate e comiam as rapaduras, a sobremesa. Enquanto alguns clamavam com pena das mulheres, o enfermeiro falou, ele também tinha história a ser contada, se acomodassem para ouvir: Saibam vocês – e ele afiava a faca – fui eu quem, lá na Casa da Misericórdia, recebeu o corpo de uma infeliz suicida. Cortavam as lascas da carne sangrenta e ele levantava a voz: Pois a coitada chegou sangrando igual essa carne, tinha cortado os pulsos; se chamava Jandira, lembro bem, estava grávida de um filho que não era do marido, coisa comprovada devido a ela ter mandado carta para uma irmã e uma amiga contando, desde casada o marido vivia com as chinas, ficava abandonada e percebeu, ele só tinha casado pela posição social, queria os jantares e as ceias importantes, ser convidado para os saraus, mas escondido, vivia na baixaria. Ela se apaixonou pelo primo dele, mas ao saber da gravidez o homem avisou, não ficaria com ela, era casado. A única saída – ela escreveu nas cartas – era o suicídio.

Maya tinha um corte de carne no prato de lata e com olhos parados mordia o dedo. O que você tem, Maya? Ela está assustada, disseram. Não, imagina, a guria conhece o mundo, sabe dessas nojeiras melhor do que a gente.

– Esse mundo que vocês falam, conheço não, nunca imaginei que pudesse ser assim. Preciso pensar, dizia Maya, repetindo as palavras da véspera.

– Se vocês soubessem onde fui criada – falou a atendente ruiva: Me ouve, Maya, cansei de ouvir as confidências da minha patroa com dona Margarida. Aconselhava a amiga a tudo aguentar do marido safado e sempre repetia: Margarida, não sejas boba, pares de pensar em desquite, ele te faz seres mulher casada e teres dinheiro, nesta imunda sociedade – bem assim ela dizia – a representação e o luxo são o que mais vale; mulher casada mesmo sendo atraiçoada como tu, vale muito mais que a desquitada, quem larga marido se aniquila sozinha, fica de alma ressequida de tristezas e amarguras e sofre repulsa por todos os lados. E olhem, para a amante sirigaita, o marido de dona Margarida deu palacete e luxos de princesa, enquanto a infeliz passava chorando e querendo largar do homem, mas minha patroa ficava braba, chamava ela de burra e bobalhona.

Maya estatelou os olhos e ergueu a voz: Minha mãe nunca me disse que homens maridos também eram ruins para as mulheres.

Mais tarde voltaram às carretas, os animais alimentados e descansados e com os doentes e atendentes sonolentos a caravana seguia mais rápida, a planície aberta e de campo limpo facilitava a viagem*.

Quando a noite caiu, todos sabiam, deviam ter vencido meia viagem, com os três mutilados ainda sobrevivendo e Maya a aumentar o brilho nos olhos, as perguntas e as exclamações: Pois não conse-

(*) Todos os relatos aqui citados são casos reais. In *Divórcio*, de Andradina de Andrade e Oliveira, organizado por Hilda Agnes Hubner Flores – Editora Mulheres.

guia entender! E se perguntavam o que não entendia, ela não falava nas histórias de mulheres tristes e desgraçadas, apenas repetia:

– Se algum dia vocês souberem de alguém que entende a vida, tragam para eu conhecer. Eu vou querer ouvir até entender. Porque, para mim, não dá para entender!

Calou, denteou a unha e seguiu:

– Então a maioria das mulheres brancas com marido são assim, meio escravas deles?

Ninguém falou.

A PRIMITIVA SANTA CASA - CÓPIA DE ÓLEO DE AUTOR DESCONHECIDO - 1840±

Referência ao Carnaval, o antigo Entrudo

4.

Menina entre as meninas, mulher entre as mulheres, desgraçada entre as desgraçadas, agoniada entre as agoniadas, assim era Maya, a filha menor da africana Dinka – e de um holandês das lavouras de cana-de-açúcar que nunca mais soube de sua existência – laçada e presa para ser vendida nas Américas. Assim Maya foi feita, assim Maya rolou, assim Maya se fez pensativa, assim Maya trocou o choro pelas perguntas e não mais deixou de criar sonhos para neles mergulhar nas noites escuras e gélidas, sentindo na pele as asperezas dos enxergões, engolindo pedaços das carnes sangrentas dos espetos de churrascos apressados e ouvindo as discussões, a mudez e as falas espinhentas da gente das guerras. Abria as noites e pensava, a vida me enrola e me espreme, mas quando fecho os olhos eu me desenrolo e fujo para onde ninguém me alcança. Sim, bastava um pelego de lã sebenta para se aquecer, tapar a cabeça e cair na vida bonita e colorida.

Ao amanhecer a caravana iniciaria o trecho final com três mutilados ainda sobrevivendo e Maya a exclamar sobre a vida de mulheres desgraçadas e infelizes: Aquilo estava errado, não podiam sofrer tanto! Pois, coisa bem séria essa guria – diziam as atendentes – ela vive sonhando com o mundo das mansões enxergado pelas frestas das cortinas e buracos de fechadura, e depois se imagina pelo meio daquelas belezas achando que lá só tem gente feliz, boa e amiga.

E era o amanhecer da quinta semana e pouco dormiram, cedo acordaram, mas ficaram parados, afinal o dia mal nascia e mostrava o cordão de mato próximo e bem sabiam, logo atrás havia o rio. Chamava-se Vacacaí, nome posto pelos índios, e como sempre e para sempre seria nome mantido pelos brancos por ser um belo nome e por intuírem a sacralidade das palavras indígenas, diziam delas serem inspiradas através dos sonhos.

De certeza, disse um soldado, com o calor desse verão e a seca dizimando os campos, o rio deve estar baixo e em alguns lugares, sabe-se lá, quase seco. Com o companheiro enveredaram no trote ao longo do matagal falando terem visto ao longe vacas mortas, magras e não carneadas, sem dúvida, vitimadas pela seca.

Saíram no trote largo e devido a só olharem o mato e o rio a costear, não olharam o horizonte.

Mas o horizonte era visto por quem ia na caravana, onde apertavam olhos com incerteza e insegurança dado haver algo esquisito ao longe, lá na costura do campo com o céu. Ora, nele se erguiam nuvens de poeira e o pessoal das carretas, soldados, Maya e as atendentes fixavam a estranha cortina de areia sob o sol nascente, quando viram como as figuras empoeiradas se desenhavam mais e mais crescidas e mais definidas e, sem dúvida, assustadoras.

Os soldados são rápidos e enquanto carregam as armas gritam para se abaixarem, joguem-se ao chão das carretas! E Maya, mandavam, ela devia se enrolar até a cabeça, igual estivesse à beira da morte, moribunda. E os enfermeiros, ligeiro, se aproximassem e permanecessem atentos, cuidando e aparentando compenetração com o estado dos feridos ao fundo das carretas. Aqueles índios eram os charruas, de todos, os mais perigosos!

A poeirama crescia como crescia o barulho de patas em corrida frouxa, e subiam urros e assobios tão finos que fincavam nos poros, enquanto mais e mais a cavalhada indígena resfolegava por entre os raios de sol, agora não mais moldura nas cores de sol nascente, apenas a claridade reveladora de caras de índios tomados por ódio e ferocidade.

Homens engatilham carabinas e revólveres, atarantados pelos gritos dos atacantes, constantes, cadenciados e com assobios trinados. Enxergam rostos fantasmagóricos, pintados com o vermelhão do urucum tatuado em três linhas, desde o nascer do cabelo sobre a testa. Eram três linhas retas a se fechar na ponta do nariz, e eram os olhos circundados de preto e o cabelo grosso e enredado, longo qual as crinas de suas imensas montarias, e penduradas em grandes buracos nas orelhas imensas argolas, traziam arco e flecha nas costas e grandes lanças com pontais de afiadas pedras.

O pânico invade as carretas. Índios charruas ameaçavam mais do que as onças e os tigres, e talvez o pior fosse aquele sibilo finíssimo a invadir os poros, os ouvidos e os olhos, aquilo rasga as tripas, vomita disenterias e entope as falas, e aquela zoeira afiadíssima não dá trégua e afrouxando os braços soldados só conseguem se mover quando, sabem todos, o índio da frente, aquele com a barba cheia de pedras dependuradas, começa a se aproximar sempre ainda mais, e pegando o arco e arqueando a geringonça, aponta a flecha – a qual, era sabido, trazia na ponteira uma pedra envenenada. O índio mira a carreta e numa precisão diabólica flecha o ponto central de uma roda.

É terrificante, mas, sim, cada vez mais o charrua avança e de sua boca escancarada trovejam pedaços de palavras:

– Por que andam aqui? Aqui chão nosso.

Fala um soldado:

– Carregamos pessoas feridas na guerra para o hospital na cidade, estão à beira da morte.

Fala o índio:

– Sou Tajuí, o cacique do nosso povo. Tenho o dom de fazer subir e descer as águas do rio, tenho o dom de parar as feras, sou feiticeiro e curandeiro. Podia eu curar seus feridos. Mas não curo, nem ninguém faça pedido pra mim. E não curo porque vocês são ruins. Não ajudo quem nos mata e quem toma o chão meu e da minha gente.

E enquanto o cacique Tajuí rodava a boleadeira com a esquerda, trovejava palavras com a direita erguida em ameaça. Pois se queriam ir adiante, atravessassem o rio, assim dizia quando os dois soldados em busca de lugar para a travessia chegaram no galope e encostaram nas carretas.

Grajaú avança:

– Senhor Cacique Tajuí, esses homens encontraram, não muito longe, lugar para a travessia de nossas carretas. O senhor nos permite?

Fazendo um gesto de concordância o cacique ordena para irem adiante, eles seguiriam atrás. E assim foi como a caravana chegou à margem quase seca do Rio Vacacaí. E ao ver o tamanho do lamaçal e da buraqueira, os homens a cavalo desmontaram; deixariam os cavalos do outro lado para auxiliar na passagem das carretas e dos bois nas cangas, seria terrível se as rodas afundassem e ficassem presas na greda e no barro do leito daquele rio, coisa medonha.

É quando Tajuí avança:

– Vocês, brancos, gente burra.

Pulando ao chão, Tajuí faz sinal ao grupo, os outros índios copiam seu gesto e com o bando charrua desmontado, firmes e assustadores, boleadeiras na cintura e flechas às costas, eles começam a quebrar a galharia do mato. Em pouco tempo pavimentam o barro, os soldados procuram ajudar e as carretas começam a travessia.

Grajaú pega as caixas de rapaduras e *galletas*, espicha o braço em direção ao cacique e fala com vagar:

– Aceite, é de coração. É um agradecimento, gracias.

Tajuí se achega e pega as caixas. Mas, diz, não conseguia entender uma coisa:

– Por que fazem tantas guerras, e guerras tão estúpidas?

Mas eles também guerreavam, responde um soldado.

Fala o índio:

– Mas nós, nós só matamos índio ruim, em tempo de guerra avisada por tambor e dança. E nossa guerra é curta, logo termina. Vocês atravessam tempos compridos se matando, vocês gostam de se matar – volta a acomodar a flecha no arco e segue –, vocês são cheios de ódio, mesmo sem guerra atacam as casas uns dos outros pra fazer mal pras mulheres e pras crianças. Vocês não prestam.

Grajaú, em voz baixa, diz para ficarem calados, melhor não falar.

E com indignação, seguia Tajuí:

– As nossas tribos tratam bem as mulheres e as crianças, o nosso futuro vive nelas. Vocês, malvados, gostam de matar até o futuro de vocês.

Sempre em silêncio, o pessoal da caravana tomava seus lugares nas carretas. Então, creio, amigo, ter havido entre aquela caravana que se arrastava Pampa afora e a gente de suas carretas a lutar para equilibrar a própria sanidade através do contar e ouvir histórias, uma espécie de acordo com os assustadores charruas, talvez uma acomodação não bem entendida, mas encerrada com acenos. E a caravana do outro lado do Vacacaí principiou a se mover, olhando e abanando em direção aos charruas pintados para a guerra.

Na outra margem, sibilando gritos talvez de adeus, que arrepiavam até quem sabe por verem os índios a engatar as flechas nos arcos tal e qual terríveis estátuas prontas ao ataque. E estáticos eram enquanto observavam os matos além do rio começarem a encobrir as carretas indo adiante com suas rodas preguiçosas. Para os da caravana os matos principiavam a se abrir à estrada tortuosa e enfim aquela gente conseguiu relaxar e bem respirar, sentiam-se renascidos e se benziam e bendiziam os santos. Saímos de um pânico de terneiro nas maneias em hora de ser queimado com ferro em brasa, vociferou um soldado.

Era a sexta semana e nas carretas a leveza se instalava, não mais charruas pela frente, apenas a picada no mato a se abrir e a estender galhos pendentes sobre a caravana. Mais pareciam braços abertos de boas-vindas e a tortuosa estrada se revelava enquanto os bois e os cavalos mostravam entendimento com a proximidade aos caminhos de casa. Pelo entremeio, a fala do soldado lá da frente: Enfim, já sinto o cheiro e os braços da Querência, e ele falava de seu chão com letra maiúscula e todos o entendiam. Menos Maya: O que é isso, Querência? O enfermeiro, com voz e gestos de sacerdote em igreja, explicou:

– Querência é, para nós, gaúchos, o lugar onde nascemos e construímos a nossa história, a gente jamais esquece os barulhos da noite e as cores do poente e do amanhecer, as falas dos campos e das árvores, o perfume dos ventos e a mansidão das colinas do nosso Pampa.

Sempre em voz de prece o enfermeiro seguiu a fala: Pois Querência, para mim, é um lugar sagrado, foi onde vivemos em paz e com a gente do nosso sangue; minha família era grande e tinha um casarão onde todos viveram, passaram férias, nadaram juntos e galoparam tocando as tropas e correndo as avestruzes campos afora. Eu era menino quando venderam. Aí o enfermeiro se calou e depois, com os olhos nele, ouviram: Por vezes íamos lá a passeio e eu me afligia porque, tirando as crianças, todos choravam e se escondiam nos cantos e soluçavam, diziam como naqueles tempos a vida era mais viva, mais amizade, mais risada, mais violão tocando, e eu demorei mas entendi. Aquilo engrossava o sangue e esculpia a canivete as pessoas por dentro, difícil de esquecer, é como se dentro da Querência tivesse carne, carne viva.

– O homem fez um discurso bonito – falou Grajaú.

Maya, quieta, pensava. E a atendente magrinha e quietinha contou, certa vez, o pai dela morava no campo e tinha comprado uns cavalos de um amigo lá da fronteira com o Uruguai. E talvez por ser a primeira vez que o grupo ouvia a fala da moça, todos calaram.

– Pois me acreditem – dizia ela – ao anoitecer alguém fechou mal a porteira e no outro dia todos os cavalos tinham desaparecido. Um vizinho idoso, gaúcho experiente, explicou: Esses cavalos não aguentaram a saudade e voltaram para a Querência; como iam chegar? Era longe, as estradas eram várias. Nas encruzilhadas, disse o velho gaúcho, eles param, levantam as cabeças, aspiram e sentem a direção de onde está o cheiro da Querência. Era bem longe, mas os novos donos foram até lá e souberam, os cavalos tinham amanhecido em frente à porteira, esperando para entrar. E os palpites eram muitos, cavalos eram inteligentes e sensitivos, eles captavam tudo, sobretudo os caminhos por onde passavam. Eles têm bússola por dentro? A bússola é o pertencimento deles ao lugar onde nasceram e foram criados, é o chamamento da Querência. Gaúchos sabiam disso, e seus cavalos também, dizia meu falecido pai – falou a enfermeira.

Passou longo tempo de silêncio e, enfim, a voz de Maya:

– Pronto, conheci mais um sonho para eu sonhar de olho fechado.

– Que sonho, guria?

– Para variar minhas alegrias e as coisas bonitas que gosto de imaginar, vou ter um cavalo muito lindo, negro com crinas douradas, e vamos ser grandes amigos.

Houve risadas e implicâncias, mas os olhares se ampliavam adiante, saíam das matas e outra vez aparecia um rancho aqui, outro acolá, e mais adiante surgiam cavaleiros e na curva um arranchamento grande com carretas paradas, gente de fogo aceso e carne assando. Pararam e desceu o ponteiro. Voltou a dizer, aqui é uma venda, então compraram linguiça e houve a alegria de comerem aquele arroz de carreteiro.

As enfermeiras aflitas, os três sobreviventes regrediam, voltaram e pediram a canja de galinha forte oferecida pelo vendeiro, talvez eles estivessem fracos, o caldo andava pobre. Pois ali tinha panelão cheio, repetia o homem, a canja de galinha dele era famosa. E lá adiante os feridos iam acordando e as enfermeiras alimentando, talvez conseguissem levar aqueles homens com vida até a Casa de Misericórdia.

No máximo, em dois ou três dias, diziam os soldados, chegariam na balsa para entrar na zona sul de Porto Alegre, espaço perigoso, cheio de bandidos e quilombolas. Maya se fortalecia e pouco falava, os casos e histórias tinham silenciado e pairava nos ares mistura de pressa e apreensão. Entre si, os outros perguntavam onde andariam as ideias da guria, mas aproveitavam sua quietude para caminhar quando paravam e todos ganhavam cores com os bons dias e as caminhadas nos campos.

– Lá adiante – disse um soldado – deve ser o Rio Guaíba.

Grajaú acendeu o cigarro de palha e começou a assobiar

uma música enrolada e triste: Enfim, estamos chegando, disse, com um suspiro pesado.

Estavam certos, logo, feito um imenso lombo de peixe lustroso e sereno, enxergaram as fartas águas do rio. Mais além, enfim, a balsa. Havia pouco movimento e o balseiro se aproximou. Simpático, pois então ia ajudar na passagem da gente sobrevivente da Cisplatina, e falava perguntando:

– Dizem que foi uma terrível matança!

O homem buscava assunto, mas Grajaú insistia na pressa, nas carretas vinham três homens com a morte nos calcanhares.

A balsa encosta e logo passa a primeira carreta, a outra e mais uns cavalos. Na segunda vez, entra a terceira carreta, cavalos e bois de troca. Chapéus erguidos e agradecimentos ao balseiro, Grajaú engorda a voz:

– Estamos nas cercanias.

Os animais percebiam e os cavalos resfolegavam, mesmo os bois erguiam as cabeças e as cangas. Maya sentou na carreta a olhar os matos à frente e pelo entorno. Subiram um cerro, enfim o casario.

– Olhem, lá é a capital.

Maya perguntou: O que é a capital?

– É uma cidade boa, é a cidade principal. Lá não tem guerra nem batalha, nem flechas e lanças voando pelos ares.

As carretas começavam a descida do cerro e era difícil, o caminho pelo meio dos matos sinuoso, às vezes um casebre, alguém a cavalo, velhos sentados à frente das casas com rostos carimbados por medo e curiosidade.

– Aqui tudo é assim, tão triste, tudo cinzento?

A guria perguntava e eram perguntas sem fim.

Não, Maya, ali eram os arrabaldes, estavam perto de um

quilombo. E o que é quilombo? É onde escravos fugitivos se escondem. E os donos deles não vêm atrás, para levarem de volta com eles? Tentavam mas raramente conseguiam, era difícil ali entrar, os quilombolas conheciam a fundo os matos, se escondiam e ninguém achava – disse um soldado. E os donos? Se interromperam a procura é porque outro escravo fugitivo matou o sujeito. E se pegarem algum fugitivo? Escravo fugitivo pego em quilombo ou no matagal terminava na forca. Eu queria falar com eles, posso descer? Não seja louca, Maya, fique no fundo da carreta.

Maya olhava os ranchos, os pretos sentados no chão, alguns plantando, crianças nuas, magreza, doença. Sentia pena, aquelas casinhas de torrão e palha por cima, algumas desabando, vida difícil, se continuassem na amada África – igual falava Dandara – não viveriam assim.

Era um caminho sem caminho, mato apertado, mosca, mutuca e ela pensando, ia, sim, pedir trabalho mesmo sem ganhar nada lá na tal Casa de Misericórdia. Nessa altura a caravana seguia a passar por quilombolas em miséria, Maya se levantou, clamava com pena dos pretinhos nus, ouviu os gritos:

– Maya, se deite.

Ela hesitava e o soldado ordenou, não criasse confusão, ali era muito perigoso. Ela ensaiou seus porquês e o enfermeiro foi duro: Obedeça em silêncio, e bem escondida pra não ser vista.

Ela deitou no fundo da carreta e Grajaú se abaixou: Guria, me escuta, aqui ninguém pode enxergar você. Tem por aí um quilombola que diz ser príncipe da nação onde vivia, se te enxergar e decidir te querer com ele, logo vem um enxame deles e te carregam. E antes de falar, ela ouviu: Então o teu futuro sabe-se lá qual vai ser.

Deitada de lado, encobrindo o rosto com o braço, Maya fica estática enquanto a galope chegam dois enviados pelo Coronel Palmeiro:

– Então, final do dia chegam na Casa de Misericórdia?

Grajaú desce do cavalo e com dois soldados armados chama o chasque, sentam nas raízes à sombra de uma figueira:

– Então, Raimundo, vamos à Casa da Misericórdia e entregamos os sobreviventes. E Maya?

– O coronel falou que ia ver isso com dona Maria Josefa. Mas mandou um envelope para abrirem o Portão quando chegarem; teriam que fazer uns acertos para ela trabalhar lá na Misericórdia. O melhor, dona Maria Josefa falou, seria se ela ficasse trabalhando com eles.

Entregou o envelope com a ordem do coronel para abrirem o Portão da cidade, fosse dia ou fosse noite. Agora não falta muito para chegarmos em Porto Alegre, disse alguém.

Seguiu a caravana, cercada por quilombolas e observada por vários outros no meio das árvores, ainda os espalhados no chão, nos bancos, encostados nos barracos. Chegam a um descampado e avançam por charcos, estradinhas estreitas cercadas de gravatás arranhando bois e cavalos, atravessam canais e sobem na colina de pasto limpo e dali, por fim, o casario no alto e ao longe era Porto Alegre. E aquele primeiro aglomerado distante anima, sobem as falas.

Maya dormia e as atendentes avisavam, dois dos sobreviventes vinham mal, temiam outra morte; precisavam ir mais rápido, e para tanto decidem e trocam os bois da frente, quase sem forças. Retomam o caminho mastigando pedaços de histórias e poucas palavras sobre os quilombos.

Grajaú se achega, senta próximo a Maya, precisava falar com ela. Ela se acomoda, o que houve?

– Maya, a notícia é boa. O Coronel Palmeiro e dona Maria Josefa mandaram ordem para te entregarmos na casa deles.

– Mas seu Grajaú, eu não vou trabalhar na Casa de Misericórdia? Eu queria.

Grajaú dá um sorriso largo:

– Guria, nós sabemos. Mas tu és escrava fugitiva. E a tua situação lá vai ser acertada antes. Ou se der, ficas trabalhando pro coronel e a família dele. Olha, dona Josefa, a mulher dele, é pessoa muito boa.

– Vou ser propriedade deles?

– Não, Maya. Não falei que a gente arrumava o melhor pra ti? Eles, os dois, não aceitam a escravatura, brigam por seu fim. Imagina se iam te transformar em escrava.

Mas a guria, igual diziam, se limitava a mascar a ponta do dedo e a fixar Grajaú de modo enviesado, num silêncio de ferro e assim, muda e rígida, foi escorregando, deitou a cabeça no enxergão e fechou os olhos.

Igual chuva miúda a notícia se espalhou e a pergunta era: E Maya? A guria ficou alegre? Ninguém sabia, mais parecia múmia de olho fechado. Para alguns, ela era voluntariosa e de opinião forte, se batesse pé para trabalhar no hospital ninguém conseguiria mudar sua ideia. Para Grajaú e o enfermeiro, ela iria, sim, aceitar, estava no enredo e no susto com a mudança de vida para a capital, em casa de gente importante e de posses. Alguém observou:

– A guria deve estar em pânico, sente medo e insegurança, coitada! Mas ela não vai fazer bobagem.

Para Grajaú:

– Essa guria é muito inteligente. Vocês ainda não perceberam?

– Pois eu também acho – falou uma atendente – até a mania de tudo querer saber e entender. Isso é coisa de pessoas inteligentes, dizem.

E aconteceu nesse início de tarde, comerem rápido e apressarem o andar da caravana, a preocupação com os sobreviventes crescia e ainda teriam de cruzar a área de três quilombos antes de percorrerem o caminho junto à Várzea, a larga planície de inundação, para enfim o Caminho dos Moinhos de Vento por onde chegariam à Casa de Misericórdia e pouco adiante ao Portão, a entrada aos muros de Porto Alegre.

O enfermeiro e uma atendente cuidavam dos sobreviventes e, diminuindo o peso para acelerar o andar dos bois, deixaram a primeira carreta quase vazia. Os feridos, uma atendente e o enfermeiro seguiam na carreta do meio e na última iam Maya e duas atendentes. E o assunto entre a gente das carretas e os soldados a cavalo eram os quilombolas, pois observassem por onde iam, naquela zona já apareciam alguns ranchos, eram de escravos fugitivos escondidos no meio das chácaras e dos cerrados matos do mais antigo bairro da capital; Menino Deus seria seu futuro nome em dias por vir. Mas naquele tempo eles se aproximavam era do Córrego Dilúvio, onde, próximo à praia do Rio Guaíba, conseguiriam atravessar para as matas do Quilombo do Areal.

Disse Maya num repente, lugar bem triste esse daqui, só mato fechado, escuro e espinhento. Perceberam então, a guria tinha voltado à vida, olhando, falando e examinando. Ora, diziam para Maya, estamos no mais antigo quilombo, ele bordeja o arroio e esses matos foram por eles escolhidos com cuidado, são como precisavam, neles os capitães do mato, em verdade, os caçadores de escravos, se enredariam. E soubessem eles, cá embaixo dessa terra há túneis e eles se abrem por vários lados, neles há muitas entradas e muitas saídas, e quem por ali se enfiar e não for bom conhecedor dos traçados pode se perder e não achar a saída.

Enfim mais adiante enxergam alguma organização, roças de milho e mandioca onde criavam cabras, plantações de milho, abóboras e mogangos, porcos e galinhas. Mas – e a voz a falar era alta – o mais importante! Nesse quilombo aqui eles fazem muitas festas, depois se encaminham à beira do rio e dos riachos carregando flores brancas, declamando rezas complicadas e de sentir bonito onde falam em seus protetores. E, claro, Maya sentou:

– Sobre o que vocês estão falando?

Falavam no batuque e no candomblé, no culto aos orixás. Disse Maya, ora, ela conhecia um pouco de tudo, melhor do candomblé porque sua mãe também era mãe de santo, chegada nas rezas e nos orixás. Foi olhada com curiosidade, e ela, não seria também mãe de santo? Minha mãe dizia receber nas danças a inspiração de eu ter nascido para ser uma dessas mães de santos, mas não deu tempo de me ensinar nem as rezas nem as danças, morreu antes.

Acontecia porém de Maya ter comentado para uma atendente, tinha recebido batismo forte de uma índia guarani; foi quando aprendeu sobre a importância de para ir adiante nesse conhecimento, prestar atenção aos sinais. Precisava ter em mente de como depois de batizada receberia a inspiração dos caminhos a seguir. E por isso, e ela tinha falado bem baixinho, quando vi esses africanos não pulei da carreta para me juntar ao meu povo, afinal sou escrava fugitiva, igual a eles. A fala da menina fez a atendente firmar nela um olhar curioso, ela sorriu e lhe falou quase no ouvido: Sei da sua curiosidade, mas ainda tenho o que aprender, e guardo bem escondido o que a índia Bartira escreveu, ela disse como eu mesma, um dia, iria ler aqueles escritos. Aí Maya olhou os outros e falou para todos:

– Lá na cidade Alegre vou arrumar quem me ensine a ler.

A amiga cochichou: Menina, fizeste bem, respeitaste a tua inspiração. E os outros falavam juntos: Muito bem, Maya! Maya vai ser alfabetizada, vai estudar. Maya conseguiria, era inteligente.

– Guria de boa cabeça – a fala de Grajaú.

E lá do alto de seu cavalo um soldado lamentava, pena aqui ser perigoso, é lugar cheio de briga tem crime e muito conflito, são pobres e marginalizados. E as moradias? Em geral eram cortiços e casas de pau a pique. Todos atentos ouviam: Aqui é um forte foco de resistência à escravatura, há muitos anos escravos fugitivos de charqueadas e fazendas de outras zonas da Província vêm para cá, sabem da dificuldade para serem encontrados. E se um pouco havia lamentações, logo falavam na alegria das danças, dos rituais, rodas de samba e o melhor, do Entrudo. E por falar nisso, já devem estar em preparativos, hoje a festa começa – falou Grajaú.

E assim iam e apuravam os bois e os cavalos agora trotavam, e vozes recomendavam, não olhassem em volta, os quilombolas podiam não gostar e reagir. Quando alguém se achegava, a pergunta: Donde vêm e pra onde vão essas carretas?

– A gente vem da guerra, e desculpem a pressa, mas trazemos homens feridos à beira da morte.

Era quando arredondavam os olhos e oravam numa língua incompreensível e jogavam ervas e chás dentro das carretas, aquilo era importante para acelerar a cura, explicavam. Nesse momento um velhinho bem pretinho e com os cabelos branquinhos enquanto os abençoava ouviu como estavam indo para o hospital da Misericórdia. Então mudassem o rumo – explicou – a Várzea estava inundada, tinham de ir costeando o arroio e atravessar o Quilombo dos Fidélix, lá na Ilhota. Grande foi o agradecimento feito pelos soldados, assim não atolariam. E tomaram novo caminho.

Estradinha apertada, mas o riacho ficava cada vez mais largo, tinha canoas pequenas e grandes, pescadores e lavadeiras nas margens. Maya olhava as garças, olhem, dizia, a brancura delas se reflete na água, igual fosse um espelho. Todos riram, Maya era Maya, a guria tinha cada uma! Que eu fiz? – ela perguntou. Ora, se encantando com as garças, delas tinha pra todo lado. Mas eu nunca tinha visto garça assim, espelhada nas águas, e aquilo é por demais bonito! E com fervor ela fazia a declaração e todos calavam em silêncio encabulado.

– Estão vendo a curva do arroio? – perguntou Grajaú, pois ali se forma a Ilhota, nela é o Quilombo dos Fidélix, vamos contornar, subir em direção aos morros e pegar o caminho do Viamão, para alguns chamado Caminho do Meio. Para os soldados o caminho estava errado, desse modo só iam retardar a viagem. Vocês não prestaram atenção nas palavras do avozinho, dizia Grajaú, precisavam ir lá pro alto e depois dobravam para o Quilombo do Mocambo, não ouviram? E seguiu a explicar, agora, com as cheias, essa era a única possibilidade, fugir do atoladouro e lá adiante pegar a lateral seca da Várzea. E eu, amigo, lhe conto, essa dita Várzea nada mais seria em tempos futuros, senão o belo Parque da Redenção.

– Vamos igual uma cobra – disse a atendente alemã – mas vale a pena, essa Ilhota aqui do lado é famosa, os moradores preservam conhecimentos ancestrais com ervas e fazem garrafadas, chás e poções de cura; muita gente – comentavam – vem lá de dentro dos muros comprar ervas e xaropes de cura aqui na Ilhota.

A maioria das casas eram pequenas e de madeira, e havia ainda a zona com muito barraco vindo abaixo. Aqui é lugar de boemia, violão e tambor, aqui tem sambista e poeta, mas muita borracheira, briga e morte, também dá por aqui. Verdade, esse quilombo, disse Grajaú, é reduto de músicos populares, tocadores de viola e cavaquinho, quando não dá briga é lugar cheio de encanto, o povo daqui vive enredado em poesia. Deles, costumam dizer assim: O povo da Ilhota vive no meio de cantoria e dança, e por todos os lados é cercado pelas águas.

Que bolso cheio de dinheiro ou miserável, que coração amoroso ou empedrado não quereria aqui morar? Falou forte, lá na frente, o enfermeiro. Valha-nos Deus – dizia Grajaú, nosso enfermeiro agora virou poeta.

– Não, não virei, gosto de letra de música e também de verso – e se levantando, espichou o braço em direção à curva do riacho contornando a pequena ilha: Esse lugar tem gostosura, bem que me agradava viver aqui.

Bem, caríssimos, a caravana segue adiante e vai em despedida por onde passa, mas o enfermeiro, lhe garanto, carregava alma de poeta, pois décadas além ali viveria Lupicínio Rodrigues, compondo os mais belos de seus sambas. E para a Ilhota ele escreveria: *Ilhota, minha favela moderna / onde a vida na taberna / é das melhores que há / Ilhota, arrabalde de enchente / E que nem assim a gente pensa / em se mudar de lá / Ilhota do casebre de madeira / da mulata feiticeira / do caboclo cantador / Ilhota, a tua simplicidade / É que dá felicidade / Para o teu pobre morador (...)*

Mais próximo ao imaginado, o fim da tarde chegava e a caravana, para não afundar nos barros, tornava a se aproximar do arroio, dos caminhos do mato e pouco a pouco apareciam os agora bem conhecidos casebres engendrados por escravos fugitivos vindos, em maioria, de outras bandas. Chegavam ao velho Quilombo Mocambo, espaço de muita religião, música e dança.

Aqui vivem alguns escravos *griots* – explicava o enfermeiro, cada vez mais respeitado no grupo pelos conhecimentos – e por eles agora dito um poeta: Pois os *griots* são admirados na cultura africana por guardarem os conhecimentos das regiões onde vivem e por se dedicarem a contar suas histórias para manterem vivas as raízes e origens de sua gente. O arranchamento era pequeno e, falou uma atendente, dizem que nesse grupo aqui tem rezas e danças islâmicas.

Passava a caravana pelos caminhos entre ranchos e pequenas casas mas embaixo das árvores, adultos, jovens e crianças estavam no chão, pintando rostos e colando papéis. Mal olhavam para as carretas.

Grajaú:

– Aqui eles comemoram muito o Entrudo, quando a noite cai eles saem cantando e fazendo brincadeiras.

– Entrudo?

– Isso mesmo, é a festa para a entrada da quaresma, foi trazida pelos portugueses – explicou o enfermeiro.

Ia a caravana adiante, agora mais lenta e havia desconforto e cansaço em todos, quando chegariam? Se tudo corresse bem em cerca de duas horas, e iam tomando água com café e comendo rapadura e *galletas*, a comida terminava e temiam parar nas vendas dos quilombos.

Nesse instante quatro meninos de rosto pintado de branco se aproximaram entre risadas e cantorias. O ponteiro firmou os bois, mas as crianças encostaram, levantaram os braços com trouxas de couro cheias de areia que jogavam neles, nos bois e nos cavalos. Os soldados atropelaram a turma com suas montarias e foi como se desencadeou a brabeza de outro bando, e na correria traziam sacos de papel com farinha e subiam nas rodas, e se agarravam nas cangas e por onde conseguissem já escalavam as carretas para despejar farinha em qualquer pessoa, bicho ou coisa vista pela frente.

Desesperadas as atendentes tapavam os moribundos, os soldados pegavam os revólveres e gritavam aos adultos, respeitassem gente morrendo, parassem aqueles guris!

E eram mulheres, homens, velhos e velhas, fiel cópia de um bando de fantasmas, de rosto, corpo e cabelos pintados de branco, encostando e subindo nas carretas a pedir aos soldados que guardassem as armas, estavam apenas comemorando o Entrudo. Houve a confusão das vozes, alguns gritos e muitas ordens e ninguém nada bem entendeu, mas os tipos enlouquecidos e a gurizada, como chamavam, sumiram.

O grupo a cavalo cerrou fileira atrás da caravana e enfim as carretas voltaram a se deslocar. E lá atrás viam e ouviam, num alívio geral, como agora os quilombolas dançavam e cantavam em línguas incompreensíveis, e banhados em tinta branca, cobertos por areias e farinhas, entre risadas e baldes cheios d'água que uns atiravam nos outros.

A caravana avançava e Maya apertava os olhos imersa no silêncio, prendia o silêncio entre as mãos e se aconchegava em seus panos imaginários e com eles se encobria para se proteger.

Ia Maya enovelada em temores e apenas olhava a colina por onde subiam as carretas, campos encharcados por um lado, caminhos de raras cabanas pelo outro. Nela, farfalhava a fome, pois nada comia e nada queria e nem sabia de algo querer, o melhor para sua vida seria seguir sempre com eles, ouvindo histórias para depois fechar os olhos e se enfiar nos pedaços coloridos e macios que nelas houvesse.

Bois e cavalos subiram o morro e com vagar e canseira alcançaram outra estrada torta e com barro. É o caminho dos Moinhos de Vento, alguém falou, ao que outra voz completou: Chamam também de Caminho do Meio. Tinham pego à esquerda e ninguém veria os Moinhos, eram à direita e ainda mais ao alto. E talvez pela intuição da chegada os animais apuraram o passo por entre pessoas a cavalo, algumas casas e vários chalés.

– Vamos parar na Casa de Misericórdia – disse Grajaú e ergueu o braço a mostrar, lá estava ela, dava para ver a torre da Capela Senhor dos Passos.

O enfermeiro fica de pé, fala alto e gesticula: Vencemos, as três vítimas, embora cada uma pior do que a outra, ainda vivem.

Logo serão entregues aos cuidados do doutor Paiva, o cirurgião--mor.

Sabe-se lá a causa, nesse momento Maya abriu os olhos e ergueu a cabeça. Depois encolheu as pernas, vasculhou o entorno e se demorou fixando a torre quadrada, encimada por espécie de globo, em cima, uma cruz. As atendentes juntavam e arrumavam coisas, alguns sodados já galopavam à frente, necessário chamar escravos com as cadeirinhas para conduzirem os feridos. Maya, enfiada numa túnica branca e agora quase marrom que lhe tinham posto quando morria, olhou as enfermeiras:

– Não gosto de incomodar, mas se sobrar uma dessas sacolas com alça, posso ganhar uma para guardar minha trouxinha?

Só então as enfermeiras nela se detiveram, entregaram a sacola e a examinaram. Ao verem seu estado pediram desculpas, tomavam banhos nas sangas do caminho e só uma vez ela tinha trocado o avental. Vieram todas e a cercaram, vestiram-lhe outra túnica, rasgada porém limpa, desse modo ela chegaria em melhores condições. E enquanto a arrumavam, clamavam aos santos, ela seria protegida e algumas se emocionavam, Maya agradecia e as via seguirem adiante com um nó a doer por dentro e sempre mais a se contorcer no peito.

Porém Maya era estática. Maya só olhava.

– Maya, daqui vais seguir a cavalo comigo e outro soldado para dentro dos muros.

E Maya calada.

Enfim, a capela e os muros brancos e ao fundo o prédio retangular da Casa de Misericórdia. Parou a caravana, chegaram escravos com as cadeirinhas, todos se movimentavam para salvar os moribundos. Maya seguia congelada, muda, mordendo a ponta do dedo.

Descongelou quando lhe deram uma caneca e café, enquanto três cavalos encostavam ao lado: Maya, tu vais num desses.

Foi em movimentos trôpegos como a guria enfiou a sacola no ombro e caminhou a olhar o muro com janelas de ferro junto ao portão de entrada à Misericórdia. Não, ela não precisava de nada. Não, obrigada. Qual o cavalo dela?

Era final da tarde e Maya se mexia pelo meio de imagens confusas, medo, insegurança e no pensamento a angústia: Para onde ia? Sempre calada montou na cela da égua tostada com crinas negras, as pernas nuas, um dos soldados abriu o enxergão sobre ela, assim ficava mais protegida, aquela gente da cidade era abusada, falou. Soldados levavam as carretas e Grajaú mais o soldado João montaram em seus cavalos. Um trio saído da morte, ou um trio a entrar na vida? Lentos, cabeças caídas típicas de cavalos em exaustão, os três começaram a descer a colina.

E a voz de Maya seguia no mantra:

– Para onde vamos?

A sorrir ressurreição, o soldado João indicou mais abaixo os muros, pois lá dentro era Porto Alegre. Seguiriam reto, logo adiante era o Portão, a entrada para a cidade. Cruzaram pelo meio de verdureiros, vendiam hortaliças e frutas, várias senhoras com escravos e escravas estavam a fazer compras.

Passaram por três grandes figueiras e mais adiante, no espaço de campo limpo, o grande Portão de ferro guardado por soldados, alguns junto aos muros, outros sobre suas fortes laterais. Grajaú entregou a ordem do coronel e com presteza o Portão foi aberto, estavam avisados e à espera.

Junto ao muro, um cego oferecia vergamotas, Maya abocanhou-as com os olhos, por fim sentia fome. Seu Anastácio, me dê umas dessas, essa guria vem sem comer – era Grajaú impressionado com o olhar faminto de Maya. Ela oferecia e descascava e comia e, talvez por se sentir mais forte, melhor estava quando atravessaram o Portão e os cavalos pisaram nas ruas um pouco empedradas, outro pouco embarradas.

– Logo adiante entramos na Rua da Ponte, e sem demora estaremos na praça – falou João.

Eram três sobreviventes em três cavalos magros e fracos, dois homens barbudos de cabeleira desgrenhada mais uma preta maltrapilha com um trapo amarelo amarrando a cabeleira a avançar pela cidade no lusco-fusco do entardecer. E o que mais enxergam é muita gente, música e risadas, cantoria e gargalhadas.

Dobram a curva do caminho e os cavalos empacam, não querem ir adiante. É quando percebem a entrada à Rua da Ponte fechada por vários homens, alguns a cavalo, outros no chão, mas todos cobertos por ponchos e chapéus pretos e de rostos encobertos por máscaras feitas com cascas de abóbora, olhos e bocas pintados de branco. A luz do dia era engolida pelo descer da noite e havia mulheres e meninos a carregar tochas de azeite para iluminar os caminhos e ainda melhor se enxergar aquelas horríveis figuras de olhos acesos dentro de abóboras furadas.

Estão encurralados em frente a bruxos com máscaras horríveis dando gritos e ganidos, e agora surgem mulheres com chapéus encobertos por véus de ir à missa amarrados esmigalhando as feições por grossas fitas amarradas sob o queixo.

– Por que estão nos atacando? Vamos lutar sem armas? – gritava Maya.

– Não, nós não fizemos nada, eles comemoram o Entrudo, é assim – diziam João e Grajaú.

– É a mesma comemoração que viste no quilombo, é uma festa com brinquedos onde uns jogam porcarias nos outros. É um costume antigo esse de brincarem assim aos quarenta dias antes da quaresma.

– Seguimos em frente e não entramos nessa rua, vamos pegar ali embaixo a Rua da Praia – decidiu Grajaú.

E ouvindo risadas, implicâncias e deboches seguiam adiante enquanto a turma invadia a Rua da Ponte porque a festa estava a começar e se aproximava o ápice da diversão: invadirem as casas.

Tropeçando naquelas figuras de outro mundo, os três chegam à beira das águas onde vão pegar a rua margeada pelo Guaíba. A noite cai e ali na praia há danças e brincadeiras por todos os lados. Tal é o entusiasmo que pouco olham para os recém-chegados; andar a cavalo nas ruas de Porto Alegre é o mais comum no dia a dia da cidade.

E os cavalos seguem enfileirados, próximos ao casario e sem outra escolha, dado junto à praia haver multidão de mascarados segurando bisnagas e baldes, o divertimento era arremessar molhos de comida, uns sobre os outros. E se para os vindos da Cisplatina, da morte e da sobrevivência o tal de Entrudo era besteira de crianças e desocupados, agora se surpreendiam ao verem quantidade de velhos e adultos, gente da cidade e pessoas respeitadas, que sob as máscaras de abóboras e sacos pretos e coloridos, com buracos nos olhos e franjas sobre as bocas, divertiam-se a infernizar desafetos.

Maya olha dois acrobatas ao meio da rua, vê um homem de grande poncho preto enterrar uma torta na cabeça de outro bem quando seu rosto é atingido por um punhado de ovos, encobre os olhos com a mão, nada enxerga. João avança, dá um pano, ela se limpa e Grajaú se enfurece, ainda estavam longe da Rua da Ladeira, por lá conseguiriam subir o morro até ao casarão do coronel.

Os dois homens olham Maya penalizados, e sabe-se lá o motivo, mas naquele momento os três – qual os três cavaleiros da triste figura – tornam-se o alvo preferido e lhes jogam esferas de cera cheias de insetos que estouram e os deixam cobertos por formigas, em Maya aparecem baratas e gafanhotos e ela despenca a chorar.

– Me levem pra Misericórdia, eu não aguento, quero ficar junto com as enfermeiras – clamava.

Grajaú saca o revólver e dá um tiro para o alto. Velho louco, gritavam, e ele aos berros falava, estavam chegando da guerra. Nos respeitem, precisamos descansar. Houve um abaixar de tambores e vozes, ele imposta a voz:

– Quem sai de um campo de batalha vem meio louco, sabem vocês o quanto já sofremos? E se continuarem a me desesperar faço um loucura e mato meia dúzia de vocês, seus vagabundos.

Alguém grita:

– E na guerra tinha soldada preta retinta?

– Ordinário – grita Grajaú gesticulando com o quarenta e oito na mão – Tinha enfermeiras, que salvaram provavelmente muitos parentes de vocês. E esta moça é uma delas.

Houve então mais calmaria ao correr das casas donde entravam e saíam pessoas às gargalhadas com as imundícies que nelas faziam. E o trio sobrevivente da guerra ia adiante com os cavalos querendo empinar, escarvando e cheios de medo com mascarados ainda pela volta a jogar farinha para cegar os animais. Chegaram enfim à esquina do morro, aquele donde começariam a subir a íngreme Rua da Ladeira que terminava na Praça do Novo Lugar.

Ao verem os três dobrarem em direção à praça, um bando cercou o grupo e neles jogavam baldes d'água, vermelhão e farinha. O cavalo de Maya empina e ela é jogada ao chão. João e Grajaú sacam os revólveres e começam a dar tiros, a turma corre e entra Guaíba adentro. Resta Maya no chão, imunda e cheia de todo o tipo de imundície. Grajaú e João a levantam, enquanto João monta e pega as rédeas dos cavalos de Maya e Grajaú, que seguem a pé, ela ouvindo, estavam chegando, mais um esforço e estariam na casa do coronel.

Maya não mais chora, não fala, apenas, como se a Maya de toda a vida houvesse retornado, ela está perdida e só lhe cabe cumprir o que tem pela frente, percebe que o bom tempo ouvindo histórias e sendo cuidada nas carretas terminou. E Maya volta a congelar Maya.

Exaustos, imundos e com dificuldade até para enxergar, pois é assim como chegam ao casarão dos Palmeiro.

À frente da porta tem um homem. Ergue o braço com um trinta e oito:

– Aqui ninguém entra, ordens do Coronel João José Palmeiro.

5.

Era interessante a cidade. Com bela história de esforço, iniciada pelo bom povo açoriano e posta à beira do Guaíba, a vila cresceu na crista do morro donde se enxergavam as águas do vasto rio salpicado por ilhas e ilhotas cobertas por várzeas e pastagens. Nela se abrigavam, sobreviviam, viviam e trabalhavam militares, portugueses, alemães e escravos, ainda alguns índios, aventureiros e renegados de Portugal e Rio de Janeiro a perambular becos afora. Mas lhe aviso, os olhares ali se extasiam é quando o vermelhão do céu, das águas e das nuvens é invadido pelo sol escarlate em seu mergulho no rio e o sagrado se incendeia nos céus, nas águas e nas coxilhas. E aconselho, nessas horas se cale, chore, reze ou transborde. Você aí é nada por você aí estar no tudo.

Dentro dos muros, três ruas principais, longas e atravessadas por pequenas ruelas onde a maioria sem calçadas tinha caminhos lastimáveis. Abaixo, a Rua da Praia acompanhava o rio, e próximo às praias, armazéns e construções de apoio à Marinha e ao Exército; esta viria a ser a área dos quartéis e num deles, um século adiante, a bandeira do estado do Rio Grande do Sul e a bandeira do Brasil seriam amarradas dando a senha ao início da Revolução de mil novecentos e trinta. Acima desta e da ladeira que leva ao morro, a Rua da Ponte; mais acima, e no mesmo sentido via-se a Rua da Igreja a contornar a praça principal, a pavimentar os caminhos à Igreja Matriz de Madre de Deus de Porto Alegre e sua companheira, a Capela do Divino, a delicadeza gótica.

As três ruas eram três linhas, longas, paralelas e meio sinuosas, recortadas de quando em quando por becos sujos e estreitos. Pela cidade circulavam vendedores de leite com tarros pendurados nas albardas de burros, havia iluminação por lampiões com azeite de baleia acesos quando inexistia lua e, às vinte e uma horas no inverno e às vinte e duas no verão, o bronze médio da Igreja Matriz badalava a exigência de silêncio.

Curiosa era ainda a quadra próxima à Igreja Matriz em frente à praça; aglutinavam-se naquelas redondezas as moradias de parentes em maioria descendentes de um mesmo tronco. Muitos eram militares dos Fortes de Rio Grande e de Rio Pardo, oriundos do Corpo de Dragões da Província e a maioria tinha origem europeia; havia ainda naqueles casarões os chegados em navios de guerra das Marinhas portuguesa, espanhola, alemã ou francesa. Suas mulheres eram brasileiras e se não vestiam fardas nem traziam espadas à cintura talvez as vestissem e as trouxessem na alma ou nos pensamentos, dado terem o viver atento às ocorrências na Província guerreira e, com os maridos, opinavam e questionavam. Enfim, lá assim era.

Naqueles pátios, jardins, becos e salões viviam antigas famílias tramadas entre si, todas somadas, intercaladas, adicionadas e muitas vezes revestidas por novos e recém-chegados sangues e sobrenomes. Desde então a cidade crescia num enredamento entre origens e raças que poderiam ou não terminar em tramas com velhas e comuns raízes, e como você bem sabe, fossem quais fossem tais vínculos, poderiam gerar grandes alegrias, realizações e sucessos ou relações trôpegas e aleijadas. Tinham quantidade de filhos e seus casarões geravam filharadas de todas as idades, e todos se punham à praça, à Rua da Igreja, à Rua da Ponte e às ruelas intermediárias espremidas e temerárias, ora, pois lá iam passear, comprar e admirar as águas do Guaíba.

Próximo à praça eram os grandes casarões. Dentro da quadra, caminhos, portas, portinhas, comunicações floridas ou sombrias, pátios com árvores, canteiros com verduras e temperos, cocheiras de cavalos, recantos floridos e as cercas delimitando cá e lá. Era o espaço de artes e brinquedos das crianças, encontros secretos e noturnos de primos e amigos adolescentes, dos caminhos da escravaria e dos serviçais, e ainda passagem às senhoras primas e vizinhas quando não arrumadas e bem aprontadas de forma a serem vistas nas ruas ou nas janelas.

As casas tinham sacadas onde mulheres envoltas em xales perfumados se debruçavam desde as nove da manhã sobre colchas bordadas e coloridas para ver o movimento; passavam assim o dia, com os cabelos em cachos envoltos em papelotes e, consta, eram assim cuidadas e com enfeites da cintura para cima, dado que, a pé ou a cavalo, passariam os namorados, admiradores e pretendentes para conversar e dizer versinhos. Bem, amigo, dei-lhe as imagens do cenário por onde andamos, e lhe asseguro como irei acompanhá-lo nesses inícios da Província do Sul.

O seu já conhecido Coronel Palmeiro morava no casarão estilo português com porões e mirante em frente à praça e próximo à esquina com a Rua da Igreja. Militar da Marinha portuguesa, havia conhecido no baile em navio português a quase menina Maria Josefa Carneiro da Fontoura e se apaixonou. Ela disse como não se casaria com militar da Marinha, não criaria filhos com o pai sempre ao mar, e mais ele se encantou, a moça tinha personalidade e sabia se impor. De imediato largou os portugueses e entrou no Exército brasileiro, logo casaram e você bem conhecerá essa mulher com vontade própria e forte personalidade. Pois Maria Josefa – baixa estatura, pele dourada e rosto, dizem, belíssimo com grandes olhos negros, era mulher de presença imponente, fala firme e gestos decididos – viveria preconizando e brigando pela abolição dos escravos, participaria do primeiro movimento feminista ali visto onde bradaria pelo voto feminino e pela lei do divórcio. E de forma escamoteada, mas talvez tão intensa quanto mascarada, lutaria pela Revolução Farroupilha dando proteção a jovens revolucionários em fuga das prisões e os esconderia em seus porões. Estava sempre a criar tramoias e a esparramar bilhetes entre espiões que infiltrava no Palácio do Governo, onde se articulavam e discutiam as medidas a serem tomadas contra os farroupilhas.

A moça era neta de Isabel e João – ela, cigana expulsa com sua gente de Portugal, ele, dragão d'El Rei português levado a Minas para controlar o caos desencadeado ao descobrirem a fartura de ouro e pedras preciosas naquelas terras. Isabel e João eram duas pessoas em posições opostas ao reino de Portugal, ele valioso e respeitável, ela, como todos os ciganos, mal vista e desconsiderada. E o acontecido foi paixão, casamento, primeiros filhos e fuga à Província do Sul para o homem não ser preso ou enforcado, eis que, sendo dragão d'El Rei de Portugal cometia grave delito. Militares de elite só podiam casar com moça "de estirpe" e possuidoras de bom dote. Foi o motivo, Isabel sumiu com suas roupas de cigana, passou a se vestir como as portuguesas, sua origem era segredo que mesmo a maioria dos filhos desconhecia. João ousara se casar com uma daquelas *pragas*, uma cigana que ainda por cima falava em *geringonça*, o nome dado pelos portugueses à fala dos ciganos *romani.**

(*) Tal história verídica está no romance *Tuiatã*, de Hilda Simões Lopes – Editora Libretos, Porto Alegre/RS.

Faz-se porém necessário, amigo leitor, apresentá-lo à jovem Maria Eulália Carneiro da Fontoura d'Agon.

Maria Eulália é personagem real, sua existência dormia em velhos documentos, em pedaços de cartas e amarelados bilhetes guardados em registros de família que uma vez abertos e confirmados serviriam a apagar as passagens anedóticas ao longo dos anos acrescentadas à sua vida e à sua história. E saiba, pedaços de Maria Eulália vão estar na vida de Maya.

O Coronel João José Palmeiro e sua mulher, Maria Josefa Carneiro da Fontoura Palmeiro, aguardavam no solar à Praça de Porto Alegre, as sobras das tragédias da Guerra Cisplatina. Com elas – você bem sabe – vem Maya, a menina de corpo vertendo sangue e já enrolado na morte, e alçada à vida pelo Coronel João José Palmeiro à beira da lagoa.

Mas enquanto eles aguardam vou contar-lhe outra história verídica.

Houve, há muitos anos, de uma tia de Maria Josefa da Fontoura Palmeiro, chamada Maria Teresa Carneiro da Fontoura, ter nascido em Rio Grande quando sua mãe, a cigana Isabel – sua conhecida – comemorava seus cinquenta e seis anos de vida.

Moravam todos no Forte Jesus Maria José, defesa erguida aos ataques à Província de São Pedro do Rio Grande do Sul, e deles se originaria uma das mais fortes raízes da gente a povoar aquelas terras cheias de índios, tigres, onças e pântanos a causar ameaça e pavor a quem chegasse ou vivesse naquela verdejante imensidão do Pampa.

Os filhos do dragão João Carneiro da Fontoura e da cigana Isabel seriam muitos e se os homens eram militares, as muitas filhas e netas também se casariam com militares. Éticos até aos ossos, viveriam de seus soldos, lutariam, morreriam e semeariam imensa descendência por todos os lados.

Mas houve de Maria Teresa, a tardia filha do casal Isabel e João, aos treze anos aparecer grávida de um cadete da Marinha francesa quando faltavam apenas dois meses para a criança nascer. O casamento acontece, nasce Maria Eulália Carneiro da Fontoura d'Agan e Maria Teresa, a mãe adolescente, morre no parto. Será criada pelo pai, o francês de Saint Louis, do Haut-Rhin, leste da França, Jean Baptiste d'Agan, auxiliado pela avó Isabel de sessenta e nove anos. É pequena ainda a menina quando o cadete Jean Baptiste morre em naufrágio e ela ficará aos cuidados de Isabel, entrada nos setenta e envolvida com os atendimentos ao marido que se encaminhava aos noventa.

A menina era belíssima, a mistura dos olhos azuis, cabelos ondulados e cinzentos do pai, com a pele dourada, caminhar desinibido e feições perfeitas da mãe. Quando adolescente as pessoas paravam nas ruas para admirá-la e ela, bem, ela se preocupava em ajudar a avó a cuidar do avô quando então já moravam no Forte de Rio Pardo.

Família imensa, guerras, revoluções, todos e todas assim viviam, e por certo nem percebiam o quanto os anos e os males do velho dragão enredavam a sanidade de Isabel, que a cada ano mais confusa apoiava-se naquela neta constante a lhe dar apoio e companhia. E Isabel sequer percebia como a menina quase não tinha roupas e andava mal vestida.

A órfã passou a ser chamada de Gata Borralheira, sua pobre aparência abria espaço a ironias que eram sempre ignoradas pela menina cega aos olhares maldosos e às falas em sussurros, vivia atenta e ocupada em acompanhar os avós cada vez mais dela dependentes. Nos verões andava com os pés descalços, saia longa e velha, blusinha de chita larga, semelhante às das escravas. No frio, às vezes aparecia de tamancos na igreja e nas calçadas, casaco do avô ou da avó e estranhas saias cheias de estamparia a arrastar chão afora.

Ora, aconteceu de algumas tias se insurgirem, a menina tinha de ser avisada, a avó sempre andou arrumada, e, tratando de encontrar bom jeito, em grupo à menina falaram. Maria Eulália era bonita, devia pedir roupas melhores e de acordo com a casa de onde vinha. Ela riu: Sabem? Eu não quero incomodar minha avó, coitadinha, tem tantos problemas, e além disso eu gosto de estar sempre à vontade.

– Bem, se é escolha tua – diziam.

As escravas da casa, já alforriadas pelos filhos de Isabel, tinham envelhecido e várias precisavam ser cuidadas. Maria Eulália se desdobrava, as tias e os tios, todos vinculados ao Corpo dos Dragões viviam em deslocamentos militares demorados nos quais levavam com eles suas famílias. Foi pois Mariana, antiga escrava em melhor saúde, quem disse a ela, do jeito como se vestia, se não fosse tão branca seria confundida com as escravas e pediu: Deixa eu te arrumar? Mas ela não queria gastar o soldo do avô com ela própria. Mariana foi incisiva:

– Maria Eulália, tua avó tem baús cheios com as roupas que ela usava quando era da tua idade lá em Portugal, eu sei que tem. São lindas, deves usar.

Começaram assim as duas a puxarem caixas, baús, levantarem tampas, desenrolarem papéis, abrirem sacolas. E o que seria uma procura virou muitas risadas, experimentações, ideias e sugestões.

Mariana vestiu-lhe a blusa vermelha com flores roxas e a saia amarela estampada, amarrou um cinto, na casa não tinha espelho e Maria Eulália mais ria do que se importava, que tal? Estou gostando, vou ficar assim. E desse modo a Gata Borralheira miserável mais parecia uma cigana, sempre vestida com panos coloridos velhos e estranhos. Sem demora o coro engrossou, aquela guria não tinha jeito. A causa – diziam na cidade – devia ser o sangue daquele pai francês, bem falavam que ele não passava de um pirata.

Você sabe, pessoas gostam de falar sobre os entraves da vida alheia, e o assunto chegou aos padrinhos de Maria Eulália, o Comandante dos Dragões da Província, José Carneiro da Fontoura e sua mulher, Doroteia Francisca Isabel, que moravam em Viamão.

Passados alguns dias chegou a Rio Pardo convite dos padrinhos para Maria Eulália passar uma temporada com eles, conheceria outros lugares e matariam a saudade. Ela aceitou e logo o aviso, em duas semanas o padrinho estaria a trabalho em Rio Pardo, aproveitaria para estar um tempo com a mãe e depois voltariam juntos no veleiro.

O casal de padrinhos ansiava em dar bons cuidados à menina. Filha da Maria Teresa, para quem eu contava histórias e chamava de minha boneca – repetia um nostálgico José. E por demais chovia quando, na volta, os dois desceram do barco à margem do Guaíba e José Carneiro da Fontoura acomodou a afilhada no carro de cavalos em espera.

Para Francisca Doroteia Isabel Carneiro da Fontoura, a madrinha, foi uma festa. A menina ganhou um quarto e mostrava alegria, buscava assunto e contava de sua vida em Rio Pardo, cuidando da avó Isabel, sua paixão. Ela parece feita de delicadeza, disse Francisca Doroteia a José. Ele riu, e desde quando se faziam pessoas usando delicadeza?

– Como me fazes essa pergunta? Não foste quem me fez ler os livros do Padre Vieira que eram do teu pai? Foi como eu aprendi que além do visto com os olhos há muito mais a captar quando somos receptivos aos sentimentos das pessoas.

Disse José:

– Que bom ter a ti, eu sei, vais me ajudar. Não me conformo em ver o abandono dessa menina.

Francisca Doroteia observava ao marido, a menina era encantadora não só no rosto, mas também nos sentimentos. Naquela noite ficaram a conversar sobre a família de José, e ele, um dos filhos mais velhos, nascido ainda em Minas Gerais, contou sobre o valor que o pai, o velho Dragão da Corte do rei D. João V em Lisboa, dava à educação e à cultura, ele mesmo alfabetizou os filhos e incentivava a leitura de grandes autores. Francisca Doroteia fazia perguntas e José ia relembrando, o pai era de Chaves e vinha da família do duque francês De Mouton – em Portugal dita Carneiro – devido ao casamento de uma filha com o senhor das terras da Font'Áurea, o cristão Antônio De Mouton da Fontoura, o qual passou a registrar os filhos como Carneiro da Fontoura. E José relembrava as histórias do pai: Chaves, onde nasceu, era cidade respeitada pelo amor de seus habitantes à cultura e nela foi impresso o primeiro livro feito em terras portuguesas, o *Sacramental.*

O casal vasculhava o passado e José contava como a mãe, de família amante das artes, admirava a paixão do marido pelo conhecimento, sempre repetindo a filhos e netas que nunca ficassem presos nas superficialidades da vida. Francisca Doroteia, pensativa, entregou ao marido outro cálice com vinho Porto, seu hábito diário, e comentou: Estou entendendo tanta coisa – gesticulou a mão espalmada com vagar – agora eu sei por que em tua família, José, as mulheres são diferentes, opinam, discutem, estudam e os homens... Então ela sorriu e pegou a mão do marido:

– Pode parecer absurdo o que eu vou dizer, mas vocês respeitam as mulheres, enxergam elas como pessoas iguais a vocês, e vou além, vocês querem as mulheres iguais a vocês.

– Seguimos o exemplo de meu pai – e José repetiu o mais dito nos últimos dias: Não me conformo com o abandono da minha afilhada.

No outro dia as duas conversavam, a madrinha começou a oferecer e sugerir, e tentava dar ideias: Lalinha, eu gostaria tanto de te dar umas roupas modernas de presente, se quiseres podes olhar meus armários, pegar alguns vestidos. A partir daí a menina pegava os vestidos oferecidos pela madrinha, no entanto depois sempre ia em sua trouxinha; pegava ora um lenço vermelho com franjas verdes, ou um xale amarelo e amarrava na cintura. Francisca Doroteia falava macio e ia dizendo: Vou te ensinar a combinar as cores, se queres usar esse meu vestido com florezinhas amarelas, usa o xale amarelo. Maria Eulália assim fez e foi ao espelho:

– Como ficou bonito. E se eu for no jardim e pegar uma flor daquela trepadeira amarela para prender nos meus cabelos?

A madrinha era o apoio e complementava os arranjos com as mãos, cheia de filhos, só três eram mulheres, duas casadas moravam longe, e a menor, Mariana Magna, estudava em Rio Grande. E seguia a estimular a afilhada, por enquanto ela fosse pegando nos armários o que mais gostasse, logo eles mandariam fazer algumas roupas para ela na costureira. Enquanto falava, sacudia o lenço vermelho com franjas verdes nas mãos: É muito bonito, vê se achas alguma roupa verde, vermelha não pode ser, vai ficar muito forte, é muita cor vibrante.

– E assim como eu ando, com bastante cor misturada, a senhora acha feio?

– Feio não, Maria Eulália, mas cor demais atrapalha, sabes?

Francisca Doroteia explicava, ria, mostrava roupas e as revistas de moda francesas que José assinava para ela. E quando a moça bonita começou a folhear as páginas de *La Saison* foi como se um novo mundo se abrisse. Fazia perguntas, dava opiniões e concluiu que se um dia pudesse trabalhar, quereria ser costureira. Ia fazer coisas lindas! E detalhava, vou combinar as cores, já estou aprendendo, Ah! Como eu queria!

Naquela época, a capital da Província de São Pedro do Rio Grande tinha passado a ser Viamão, onde viviam vários líderes militares das sempre tão visadas e atacadas terras brasileiras.

Um deles era o brigadeiro alferes José Francisco da Silveira Casado, que possuindo grande frota de navios diziam ser tão rico a ponto de, quando algum naufragava, de imediato fazer baile em outro navio para mostrar como a perda não o atingia. Originário dos Açores, como também sua mulher, tinham casa em Viamão. Era dono de muitos terrenos no chamado Porto dos Casais, local, segundo ele, de privilegiada localização às margens do Guaíba: Acredito, costumava repetir, que ali deverá ser a futura capital da Província.

E quanto mais dinheiro ganhava com seus muitos negócios, sobretudo de transporte marítimo, mais áreas ele adquiria em torno aos casais açorianos. Em geral cabia ao filho mais velho, o também brigadeiro da Marinha, José Antônio Casado, cuidar das negociações.

E aconteceu de nesses dias, nas ruas de Viamão, Maria Eulália Carneiro da Fontoura d'Agon, catorze anos, cruzar com José Antônio Casado, dezoito anos. Quando ele a enxergou teve um abalo e parou, virou, foi atrás. Deixaria seu impacto em registros pessoais: *Quando olhei aquela menina belíssima e desconhecida a caminhar com desenvoltura, cheia de cor e de vida, pensei: Ela é diferente, tem uma beleza peregrina.*

E lhe conto, a beleza peregrina seguiu adiante, ele atrás, ela entrou na Igreja, ele também, ela assistiu à missa, ele também, e quando ela saía ele perguntou seu nome, onde morava: Conheço todas as pessoas daqui, você caiu do céu? Daqui eu sei que você não é.

Ela riu, era de Rio Pardo. É mesmo? Eu conheço toda a gente de lá que mora aqui, disse ele. E ao passarem na pracinha, com bancos, sabiá cantando e um chafariz, pararam: Onde você está morando? – ele perguntou.

– Na casa de meu padrinho, José Carneiro da Fontoura.

Ele disse não acreditar! E ela permanecia à frente do chafariz de ferro de um dourado escuro, para ele, ainda mais linda.

José Antônio ria por dentro, ria pelos olhos e ria por sorriso e não acreditava, mas ele a sabia antes de a encontrar, e nada dizia e ela se embaraçava e ele sorria ainda mais porque já sabia quem era, vinha da família dos maiores amigos de sua gente. E vinha também do fundo de seus sonhos, seus desejos e seus projetos e paralisado estava quando, tímida, ela disse:

– Senhor, foi um prazer, mas devo ir.

Disse ele como iria junto, ela se atrapalhou e ele explicou, o comandante José Carneiro da Fontoura e sua esposa são quase como meus parentes. Então ela parou e ficaram os dois imóveis na calçada, sorrindo e sorrindo e se nele era apenas uma certeza cultivada em seus meandros mais mágicos, nela, não havia a certeza mas havia a percepção que a sintonizou à memória da infância; a avó e ela sentadas à beira de uma das fogueiras que Isabel gostava de fazer nas noites de lua cheia, quando nela firmava o olhar e repetia:

– Filha, tu, como eu, tens "alma imantada", presta atenção nela, quando se tem a alma assim, ela sabe o que para nós é bom e o que para nós é ruim.

E ela agora lembrava a fala da avó e mais sorria e então o sorriso feito pelas certezas dele colou no sorriso imantado dela e assim chegaram em casa de José.

Era quase o almoço e ao entrarem tão diferentes e tão aureolados, a sala era vazia e ela falou confusa:

– O senhor se acomode, vou ver onde está minha madrinha.

Sentada em frente ao espelho, Francisca Doroteia arranjava os bandós de cabelo terminado em coque, arrumava-se ao almoço, o vigário de Porto Alegre almoçaria com eles. Maria Eulália não falava, achegou-se à cômoda e ficou a passar as mãos nas figuras em relevo do jarro e da bacia de porcelana azul claro, depois olhou a madrinha. Ela abria a poseira de cristal cor-de-rosa e passava a grande pluma com pó de arroz no rosto quando viu a afilhada: Lalinha, tu nunca usaste pó de arroz nem batom, já usaste? Ela negou com a cabeça, e só então foi percebida a expressão aflita, a postura acanhada:

– Houve algo, Lalinha?

– Em verdade – disse Maria Eulália – houve.

E ela não sabia se era bom ou ruim, mas estava sem saber o que fazer, encontrou um moço na igreja – falava um pouco aos borbotões, outro pouco abaixando o rosto – e foi contando, o moço falou comigo e disse que é grande amigo da senhora e do meu padrinho.

– Ah, dinda, devo ter feito burrice, quando entrei ele entrou junto e está na sala, que vergonha, me desculpe.

Francisca Doroteia levantou, bem, vamos, à sala ver quem é o invasor, mas deixa disso, não é motivo para ficares pálida e te desculpando. Parou, acarinhou a mão de Maria Eulália, vou à sala, enquanto isso passa uma pluma de pó de arroz no rosto para diminuir a palidez, o batom, depois eu ensino e dou um bem clarinho para ti.

E quando saiu do corredor e entrou na sala, Francisca Doroteia viu o marido e o amigo José Antônio Casado, ambos de pé, rindo, falavam com alegria. Olha só, Doroteia, quem veio nos visitar. Eles se cumprimentaram e ela o convidou:

– José Antônio, aceita almoçar cá em nossa companhia. Hoje almoçará conosco um amigo teu, o vigário geral dom Feliciano José.

E no permeio da alegria e das perguntas sobre a família, o visitante quis saber de Maria Eulália:

– Ela se evaporou?

Padrinho e madrinha começaram a rir e se a tudo entendiam, José Carneiro da Fontoura falou rápido e em tom de brincadeira: Não, não se evaporou, cá está, e você, brigadeiro, como descobriu minha afilhada?

– Eu vinha na rua dos coqueiros e enxerguei ao longe uma luz e quanto mais me aproximava mais contornos a luz ganhava, por fim, pasmo, vi como a luz desenhava a mais bela moça por mim jamais vista, e, bem, é isso, senhor comandante.

E enquanto os dois sentavam, Francisca Doroteia correu ao quarto. Parada em frente ao espelho, a perplexidade de Maria Eulália. Foi abraçada pela madrinha, não ficasse assim, devia se permitir ficar contente, o moço tinha se encantado com ela. Estáticas, as duas se olharam. Por fim a madrinha pegou a escova e lhe escovou ainda mais os cabelos, e em cima do pó de arroz passou um leve *rouge*. Eu estou feia? Não, tu não estás feia, mas ficaste ainda mais bonita. Agarrou os ombros de Maria Eulália:

– Lalinha, o moço gostou de ti, isso é bonito, mas não sejas como essas moças daqui que sentem medo de quem lhes faz a corte. Sejas senhora de ti mesma, sejas a filha dos militares do Sul, fortes, espontâneas e capazes de expressarem pensamentos e sentimentos.

– Nunca ninguém me olhou como ele me olha – balbuciou Maria Eulália.

E a madrinha falava calmo, ele parecia fascinado por ela e ela devia tentar enxergar a beleza disso. Tu és dona de ti, se ele quiser, por exemplo, casar contigo, e se tu não quiseres, diz que não. E enfatizava: Não perde a tua espontaneidade, no mínimo vais ganhar um grande amigo, nós queremos muito bem a ele. As duas voltaram à sala, e se os jovens se olhavam, o casal engendrava assuntos mas eles não ouviam, e José perguntou:

– José Antônio, queres dizer alguma coisa?

Sim, ele queria e as palavras se enrolavam e então buscando a simplicidade ele disse, olhando José:

– A beleza de sua afilhada é tão especial, a primeira palavra que veio a mim quando a enxerguei, foi, *que estranho, essa moça tem uma beleza peregrina.*

– Peregrina? – perguntou Francisca Doroteia

– Sim, peregrina, algo incomum, raro, extraordinário.

Demorou, e ela perguntou:

– Eu, rara? Eu, incomum?

Os dois se enredavam nos olhos e no silêncio quando se abriu a porta e entrou o vigário. Cumprimentos, apresentações e desculpas pelo atraso. Passaram à mesa, devia estar faminto, disseram.

E houve o almoço, muito assunto com o vigário e quando ele soube de Maria Eulália, Rio Pardo? Você não é a filha do cadete da Marinha francesa Jean-Baptiste d'Agon? Sou, sim senhor.

– Peço licença a todos, venha cá, Maria Eulália.

O vigário ficou de pé, ela se achegou e ele a abraçou fortemente:

– Menina, você não imagina minha alegria, fui eu quem a batizou, lá em Rio Grande.

Sentaram e disse o vigário: Fiquei devastado quando soube da morte de seu pai, você ainda pequena. E como está minha amiga, a senhora Isabel? Pois tinha sabido da morte do mais importante dragão daquela Província, o seu avô João Carneiro da Fontoura.

E foi na sobremesa que José brincou: Vigário, o José Antônio diz que a minha afilhada tem uma beleza peregrina, será sangue francês? Não – disse o vigário – deve ser o sangue da senhora Isabel, é uma das pessoas mais interessantes que eu conheci, disse-me a família dela ser oriunda das cercanias do d'Ouro, ao norte de Portugal. Pois eu tinha percebido nela o sotaque meio espanholado, eles são diferentes, gente muito bonita, sensível e amante das artes, próximo a eles vivia uma comunidade celta com quem conviviam. São bastante místicos. Eu os conheço bem, estive lá por mais de ano.

José, um dos poucos a saber a origem donde provinha Isabel, falou com lentidão: Sim, minha mãe é pessoa extraordinária. O vigário seguiu:

– Ela, coisa rara, é mística sem ser beata, é grande conhecedora da natureza, tem, dá a impressão, uma sabedoria ancestral, sempre achei que isso vinha de seus amigos celtas – e o vigário deu uma risada – e ela faz o melhor bolo de fubá com banana e canela do mundo.

José desviou o assunto, a mãe estava com muita idade e perdia a consciência, ele esteve em Rio Pardo e contratou umas senhoras para dela cuidarem e lhe fazer companhia.

Maria Eulália, em voz firme:

– Fiquei feliz com o que o senhor fez, meu padrinho, mas tenha certeza, quando eu voltar para Rio Pardo, irei tomar conta da minha avó.

Bem, amigo leitor, assim foi o começo, os dias passavam e as visitas aumentavam, e se por um lado namoravam-se os sobrinhos, por outro se entusiasmava a família Casado, amiga dos Carneiro da Fontoura.

Pouco adiante veio o pedido de casamento e começaram os arranjos para a cerimônia. Maria Eulália quis ir a Rio Pardo ver a avó, as notícias sobre ela não eram boas. O padrinho providenciou-lhe companhias, a tarde era fria e o vento zunia quando Maria Eulália chegou direto a ver e se deixar muitas horas junto a Isabel, que, desmemoriada, não a reconheceu. Mas o assunto de sua chegada se espalhou, e vinham a vê-la e a notícia se esparramava, a Gata Borralheira ia se casar. Muito perguntavam, poucas respostas tinham. Recebia convites e se desculpava, veio para estar com Isabel, queria aproveitar os dias junto a ela.

Na cozinha, comentou:

– Em cinco meses estarei me casando.

A velha cuidadora de Isabel foi a primeira a falar, Maria Eulália não contasse a ninguém sobre o casamento, iam pôr olho grosso. E repetia:

– Tua avó se preocupava contigo, te achava boa demais e bonita demais e nesse mundo – costumava repetir – quem é assim costuma ser maltratada.

Ela ria, as manias da minha avó. Mas antes de viajar as velhas cuidadoras de Isabel a submeteram a rezas estranhas que tinham aprendido, disseram, com a sabedoria de dona Isabel.

O casamento foi em Porto Alegre, no salão da casa dos pais do noivo. Morariam em casa próxima enquanto era construído o solar à Rua da Ponte onde moraria o casal e o sogro, agora viúvo.

Você quer saber de Maria Eulália em Porto Alegre? Ora, consta em registros, era dita a senhora mais bonita e fina da capital. Mas o que mais marcou sua história foi a constante preocupação em cuidar das pessoas da família. Doentes de Rio Grande, Rio Pardo e Viamão, ao virem se tratar em Porto Alegre, eram acompanhados por ela, e muitos, como sua madrinha Francisca Doroteia Isabel, passariam os últimos dias em sua companhia no solar da Rua da Ponte.

A morada dos Casado era grande e longa no térreo, no outro andar havia a imponência da sacada de ferro com seis portas e acima o mirante com duas janelas. Grande era a família de José Francisco e ele os semeou em casas feitas na vizinhança e nas travessas do entorno. Era uma vida em família ativa, um entrar, sair e compartilhar novidades, perpassadas por contrariedades, tristezas e alegrias, ciúmes e competições, e assim ocorria nas calçadas, salas e quartos do casario familiar, e nos pátios internos em eterna e temerária interação diária.

Assim era e assim foi enquanto José Francisco, o pai da grande família, viveu além de vários de seus filhos e morreu aos noventa e três, deixando testamento organizado, partilhas feitas e mais uma vez, igual ao de sempre, sua voz e decisão foi a ordenança de todos.

Quando Maria Eulália da Fontoura Casado ficou viúva, com filhos e netas a morar com ela no casarão de sempre, a prima e vizinha Maria Josefa da Fontoura Palmeiro, uma das mais fortes líderes das movimentações políticas na cidade, dela seria a grande amiga e a maior companhia. E nessa tarde, Maria Eulália estaria recebendo a prima em visita pelo nascimento de mais uma neta.

Maria Josefa estava em seu casarão em frente à praça principal e se faziam avançadas as horas quando seu marido, o Coronel João José Palmeiro, a viu pegar o pacote em papel de seda e laços com fios prateados para sair. Maria Josefa parou e perguntou como estava o braço, ele aparentava dor. O coronel tinha chegado da Guerra Cisplatina com ferimento no antebraço e se dizia preocupado com a demora do chasque e das carretas com os sobreviventes da guerra.

Ela sossegou o marido, o homem se perdeu em conversas pelos caminhos ou, sabe-se lá, caiu na farra, já eram dias de começar o Entrudo. Sabes? perguntou, prendendo uma mecha de cabelo, nasceu a outra netinha da Maria Eulália, estou indo lá, e olhando as horas:

– Ainda bem que a colchinha de lã que mandei fazer ficou pronta faz tempo, a menininha nasceu prematura.

Ele mandou um abraço e o casal desceu ao térreo, o coronel seguiria a ler os relatórios lá embaixo, o chasque ia chegar. Maria Josefa abriu a porta e saiu, vozes, tambores e cantoria, gente amontoada na praça, a calçada cheia, o que havia? Foi abrindo espaço e enxergou ao meio da rua um enterro de pretos a descer desde a Igreja. Antes do enterro eles carregavam seus mortos por toda a cidade sob marchas, tambores e canções, dando dois passos para a frente e um passo para trás. Pessoas bem postas que se achegavam à missa da tarde reclamavam, deviam proibir esses enterros circundando a praça, o local nobre da cidade.

Maria Josefa estacou: Podiam, por favor, repetir o que diziam? – perguntou, voz alta e forte. Alguém repetiu, ali não era lugar para eles tocarem tambor, cantar e carregar morto. Ela retornou aos degraus à frente da própria casa, e sacudindo os braços, gritava a indignação:

– E vocês, de missal e terço em punho, vejo que estão indo à igreja rezar. Vão ter coragem de com tanto desamor para com os humildes encarar a Cristo e a Nossa Senhora?

A gritaria se espalhou e o coronel abriu a porta, Maria Josefa bradava e ele pediu que entrasse. Ela ignorou. Gritou ainda com o grupo e desceu a calçada até à Rua da Ponte onde dobrou à casa da prima.

Abriu a porta do imenso e belíssimo casarão de José Francisco Casado e entrou. Dava passos rápidos e nervosos, tropeçou na escarradeira de Limoges verde, invadiu o grupo das crianças jogando ao chão, duas escravas de batas e panos brancos enrolados na cabeça controlavam os pequenos, nenhum adulto: Onde está a Maria Eulália?

Por certo estava lá em cima com dona Fausta, disse uma delas, passasse lá, dona Josefa. Ela arrebanhou as saias e subiu a escada.

Bem mais moça do que Maria Eulália, Maria Josefa era conhecida pela fala sem travas, dizia o que pensava e pouco importava se a dissessem mal educada ou metida onde nada lhe dizia respeito. Mas como incógnitas existem, nela alguma havia, pois seu temperamento franco era peneirado e bem a queriam.

Subiu as escadas e chegou ao quarto com grandes janelas de postigos fechados. Era o primeiro dia de vida da pequena Antônia Celeste e a claridade, falavam, prejudicaria os olhos da recém-nascida, então ela se esforçava para enxergar Fausta Isabel no escuro e ouvia a mãe aflita com o nascimento prematuro. Entrou Maria Eulália:

– Eu já disse para a Fausta ficar calma, a bebê é pequeninha, mas bem saudável.

Beijos, abraços, cumprimentos, o presente entregue à mãe:

– Uma colchinha, mas diferente dos tons usuais, bem colorida, vermelho, azul e branco. Pois vejam – seguiu Maria Josefa – o pai é francês, e o avô também era, não sei a causa desse ramo da família só namorar militar francês.

Maria Eulália abriu a colcha em finas listas de lã coloridas em crochê delicado e fartas franjas azulão:

– Tia Maria Josefa – disse Fausta – que delicadeza, a senhora está homenageando meu marido, ele vai gostar. Uma colcha *bleu, blanc, rouge.*

E as pessoas pelos cantos do imenso quarto de esquina trocavam olhares irônicos e cochichavam pelos cantos, aquilo parecia colchinha feita para recém-nascido de quilombo.

Em voz alta, Maria Eulália:

– De fato, muito significativo o presente da Maria Josefa, homenageia o pai da recém-nascida e o meu pai – ela bem sabia como a prima era além de seu tempo, e mais lhe importava homenagear o avô e o pai da pequena Antônia a cobri-la com as cores pálidas permitidas e obrigatórias a recém-nascidos.

Maria Josefa sorriu:

– Minha prima Lalinha, sempre com palavras de agrado impecáveis.

Maria Eulália – alta e ainda bela, cabelos grisalhos presos no alto da cabeça, convidou à sala, melhor deixar mãe e filha em sossego. Bernardina – a idosa escrava de bata e trunfa branquíssimas, eterno apoio das parturientes e bebês da família, ficaria com a mãe. Começaram a sair, a maioria com outros compromissos, Maria Josefa perguntou por Bibiano e Anna e soube, os pais de Fausta Isabel tinham ido ao Rio de Janeiro, estavam retornando, mas a neta chegou antes.

Maria Eulália, sessenta anos, Maria Josefa, quarenta e um, crescidas nos fortes, maridos militares e agora em Porto Alegre eram vizinhas e, além de amigas, conselheiras. Desceram a escada de mãos a firmar as saias e na chamada saleta, o meu lugarzinho – como dizia Maria Eulália – sentaram nas velhas poltronas de couro, ambas testa enrugada, detalhe visto pela dona da casa na visitante e visto pela visitante na dona da casa. Sentaram, olhos em pergunta e uma comum aflição minorada pela questão de Maria Eulália: Acaso, Josefa, também ouviste? Maria Josefa, cabelo escuro com fios grisalhos, firmou o negrume dos olhos na prima e começou a rir, logo dava risada e já gargalhava quando Maria Eulália, em tom baixo: Como, mas como podes rir daquelas falas maldosas?

A partir daí estabeleceu-se uma discussão não discutida, era assunto sem discórdia, queriam só entender uma espécie de miolo amargo de realidade bem conhecida, comum nas sacadas e nas bordas das salas e sempre ignorada por Maria Eulália, e sempre retrucada com aspereza por Maria Josefa. E se a tal pergunta mordia, Maria Josefa a encarou:

– Tenho pensado, Lalinha, qual será a pior guerra, a nos campos de batalha, ou a nas salas da vida?

Ela disse com vagar, a prima não devia levar tudo assim. A frase da prima Marianinha, "não bastasse um francês manchar a honra da família, agora tapam a criança com vermelho e azulão", apenas manifestava sua ignorância.

Maria Josefa, conclusiva:

– Lalinha, eu já briguei tanto com essas daí, que nem tenho mais nada a dizer.

Maria Eulália parecia triste e pensativa. A prima arrastou a cadeira junto a ela, sentou e abaixou a voz: Nós já falamos sobre como elas gostam de comentar o acontecido contigo durante a velhice da vovó Isabel, e até mesmo o fato de agora teres duas filhas casadas – e muito bem casadas – com militares franceses, ser criticado. Lembras, Zefa? E então Maria Josefa arremedou: "Dizem que esses franceses lá dos Pirineus nem são militares, são é piratas!"

Enquanto dizia como se calaria por tão mal ficar com tudo aquilo, Maria Josefa arrumava as pregas da longa saia e assim, passando as mãos no gorgorão verde escuro, conseguia engolir palavras revoltadas e chaveadas.

Maria Eulália, calada, por fim observou: A gente se ocupar com os desocupados faz mal à saúde, Zefa.

Maria Josefa segurou a mão da prima:

– Escuta, Lalinha, tudo o que fizeram tu sofreres, fosse em Rio Grande, Rio Pardo, Viamão ou mesmo aqui, tinha dentro um fermento avassalador. E o nome desse fermento é Inveja.

Para Maria Eulália, sim, havia inveja, mas esquece o passado, Zefa, eu há muito esqueci.

Mais tarde, Maria Josefa em casa, o chasque amarrava o boçal do cavalo no frade. Foi recebido pelo coronel, como estavam os sobreviventes? Tinham chegado com vida e foram carregados para o Hospital de Misericórdia.

O coronel:

– E a menina se recuperou?

– Estava a cada dia melhor, mas costumava dizer, queria mesmo era trabalhar no Hospital de Misericórdia, só por comida e moradia, ajudaria onde precisassem.

De volta à sala, Maria Josefa olhava o marido, o chasque se referia àquela filha de escravos que virou vivandeira? Para mim seria ótimo ter a guria aqui, preciso de uma ajudante.

Ele falou com cuidado:

– As leis para com os escravos são rígidas, e se ela inventasse de se enfiar em algum quilombo? E se capitães do mato de antigos donos a encontrarem aqui? Conosco não vai acontecer nada, mas se resolverem levar a coitada à forca?

Maria Josefa perguntou se poderiam lhe dar alforria. Não poderiam, não eram donos.

Esperança de Maria Josefa, dúvida no coronel, mas se ela servisse para eles por certo conseguiriam dar algum jeito, e ele repetiu a frase de sempre:

– É fácil o início de uma guerra, o difícil é o final.

Dos doze filhos do casal Fontoura Palmeiro, moravam ainda com eles duas adolescentes gêmeas de doze anos e mais quatro pequenos; as filhas casadas e os filhos militares moravam nos fortes ou em outras cidades. Tinham seis pessoas a seu serviço, três habitavam o porão de muitas peças, janelas baixinhas cobertas com grossas grades de ferro enquanto Dalila, a ajudante de cozinha, e Filomena, a lavadeira, lá passavam os dias.

Tinha espaço de sobra lá embaixo para acomodar a tal vivandeira, disse Maria Josefa. O coronel protestou, nem ela, nem ninguém, nunca deveria chamar a coitada assim. Vivandeiras eram vistas como mulheres imorais e perigosas, o termo era desmoralizante.

– Mas como bem sabes, ela pode não ser imoral e perigosa.

E ele seguiu:

– Segundo o Grajaú, ela é filha de uma escrava que veio da Bahia e morreu numa fazenda. Aconteceu dela deixar cair uma bandeja com cristais, puseram no tronco e deram surra de chicote. E ela fugiu, estrada afora.

Maria Josefa, justiceira que se enfurecia com palavras maldosas e maus-tratos a pessoas humildes, seguiu a repetir: Coitadinha, que venha para cá. E como iriam chamá-la? Ora, perguntariam a ela, as vivandeiras sempre têm nomes debochados postos pelos soldados, mas ela devia ter algum nome decente.

Com a chegada na sala de Maria Cândida e Escolástica Máxima, as gêmeas de doze anos, Maria Josefa perguntou o que faziam, não era o dia da professora Matilde lhes dar aula? Soube da aula suspensa, a professora estava doente e as filhas estavam agitadas:

– Vocês sabiam que hoje é o dia do Entrudo? Nós vamos nos arrumar e vamos descer lá para a Rua da Praia.

A mãe estacou: O quê? Vocês, no Entrudo? De jeito nenhum, e já avisava, teriam grande castigo se lá se metessem, aquilo era um descalabro, imagina, vocês metidas naquele charco de imundície. As meninas inconformadas:

– Mamãe, todo mundo está indo – repetiam as duas.

Mas elas não eram todo mundo, e Maria Josefa gesticulava, caminhava e encerrava o assunto: Inclusive aqueles dias eram perigosos, elas não deveriam sequer sair das cercanias da praça.

O Coronel João José, que sentado à mesa fazia anotações, ouviu o assunto:

– Entrudo? Precisamos trancar a casa para que não aconteça aquele horror do ano passado.

Olhou as meninas, corressem lá nos fundos e chamassem Favorito, Persília e Dalila. Maria Josefa já trancava as janelas e punha as trancas de ferro. Favorito chegou capengando e o coronel repetia, trancasse todas as aberturas dos fundos e depois voltasse, enquanto essas besteiras de Entrudo andarem na rua, você vai ficar, arma na cintura, aí na frente. Foi-se Favorito e vieram Dalila, a ajudante de cozinha, e Persília, a arrumadeira.

– Vocês vão dar apoio ao Favorito, ele vai ficar sentado em frente à porta e vocês as duas ficam no para-vento. O coronel se calou, depois levantou a voz: Pensando bem, devo dar um revólver a cada uma de vocês também, sem bala, só para assustar.

Maria Cândida e Escolástica Máxima voltaram à sala, por que tudo aquilo? E o pai explicava, no ano anterior invadiram nossa casa, vocês estavam no colégio e nem viram. Sujaram tudo jogando farinha e até ovos podres. E só não foi pior porque eu subi na escada e ameacei apontando um revólver.

Maria Josefa descia as escadas, e bradava:

– Este ano não tem para essa gente. Aqui ninguém vai entrar.

Volta o rengo Favorito, revólver na cintura: Pronto, coronel, tudo trancado, estava indo se colocar em frente à porta. O coronel explicou, se alguém insistisse para entrar, ele dissesse como cumpria ordens do Coronel João José, e se não fossem embora, as duas que estariam logo atrás, chamariam por ele.

– E o que vais fazer? – perguntava Maria Josefa.

Ora, ele ia para a sacada e lá de cima correria todo mundo a bala. E assim o casarão dos Fontoura Palmeiro se movimentava enquanto chegava o toque de tambores e a gritaria de alguns grupos subia da Rua da Praia e outros se aproximavam pela Rua da Ponte. Para as meninas, que falavam em ficar na sacada olhando, a proibição veio do pai, de lá nem se aproximassem; quanto mais o tempo ia passando, mais eles bebiam, aquela idiotice sempre terminava mal.

Por entre pessoas atônitas Maria Josefa avisou, tinha mandado arrumar a mesa, viessem todos, iam tomar café com pastel e bolo de laranja. A meninada ria dizendo, a mamãe está nervosa, vai ter mesa com café e bolo. Esse era um hábito meio ancestral dos descendentes de Isabel e João, em momentos aflitos era posta grande mesa onde todos tinham de sentar e, obedientes, igual seguissem rito sagrado, fosse dia, noite ou madrugada, sentarem em torno à mesa, não importava se falando ou em silêncio, mas importava que estivessem lado a lado, comendo bolo e tomando chá.

A mesa era posta e lá fora batiam tambores, havia gritos, cantos, e às vezes tocavam cornetas, e mais Maria Josefa chamava, venham para cá, vamos ao nosso café, vamos esquecer esses ignorantes.

As gêmeas Maria Cândida e Escolástica Máxima desciam a escada com Mariana Carolina, de nove anos, e José Maria, sete anos, e correndo à escada Maria Josefa gritou para a babá, descesse com Balbina e Maria, as duas menores com três e dois anos.

Mas eis que entram, assustadas, Dalila e Persília, os apoios de Favorito em frente à casa. O coronel e dona Maria Josefa fossem correndo, lá em frente, um pessoal do tal Entrudo queria entrar.

O coronel pega o revólver e manda que todos se acomodem à mesa, calma, vou lá. Abre a porta do para-vento, escancara o portal da frente e vê Favorito de pé, revólver firme entre as duas mãos apontando para dois homens e uma mulher encharcados e cobertos por farinha, rosto quase invisível por tanto ovo quebrado em suas cabeças.

– O que os senhores querem? – fala o coronel – aqui é casa de família e ninguém entra.

Um dos imundos se adianta:

– Coronel, sou o Grajaú, estamos trazendo a Maya.

Solar da família de José Francisco Casado, pai de José Antonio, onde vivia Maria Eulália. Hoje, Instituto Histórico e Geográfico do RS

6.

Porto Alegre, 1828

Era a porta do casarão onde Favorito de olhos esbugalhados tremia as mãos no revólver e era o Coronel João José Palmeiro com sua estatura e olhar apreensivo a sair apressado, e era ainda o vozerio de Maria Josefa da Fontoura Palmeiro, corressem todos, abrissem o portão lateral, pusessem aqueles coitados para dentro.

– Eu não falei?

Ninguém sabia do por ela falado e talvez nem ela própria, era difícil imaginar usarem o Entrudo para massacrar três infelizes remanescentes das doídas entranhas da Guerra Cisplatina. Esqueciam como à maioria sempre mais interessava a vida alheia e pouco lhes importavam as guerras e seus horrores, palavras sempre repetidas por Maria Josefa, agora descendo aos fundos da casa.

É quando a menina Maya, igual a chamavam, entra no longo jardim junto à casa do coronel onde canteiros floridos e cheios de cor, dois velhos plátanos próximos ao flamboaiã vermelho e às laranjeiras carregadas por frutos novinhos; o lugar impactava com o perfume dos jasmins do cabo e das altas trepadeiras de jasmim miúdo. Pois naquele panorama luminoso foi onde os três entraram e congelaram frente ao coronel, sua mulher, e mais o homem do revólver para quem Grajaú perguntou se Favorito não o reconhecia.

Maria Josefa assumiu o controle. Dalila pegasse a velha mangueira e fosse limpando as porcarias atiradas neles por aqueles desocupados, com vagar e um por um e a primeira deveria ser Maya. Quando enfim enxergaram a face da menina pretinha assustada com dois grandes olhos verdes ressequidos presos ao chão, encolhida e com panos imundos e rasgados por cima, ela foi levada por Dalila ao chuveiro no banheiro dos fundos. A menina esperasse, iam procurar algo para ela vestir. Mulheres subiram as escadas e na casa dos doze filhos onde sete eram mulheres, Maria Josefa revirou gavetas e armários e desceu Dalila com o de vestir à pretinha cuja visão a enchia de uma lástima enredada.

À mesa interrompida todos se tinham levantado, Maria Josefa avisou como o café haveria, ela já voltava. Correu à cozinha e avisou Severina, seguisse fritando mais e mais pastel e arrumasse a mesa dos fundos àqueles infelizes sobreviventes da guerra.

João e Grajaú, rostos finalmente visíveis, foram chamados ao banho, eles tinham o de vestir na mala de garupa. E se instalou na moradia dos Palmeiro a trama de certezas com incertezas enquanto Maya mordia a unha com olhos sem olhar quando enfim, limpa e vestida, atendeu Severina e se achegou ao café. Acomodou-se à extremidade da cadeira e murmurou o desejo, precisava se pentear. Dalila convidou, viesse ao porão, e no quarto, entregou-lhe o pente. Penteou o cabelo de um crespo largo e ondeado sempre elogiado e nunca entendido – uma sudanesa de olho verde e sem carapinha! – e apenas ao se dirigir a

Dalila conheceram sua voz: Fazia meses, eu só tomava banho de sanga e rio, meu cabelo era um arame, e mais agradecia, Dalila tinha dado um sabão tão bom. Ora, disse a outra, quem fazia era Severina, com soda cáustica, limão e banha de porco passada na peneira; para os banhos, ela acrescentava a infusão feita com flores de dama-da-noite na cachaça.

Ao ver-se limpo, Grajaú comeu pastéis e tomou café e deu início às despedidas. Aproximou-se de Maya, ela se levantou e, ao lado, Maria Josefa impressionou-se ao ver como os lábios da menina tremiam, era feito se estivesse prestes a cair em lágrimas, a lutar para se manter firme, por fim espichando o braço e a mão também a tremer, num fio de voz ela falou: Seu Grajaú, eu lhe sou muito agradecida. A emoção da guria acendeu a de Grajaú, e ele dizia, ela nada tinha a agradecer, e seguiu:

– Olhe, menina Maya, gostei muito de lhe conhecer, e qualquer dia vou trazer minha mulher e a filharada pra conhecerem você.

Traga mesmo – ela respondeu, ouvindo que logo ele partiria com a família para Rio Grande, tinha sido designado ao quartel de lá. Grajaú se afastou, ela mais se aproximou e ainda trêmula falava em palavras desconectadas dizendo como devia a ele nas carretas sentir-se como se tivesse um pai, a cabeça encabulada caía e ela abaixava a voz, sempre agradecendo.

Voltou à mesa e sentou, os braços apertavam o corpo, o dedo com a unha preta voltou à boca e Esmeralda lhe passou o prato com pastéis: Maya, tu tens que te alimentar.

Ao modo comandante em campo, Maria Josefa voltou à sala de jantar e o café houve e ela percebeu, tudo ia bem, na cozinha e na sala estavam mais alegres e não sabia se a causa era o silêncio dos tambores e cornetas do Entrudo ou a presença de Maya, que, lá fundo em si ela percebeu, a guria tinha uma doçura discreta, escondida, uma doçura não enjoativa feito as exageradas logo a se despencar em agrados mirabolantes boca afora, era algo pouco visível, grudado nela.

O coronel havia mandado entrarem ao café na cozinha para os recém-chegados se alimentarem, acostumando-se uns aos outros. Maria Josefa pediu para Maria Cândida levar um dos bolos da sala ao outro café, de maneira ao ritual se perpetuar, acalmando e irmanando igual como – falou Maria Josefa – recomendava sua avó Isabel, aproveitando a repetir o desde quando pequenos os netos dela ouviam:

– Na confusão, para-se tudo e se toma um chá com bolo de laranja ou pastéis fritos na hora.

– E por que a gente não toma chá e está tomando café? – perguntou o menino José Maria.

A mãe gesticulou: Ora, café é igual para todos, mas se eu fosse dar chá para vocês, um ia querer chá de gengibre, outro de limão, e pediriam chá de flor de laranjeira, erva-doce, aniz, camomila, maracujá e ainda iam pedir um tempero no chá, outro tempero e nada mais se faria nessa casa. Para isso – seguia Maria Josefa – vocês todos teriam de ser filhos da vovó Isabel, ela, sim, se eram vinte em casa, fazia vinte chás diferentes. Aqui é café.

– E ponto final – disse rindo o coronel, sempre a brincar com o que chamava "as elevadas ordens da Josefa".

No outro café todos falavam, Maya calada, sempre agarrada na sacola de pano sujo. Favorito, dito simplório, quis saber: Guria, aí guardas ouro? E a se equilibrar na vergonha ela afirmou com a cabeça. Riram: Ouro, que ouro? Então numa inocência desgraçada, Maya abriu a sacola e mostrou as botinhas, o punhal e a roseta pontiaguda. Perguntas, explicação, aquilo era para se defender nas guerras. Falou Favorito, não dava para entender, menina educada como ela, metida em guerra, e ele insistia, por qual motivo foi lá parar? Minha mãe morreu e eu não tinha para onde ir – eram baixas, trêmulas e envergonhadas as palavras da menina e Severina se meteu, não incomodassem, aquilo era o ouro da menina, e Maya numa transparente ingenuidade, nutrida e moldada na solidão e no medo, esclareceu, precisava bem guardar porque dentro da bota guardava a carta de uma amiga:

– Mas eu nunca li porque ainda sou analfabeta.

Parada na porta, Maria Josefa:

– Maya, vou tratar para que deixes de ser analfabeta – mão no ombro da menina – vais ler tua carta, mas não faças como essas moças daqui, a todas fiz ensinar, acharam chato e não foram adiante.

Observou aquele olhar de um verde intrigante e perguntou:

– Entendeste?

– Entendi.

Enfim naquela hora e momento a voz da menina se tornou forte, talvez uma voz de ferro ou de aço. Mas não, era uma voz de madeira esculturada e polida, com lustro, destino e beleza, era uma voz construída pela vida interior de Maya – assim captou a famosa intuição de Maria Josefa, a qual, diziam, devia vir da convivência dos ancestrais da avó Isabel com o tal de povo celta.

Todos quietos, ela também, focou a expressão de calamidade da menina, encontrou sensibilidade em seus olhos e sentindo a emoção abaixou a cabeça e falou: Maya, vem comigo, é preciso conheceres a casa onde vais morar. Maya enfiou o saco de pano sobre o ombro e as duas subiram as escadas.

Bem, digo a você, tão grande era o passado quanto incerto o futuro da jovem escrava órfã baiana transformada em vivandeira no Sul, agora com emprego na acanhada capital dos gaúchos com apenas quinze mil habitantes, em maioria presos aos entraves de um conservadorismo paralisante. Mas ocorria de Maya estar a se inserir em meio a um grupo ali mal entendido, uma gente de comportamento e valores inusitados para aqueles confins do Brasil, no qual as mulheres eram bem informadas, tinham personalidades fortes e seriam capazes de sapatear em cima das esquálidas convenções locais, considerando como para elas mais importava lutar por um mundo mais humano e melhor. E sem medo nem escrúpulos, bradavam contra a proibição do divórcio, exigiam o voto feminino, defendiam a abolição da escravatura e agora, para um fremente mal-estar local, reuniam-se para discutir os abusos financeiros e ilegais do Império para com a Província de São Pedro do Rio Grande do Sul.

Naquelas primeiras semanas Maya conheceu as companheiras, disse bobagens das quais se arrependeu e contou lendas e sonhos aprendidos com Dandara, outros ditos pela índia Bartira, e aquilo agradou, o pessoal fazia silêncio e pedia mais. Esses *causos* – era como os dali falavam – fazem bem pra gente. Na noite do grande temporal, várias velas acesas, os vidros do porão protegidos só as grades de ferro tremiam e Favorito, pela primeira vez, contou de quando pequeno, longe, numa estância de fronteira quase enlouqueceram, a cada relâmpago aparecia uma enorme cara branca em tremeluzente tristeza. Homem ou mulher? Acreditem, naquele fim de mundo tinha fantasma de tudo, homem, mulher, velho, criança. Por fim o capataz, bem entendido naquelas coisas saídas dos horrores de outros tempos, falou como esse era o bem das tempestades, faziam a limpeza; e aquilo tudo, garantia Favorito, era a gente infeliz e a gente ruim que ali matou e ali foi morta na montoeira de revolução havida nas cercanias, pois, não sabiam?, atiravam os mortos nos lagoões lá onde os gansos nadam, onde a gente de agora toma chimarrão e diz ser lugar bem lindo, ora, lhes garanto, lá ao fundo tem mundaréu de corpo do tempo das revoluções tudo junto, lá tem castelhano, índio, brasileiro, escravo, espanhol e português. Tinha sabido como na primeira aparição os dali ficaram revoltados e num pavor terrível, por tudo jogaram água com sal grosso, disseram rezas aprendidas com as mães e eles se sumiram. E, de pé, seguia Favorito:

Nunca mais tinham aparecido, tempos depois apareceram outros, deviam ser sobra de fantasma ainda trancado no sofrimento que então a tormenta levou. Ficaram a dar palpites na cozinha e só Maya permaneceu calada e quieta, ela bem entendia das doidices que a gente viva não enxergava.

Dormia no quartinho do porão onde estavam a cama e o baú das roupas, ainda a mesinha com gaveta e castiçal com vela. Sentia ali uma brisa morna e era o aconchego de tanto só para ela, a nova Maya.

Lá na cozinha, ao verem a guria apertar as mãos, indagavam: Estás cansada? Não estava. Queres algo? Não queria. Sabes como agora vais receber dinheiro por teu trabalho? Não sabia. Sugeriram a ela ir se deitar, tinha olhos de cansaço e o temporal encrespava o rio, rugia e não amainava. Dalila acompanhou ao porão dizendo: Eu e Severina também dormimos aqui, dividimos aquele quarto lá no fundo, e o Favorito fica no quartinho ao lado. Conceição? Ela é babá, dorme lá em cima, perto das crianças. Quanto a ela, sabia como deveria ajudar Dalila a arrumar a casa, ou ajudar Severina com a cozinha, e nada mais dona Maria Josefa tinha explicado e várias vezes a senhora repetiu: É tanta coisa e tanta gente nessa casa, e tanto recado e coisa para buscar e levar, eu precisava muito de ti, Maya.

Se Maya dormiu talvez nem ela soubesse, quando os olhos pesavam caía num despenhadeiro, o corpo estremecia e sentava na cama. Tinha imaginado a senhora Maria Josefa com imenso cabelo arrebanhado cheio de fitas, brincos e joias, e ela era tão diferente, o coque sem enfeites, saia e blusa simples, os sapatos não eram de cetim, mas de um tecido grosso e escuro, ela era diferente, nem se vestia como os pobres, nem se vestia como os ricos. Lembrou da imensa mesa, a toalha xadrez verde e branco, as colheres e as facas tortas de metal escuro, a louça branca tinha um friso azulão e os bules pareciam de prata, mas eram lisos e sem os bicos com bocas de cobras abertas e açucareiros com garras e patas de bichos.

Lá em cima, no escritório, o Coronel João José dizia ter sido chamado ao Rio de Janeiro, mas o braço ferido incomodava demais. Para a mulher, seria bom fazer a viagem, lá os médicos eram bem melhores, o ferimento demorava a curar e às vezes o braço inchava. Quem sabe ela o acompanhava? Entrou Favorito com o chimarrão que, igual a sempre, era cevado por Maria Josefa a despejar a água da chaleira na cuia, acomodar a bomba enquanto, ao contrário do dia a dia, agora falava e gesticulava com vagar. O chimarrão incluía serenidade no ritual de quem pertencia àquele chão onde passar a cuia uns aos outros por aquelas horas era em silêncio, devido a lá no sem-fim dos campos estarem se erguendo os festivais do poente. Talvez por isso, desde criança, aquela gente tomava chimarrão na hora de ir-se o sol.

As conversas iam e vinham, tinham decidido como ela não iria, a viagem seria rápida. Maria Josefa pensava em mais se preocupar com a revolução, pois era dela chegado o tempo. Homens e mulheres começariam a se reunir no Gabinete de Leitura criado sob a influência do Real Gabinete de Leitura do Rio de Janeiro e dos pequenos e aconchegantes Gabinetes de Leitura de Rio Grande e Pelotas, locais onde muito se liam e discutiam novos livros. Mas em Porto Alegre, no Gabinete, mais se falava na situação da Província, nas ideias do Iluminismo influenciadoras da Independência dos Estados Unidos e desencadeadoras da Revolução Francesa. Eram ardorosos defensores do levante, ansiavam em ver a Província erguida a gritar pela razão e a ciência, contra o Absolutismo e a união existente entre Igreja e Estado. Ignoravam como o movimento que lideravam no próximo ano transformaria o Gabinete de Leitura em sociedade secreta, onde leriam e escreveriam cartas a outros líderes brasileiros, receberiam jornais e se informariam sobre as insurreições europeias, aproximando-se de movimentos similares a se espalhar no país. Maria Josefa e Maria Angélica eram ardentes entusiastas da insurreição e Angélica relatava como mesmo com filho recém-nascido iria à reunião da noite, era vizinha ao Gabinete.

O Coronel João José Palmeiro acendeu um charuto, admirava Maria Josefa, sempre a bradar contra a situação das mulheres, submissas e propriedade dos maridos, e embora fosse criticada pela maioria e escândalo nas rodas e nas conversas de esquina, ele ria e repetia a frase incendiária:

– Aqui, para a maioria dos homens, mulheres são objeto de fazer filho, de exibir nas salas e de no fundo das casas às vezes serem mais desprezadas do que as escravas.

Sempre nas estradas e nas guerras, o coronel pouco via a dedicação de Maria Josefa e nem se importava com a minguada simpatia despertada pela mulher entre os grupos de poder político e financeiro de Porto Alegre. Concordava com ela. Gostava de ouvir as histórias de um culto dragão d'El Rei de Portugal que, apaixonado, casou com uma renegada cigana expulsa com seu povo de Portugal, tendo assim a vida em perigo. O coronel olhava aquela gente com respeito e se orgulhava ao ver Maria Josefa e os irmãos transmitindo os mesmos princípios aos filhos.

Ouviram alguém a bater as mãos no vidro da porta, ela se abriu e mancando, arrastando a perna e a bengala, entrou o doutor Murilo Ferdinando, o causídico pernambucano sobrevivente do naufrágio no qual perdeu um pé, que viera viver com a família do filho morto no ano anterior. Não tinha mais ninguém e ficou a morar com a nora Maria Catarina, a prima de Maria Josefa agora viúva com cinco filhos. A casa do coronel e de Maria Josefa, além do Gabinete de Leitura, era onde o ilustrado e idoso advogado costumava ir. Não tomava mate e logo serviram sua paixão, o cálice de vinho do Porto. De imediato veio o assunto predileto, o doutor Murilo Ferdinando, magro e de cabelos e barbas brancas, desejava que a revolução do Sul fosse melhor do que a fracassada insurreição havida anos atrás em Recife.

– Mas os pernambucanos – dizia Maria Josefa – eram bem informados, tinham mais cultura, foram aos jornais denunciar os altos gastos da corte, o aumento dos impostos e o nosso dinheiro sendo usado para financiar os conflitos de Portugal. Aqui, doutor Murilo, a população é oca, surda e muda.

Ele concordava, mas havia um porém, lá em Pernambuco, quem financiou o movimento foram as elites financeiras e uma das mais fortes exigências era a manutenção da escravatura. O doutor Murilo Ferdinando pediu mais um cálice de vinho do Porto. Bem, vocês sabem, por setenta e cinco dias Pernambuco virou República. E seguia a conversa, ele os acompanharia às reuniões, além de agora ser da família, era um republicano convicto.

– E abolicionista – disse Maria Josefa levantando a cuia de chimarrão e batendo no cálice do advogado.

O doutor espichou a perna sem pé enfiada em grande sapato acolchoado e respirou fundo: Meus amigos, em Pernambuco, em poucos anos a situação vai ferver. Detalhava, lá havia muito escravo, muita maldade, e cada vez chegavam mais navios negreiros com os infelizes amontoados, muitos corpos eram atirados ao mar porque morriam de inanição, infecções e diarreias durante a travessia. O coronel tinha ouvido comentários no Rio de Janeiro sobre o Império temer um levante de escravos, e soube como, consultado o Exército, terem dito não ser possível, as forças naquela área estavam bem preparadas, agora mesmo um novo forte era erguido. Não era a visão do doutor Murilo nem de um amigo que lhe escrevia cartas, então o doutor sorriu:

– Ele pensa como eu, e me relata os detalhes.

E quando soube o coronel embarcando para o Rio de Janeiro, pediu: Não esqueça, coronel, eu não lhe falei nada.

No dia em que o Coronel João José Palmeiro e o Major Luiz José, seu filho, pegaram o barco no Guaíba rumo ao porto de Rio Grande e de lá o vapor para Rio de Janeiro, Maria Josefa acompanhou o marido e nessa manhã, com dores mais leves, ele a tranquilizou, voltaria curado.

Eram ainda as primeiras horas do dia quando Maria Josefa chamou Maya, talvez lhe faltassem coisas pessoais, e depois, importava ela ter conhecimento da cidade. Veio Dalila, a patroa entregou o caderno da loja onde havia de tudo, era na Rua da Praia, final do mês o funcionário receberia o pagamento a domicílio.

Maya conheceu o casario de tijolos sobre altos alicerces de pedras e com telhas pintadas de branco e igual a todas as casas da cidade, viam-se à calçada os frades de pedra com argolas de ferro para amarrar cavalos. Nas ruas, cheias de gente a cavalo, vários escravos carregavam fardos e ela observava os meninos e as pretas de tabuleiro junto a marinheiros e pesadas carretas puxadas por parelhas de bois na canga. Enfim Maya conheceu a Rua da Ponte e se deslumbrou frente ao casarão de Maria Eulália, redescobriu a Rua da Praia à luz do sol, as casas e o comércio, e se demorou a olhar o Rio Guaíba com pequenos vapores e barcos a vela. Fizeram as compras e dobraram à íngreme Rua da Ladeira, lá em cima a praça, aquela bem em frente à casa do coronel. Lá no alto, imensa e sólida, a Catedral Madre de Deus. Sentiu-se mínima, como seria aquela imensidão por dentro? Dalila convidou a se aproximarem e é quando Maya vê junto à catedral, pequena e frágil, a capelinha de uma boniteza de alimentar a alma da gente, disse à Dalila, repetindo uma das frases de sua mãe.

Não conseguia desviar os olhos, a capela era tão pequena e diferente, parecia uma casinha em feitio de chapéu pontudo, e a porta era um chapéu largo embaixo e afinando para cima igual imensa folha com a ponta ao alto. Maya parou, observou e concluiu, era uma ponta ali posta de maneira a indicar o céu. Em volta havia outro contorno em desenho de folha ainda maior, o qual, teve certeza, apontava às estrelas. Queria tudo saber, mas Dalila não sabia: Sei só que se chama Capela do Espírito Santo – falou enquanto desciam a caminho de casa.

Encontraram Maria Josefa no jardim, mostravam as pequenas compras, porém Maya queria mesmo era falar na capelinha. Descrevia e com as mãos desenhava os arcos apontando ao céu, Dalila e Josefa mudas à beira da mureta.

– E, minha senhora, no contorno daqueles desenhos de folha, um dentro do outro, tem a grande folha que aponta às nuvens e bem lá em cima tudo é guardado por uma folha muito branca onde – e Maya tropeçava nas palavras – no final se ergue um cálice igual botão de flor se abrindo, e dele sai um galho fininho com a cruz do Senhor bem no alto. Minha senhora, aquilo é de uma boniteza que eu nem sabia existir.

Dalila ria: Foi bem assim – dona Maria Josefa – a guria embasbacou e eu prometi outro dia a gente voltar lá.

Em horas de trabalhar, perguntou Maya, o que era para fazer? Logo ela teria suas tarefas, mas naquele dia subisse aos quartos das crianças, esvaziasse armários e pusesse tudo bem arrumado, esses danadinhos dão tanto trabalho e fazem tanta bagunça que nem Conceição nem Dalila conseguem organizar as roupas deles. E alegre era Maya ao subir as escadas.

Todos achavam estranho, donde a guria tirou em lugar de dizer: Dona, precisa de algo? Sempre falava: Senhora, precisa de algo? E dias passados houve a pergunta de Maria Josefa: Por que me chamas de senhora, e não de dona? Ela pediu desculpas, não sabia ser o chamamento certo, mas achava dizer "senhora" mais delicado. O rosto de Maria Josefa abriu interrogações e Maya se explicou:

– Nada importante, não, mas dizer "dona" parece que a senhora é dona das pessoas e a senhora não é assim – virou o rosto encabulado, a mão bem aberta – a senhora me dá roupa e me paga, me ensina e me ajuda – mordeu a unha preta, pegou a ponta do cabelo: Mas desculpe, é que sou muito atrapalhada.

Encolheu os braços logo envolvidos no abraço de Maria Josefa:

– Por favor, Maya, segue me chamando de senhora.

Demorou Maya a passear no jardim e nele não vira ainda noite igual àquela onde a claridade da lua cheia nacarava as flores e os vagalumes mais relampejavam nos canteiros. Fez-se pois sentar na mureta donde imersa na gostosura de ali estar enxergaria a Mãe, e entregue escorregou ao chão donde à frente abria-se o flamboaiã. Havia uma aragem morna, ouviu passos e vozes, eram Dalila, Favorito e mais atrás vinha Severina. Enxergaram Maya, cabeça encostada no muro, olhos no céu: O que ela olhava? O céu, disse Maya. Você lê o céu? Não, ela não lia mas gostava de ficar admirando, bonito demais. Mirou os outros: Vocês viram a Beleza da Lua? Sabiam que a Vida nasce da Beleza? Perguntaram de onde ela tinha tirado aquilo e Maya seguiu calada.

Pensava nas palavras de Bartira, os astros se movem por amor, vemos os desenhos que fazem no céu e só parecem parados, e saibas, guria, eles sempre estão se movendo e se amando, um influindo no outro, equilibrando, fertilizando, iluminando. O pessoal começou a se retirar, talvez ela estivesse aborrecida, talvez alguma dor, mas a eles a impressão era dos ouvidos de Maya estarem entupidos, nada ouvia nem enxergava e por se perceberem demais começaram a se afastar e a ela aumentava o zoar dos insetos da noite, o coaxar dos sapos e os sons de embalo dos subterrâneos da terra e das plantas noturnas, e por ali sentir um colo macio, nele ficou a se embalar.

Abriu os olhos ao ouvir a voz da senhora Maria Josefa:

– Maya?

Ficou de pé. Não, falou Maria Josefa, ficasse onde estava, e foi contando, pois ela também desde pequeninha gostava de admirar o céu estrelado na companhia dos barulhos dos charcos e dos sapos.

Maya sentou na mureta, a senhora de pé olhava a lua, e era silenciosa e nem parecia a senhora dos dias quando andava de um lado a outro a cuidar da casa, determinando empregados e controlando filhos, roupas, horários. Então Maria Josefa afastou-se a melhor enxergar o condão de prata da lua e, ao Maya se aproximar, ergueu a mão: Sabes, Maya? Pensamos só enxergar os desenhos de estrelas e planetas feitos para nós, grande erro, nesse momento eles se amam e dançam com paixão, uns em torno aos outros, em torno a si mesmos e às vezes em rotas longínquas. Demorou calada, suspirou e disse: O céu estrelado é o baile do amor, sabias?

– Eu sabia, minha senhora, e essa noite a luz da lua beija as flores fechadas e elas começam a se abrir, e a mesma luz vai movimentar as águas e inflamar os peixes, a senhora sabia? Eles hoje mais vão se amar embaixo d'água porque a luz vai acender os recifes e as rochas, e, dizem os índios guaranis, os raios do sol e os raios da lua cheia embaixo do mar faíscam brilhos e cores mágicas para mais se amarem os peixes.

– Os guaranis falam isso, Maya? Sim, Bartira me disse. Mas sabe, minha senhora? Essa mesma história contava minha mãe. Os Dinka, a gente da tribo dela no Sudão, assim também dizia sobre os peixes do Rio Nilo e o céu estrelado no Deserto do Saara.

Calaram as duas. E num improvisado ou planejado, ou talvez ainda programado desejo da lua, seu faixo prateado iluminou Maria Josefa e Maya, acendeu as flores vermelhas do flamboaiã e nada nem ninguém percebia como a lua cheia, a outra Mãe da menina, fazia reverência àquele encontro num jardim de Porto Alegre. E as duas algo sentiram, e as duas algo calaram.

Só quando a brisa levou o silêncio das mulheres por não caberem palavras na magia envolvida, falou Maria Josefa:

– Que interessante, Maya, eu já ouvi histórias semelhantes a essas. Mas quem me contava era minha avó velhinha, muito velhinha, de maneira que os detalhes depois me foram ditos por meu pai, filho dela.

Era a calmaria, a lua e as estrelas, o perfume de jasmim e o gemido apaixonado dos insetos. Era o louvor da noite pelo silêncio sagrado permitir à semeadura mágica dos astros pulverizar-se nas almas da gente naquele jardim.

E sem saber, elas souberam o tempo do silêncio.

E mais adiante, souberam o tempo da fala:

– Minha senhora, sua avó era índia, ou era africana?

– Nem uma coisa nem outra, ela era uma cigana. Mas Maya, meus avós e meus pais nos criaram proibindo falar nisso, no tempo deles, meu avô que era um dragão do rei de Portugal poderia ser enforcado se o descobrissem casado com uma cigana.

Maria Josefa da Fontoura Palmeiro sentiu uma contração no peito. Por que assim falava? Aos quarenta e nove anos era a primeira vez a tal contar a alguém, sequer entre as primas isso era falado. Beliscou o braço, denteou a boca e engoliu em seco.

A voz de Maya:

– A senhora nasceu aqui?

Ela começou a contar, tinha nascido no forte, lá na beira do oceano onde então eles viviam, e muito guerreavam porque os castelhanos e os espanhóis muito por demais queriam essas terras cá do extremo Sul.

– E os gaúchos já viviam aqui? – perguntou Maya.

Maria Josefa começou a falar igual contasse história para

uma criança, repetiu o que ouvia dos pais e contou de como há quase cem anos atrás seus avós chegaram com filhos pequenos aonde hoje é o porto e a cidade de Rio Grande com uma frota cheia de militares, vinham fazer a proteção do lugar; tinham que se defender de índios de várias tribos, dos navios espanhóis chegando pelo oceano e dos ataques castelhanos vindos por terra.

A pergunta de Maya:

– E onde viviam os gaúchos?

Maria Josefa sorriu e tentou explicar, gesticulava, espichava os braços e abaixava a voz, o assunto a emocionava: Ouça, Maya:

– Nas fronteiras, a guerreira Província do Sul vivia em luta, e eram os ataques em terra dos castelhanos, pelas águas dos espanhóis e dos matos vinham as cargas com flechas dos índios.

Maya insistiu:

– Deu uma mistura de gente e daí surgiram os gaúchos?

Maria Josefa concordou, tanta coisa a falar, tanta luta e sofrimento, tanta morte e tanto sonho! – pensou, lembrando as palavras do pai.

Seria difícil explicar a Maya como naquele chão mais se ouvia eram planos de ataque e defesa, histórias de guerras onde se dizia de parentes e amigos mortos ou aleijados, as batalhas eram sabidas e respiradas pelos membros daquelas famílias desde cedo nas salas e quartos, nas mesas e embaixo das árvores. E nos casarões ouvia-se de tais e tais ancestrais assassinados e de quando aquela casa foi invadida, e de como eles eram velados, uma vela em cada canto nas imensas mesas onde então eram os almoços alegres, os jantares nostálgicos e as grandes festas; e havia a ver os túmulos embaixo de velhas árvores e as histórias contadas sobre uma avó ou tia a fugir pela porta dos fundos com filhos pequenos e adolescentes para se esconder nos matos ou buscar abrigo nas estâncias próximas enquanto os inimigos atacavam, lutavam e às vezes matavam quem enxergassem pela frente.

Mas o peso do sangue a correr em famílias inteiras agora pesava por demais, vencia-se então a época de fazer guerra quase a brincar, empinando cavalos por entre risos e ataques. Era chegado o tempo de pensar em futuro melhor, mais de um século se passara, as cidades se erguiam e a vida se transformava.

A saga do povo gaúcho não era uma odisseia, não era a saga dos heróis cantados e decantados, nem se assemelhava às angústias do Minotauro procurando a saída do labirinto. Esses homens enredados nos sustos e surpresas das imensas planícies e belas coxilhas fronteiriças buscavam os caminhos do Grande Berço, ansiavam a proteção de um pertencimento patriarcal inexistente enquanto poliam as armas e dormiam os pesadelos dos rechaçados. Entregues à defesa das fronteiras, galopavam nos pastos do Pampa sem perceber como enquanto lutavam, sofriam e morriam, eram carentes de um Torrão, não apenas como um nome, mas como força de apoio e segurança aos seus e a seus arranchamentos. Aquele povo era a junção de brancos europeus, de cristãos novos fugindo da Inquisição e mouros despejados nos portos, de escravos arrancados da África e de índios desalojados das missões a vagar pelas margens do Rio Guaíba, e o que parecia complexo era simples, eram apenas homens guerreiros e solitários em busca de um chão onde construir famílias e criar filhos em segurança. Força, ousadia e determinação nutriam seus dias, afinal, eles tinham sido postos nos contornos das terras castelhanas para matar ou morrer. Viviam a transição da mistura dos *gahuchos* primitivos com os civilizados urbanos do Sul, eram o prenúncio e o embrião dos gaúchos brasileiros.

7.

Tarde com ventanias gélidas, Maria Josefa mandou fazer o bolo de chocolate preferido pelo doutor Murilo Ferdinando e tratassem de arrumar a mesa, as primas também viriam ao chá. À véspera, na reunião no Gabinete de Leitura novas ideias surgiram, houve discussões e acertos, saíram tarde e a decisão era darem início às reuniões constantes. Maria Josefa convidou à casa dela, chamaria Maria Eulália, a pessoa sempre mais atualizada, assinava jornais e a todos lia. Estavam entusiasmados e o doutor Murilo Ferdinando incentivava, eram chegados os dias dos encontros para tomar atitudes, conversas havia por demais, teriam encontros – frisou – sem briga nem posições radicais, só cérebro e coração.

As primas tinham filhos casados e solteiros, netos iniciando a vida militar e netas estudiosas e questionadoras com pensamento e sentimentos inflamados, sempre a discutir ideias; elas e eles tinham estudado na escola da prima Maria Clemência em Rio Grande, onde Filosofia e Francês eram disciplinas lidas e discutidas.

Maria Angélica, regulando em idade com Maria Josefa, cabelos crespos amarrados por um lenço amarelo, de olhos miúdos e voz rouca foi a primeira a chegar, com ela a babá do recém-nascido: Amanhã ele faz vinte dias, disse, entregando o bebê enrolado em xales para Maria Josefa, que saiu embalando Carlos Frederico pela casa e falando à prima das preocupações, o marido piorava e agora, além do problema no braço, surgiam outros males, e, coisa nunca falada, ele começava a pensar em pedir para ser reformado. Era a primeira vez em que Maria Angélica enxergava Maria Josefa em desalento, sempre a afofar o bebê, beijava-lhe a cabecinha na touca e só entregou a criança quando a porta se abriu e entraram o doutor Murilo Ferdinando apoiado por Maria Catarina da Fontoura.

Sentam na sala com sofás e cadeiras medalhão de palhinha, Maria Catarina – muito clara e com olhos azuis leitosos, belo perfil abatido por uma tristeza desbotada – diz como naquela semana Clara Maria, a filha de dezoito anos, estaria chegando de Rio Grande e a notícia surpreende, pois, perguntavam: Ela não estava um tanto entusiasmada com as aulas de Maria Clemência, a prima professora? Sim, mas vem me acompanhar, respondeu Maria Catarina afogada em tosse, lenço no rosto; saiu da sala quando Maya, pondo a mesa na sala ao lado, aproximou-se e lhe firmou o braço, viesse com ela, ia ajudar. Magérrima e sempre de algo a se queixar, a saúde de Maria Catarina preocupava e ela costumava dizer, a providência divina tinha trazido o sogro para Porto Alegre, embora seus filhos fossem adultos ele os acompanharia quando ela deixasse a vida.

Maria Angélica falou em voz baixa: Ela foi me visitar e ao falar mais parecia estar a se despedir. O sogro concordou, a nora andava cada vez mais entregue, por isso mesmo Clara Maria vinha, sua presença era necessária.

Maria Catarina voltou apoiada em Maya, sentou e, segurando a xícara de chá, se disse melhor e, olhando a menina alta e magra, perguntou: Você, eu não conhecia, como é o seu nome? É Maya, disse, saindo da sala. Maria Catarina elogiou, que moça atenciosa, era escrava? Foi escrava, disse Maria Josefa, agora trabalha conosco, é uma pessoa diferente, gosto muito dela. De onde veio? Veio da zona da guerra, tem uma história sofrida e é muito inteligente, de tudo farei para que se alfabetize.

Maria Catarina largou a xícara:

– Ora, Clara Maria é professora, se quiseres ela pode alfabetizar a menina.

Murilo Ferdinando contava de Maria Clemência, jovens de Rio Grande e Pelotas iam estudar com ela, vivia em Rio Grande com o padrinho, o cônego. Todos sabiam sua interessante história, dizia o avô pernambucano, entusiasmado pelo retorno da neta, a qual, para Maria Catarina, dava-lhe preocupações por tanto estudar e por suas ideias serem meio diferentes: Espero, falou, que não siga o exemplo da Maria Clemência e não invente de não querer se casar. O avô discordou, era um direito dela, e deviam respeitar.

– Claro – Maria Josefa agitava as mãos enquanto falava quando bateram à porta e entrou Maria Eulália.

Sentaram à mesa e, apesar dos bolos, pudins e do perfume dos chás, as questões da Província de São Pedro tomaram o espaço das falas, e Maria Eulália era enfática, embora velha, dizia, conhecia a fundo como foi ocupado aquele chão por séculos abandonado e era impossível aceitar a situação dos gaúchos, sempre em guerras de fronteira e de tudo faltando, cada vez mais empobrecidos. Só a zona do charque ainda é mais digna, mas mesmo assim, até quando?

Doutor Murilo Ferdinando comentou a revolução pernambucana e as duras reações do Império, e embora soubesse da amplitude já adquirida pelo movimento, ali no Sul nada seria diferente: As Províncias do Brasil tremem, corre sangue e fome, mas não se iludam, Portugal não vai economizar para manter inteira essa imensa terra brasileira. Bem, mas agora estamos independentes, falou Maria Angélica. Sim, era verdade, mas há quatro anos tinham o Poder Moderador, o imperador quando quisesse poderia intervir usando um poder com preponderância sobre os demais e assim, meus amigos, tudo segue "na mão do rei" – dizia o doutor Murilo Ferdinando.

Maria Catarina debatia-se em outra crise de tosse, era melhor ir para casa, iria se deitar, concordavam, mas não poderia ir sem companhia. Chamaram Maya, as duas se foram e as preocupações com ela eram abertas pelo sogro que dizia, sempre foi frágil, mas desde viúva tudo se acentuou. Maria Angélica, parente e amiga de muitos anos da nora do doutor Murilo comentava: Essas fragilidades são precoces, desde a adolescência Maria Catarina tomava tônicos e fortificantes, sempre se alimentou mal, e disse de como se alegrou quando ela e Antônio se casaram, mas a cada gravidez eram crises de asma e tosse, eram enjoos e ameaças de aborto, sempre várias complicações.

O doutor Murilo olhou Maria Angélica e Maria Josefa, era um estudioso por paixão, devorava livros que encomendava da Europa, lia em francês, inglês e alemão:

– Sempre me interessou mais do que o corpo físico o lado psicológico das pessoas. E sempre achei que minha querida Catarina guarda em si dores amarradas, sentimentos machucados, não sei quais sejam, mas sempre fomos grandes amigos e muito cedo eu captei nela a alma entristecida.

– De fato, doutor Murilo, o senhor é um sábio. Nada sei disso, mas ela sempre foi tão encolhida, tão pouco alegre, e sempre achando tudo difícil – Maria Angélica acomodou uma almofada – sempre me impressionou a voz da Maria Catarina, baixa e fraca, é como se estivesse a acalentar uma criança ou falando a alguém doente, é uma voz penalizada.

O doutor Murilo começou a falar em suas mais recentes leituras sobre o assunto, pois, disse, não dizemos só com as palavras, mas ainda com a sonoridade, os gestos e a entonação; porque as palavras, ao se articularem para serem ouvidas, são nutridas por sutis energias capazes de curar, adoecer, alegrar ou desesperar e agora, na Europa, todos esses aspectos são estudados, para os cientistas eles podem desencadear doenças físicas.

Maria Eulália tinha se despedido e se retirado – precisava ajudar a nora, com várias escravas gripadas, duas delas internadas na Casa de Misericórdia. Maya entrou a dizer, a senhora Maria Catarina enfim dormiu, o xarope e mais o chá com mel e canela acalmaram a tosse. As meninas que lá trabalham tinham dito como ela passava as madrugadas tossindo, às vezes atravessava noites inteiras em claro. Para o sogro, esse foi o motivo de tanto haver insistido na vinda de Clara Maria, ele dormia lá embaixo e com aquele pé estragado não subia escadas.

Voltaram às questões políticas, a Maçonaria se organizava e algumas mulheres queriam participar, mas lá não podiam entrar, sendo assim, dizia Maria Josefa, o nosso encontro terá de ser no Gabinete de Leitura. Em casa? Era perigoso, criados e escravos eram as pessoas mais afeitas à escuta atrás das portas. E Maria Angélica era enfática, a participação das mulheres, mesmo de apenas três ou quatro, seria importantíssima, tinham muitos filhos e esses tinham muitos amigos. Verdade! Exclamou o doutor, Maria Catarina me falou como os amigos dos meus netos são entusiastas dos novos ideais, juntam-se a conversar nos jogos de boliche. E nas bibliotecas do colégio, falou Maria Angélica: Essa turma nova, eles têm uma vibração interna, uma revolta aguçada contra as injustiças e a falta de idoneidade. E andam lendo os liberais europeus, disse Maria Josefa, as minhas filhas têm escondido livros de Francis Bacon, John Locke, Diderot e Montesquieu trazidos da França por amigos, por sorte aprenderam francês lá em Rio Grande e depois seguiram a estudar com as primas no Rio de Janeiro. Por que livros escondidos? – quis saber o doutor Murilo. Ora, o colégio delas era católico e o padre se revoltou quando a Maria Cândida falou que Igreja e Estado tinham de ter vida própria e comentou o absurdo da Igreja interferir nas leis e instituições, e dos reis terem o dever de consultar e ouvir as autoridades da Igreja para tudo. E sabem? O padre confessor chamou-a, passou uma descompostura, deu lá um livro que ela deveria ler e sabe o que Maria Cândida respondeu? Pois acreditem, ela disse: Padre, posso não concordar com o que o senhor diz, mas defenderei até a morte o seu direito de dizê-lo. Maria Josefa e o doutor Murilo caíram na risada, a frase de Voltaire! Mas essa minha afilhada é das minhas! – bradou Maria Angélica. E agora com a vinda de Clara Maria – seguiu falando o doutor pernambucano – a gurizada, como vocês chamam os garotos daqui, vai fazer incêndios!

E foi embora com a certeza do quanto a turma jovem era fundamental ao movimento pró-insurreição por agregar lideranças que a tudo faziam de forma intensa. As mulheres eram poucas, mas tinham filhos e filhas de ideias veementes, as quais por certo teriam muito a fazer. Eles agiam a partir do coração e do sentimento, não da manipulação, concluiu o doutor Murilo.

Era ainda cedo quando Maria Josefa chamou Favorito e Maya. Vinha da casa de Maria Eulália, as criadas no hospital morreram essa noite, os pulmões não resistiram, pois, imaginem, uma delas fazia dois meses estava na Misericórdia, e agora se foram as duas no mesmo dia, uma tristeza. Mas a questão era outra, ia dizendo Maria Josefa enquanto servia o café e pegava o açucareiro, era a compra de mais escravas ao serviço da casa. E enquanto passava geleia e manteiga no pão comentava, a casa da Eulália vive cheia, filhos, netos, bisnetos e muita visita. Aos poucos eles entenderam a fala entrecortada, ora, dona Maria Eulália tinha sabido que a Brigadeira estava a vender escravos e escravas, tinha deles quantidade, não só ali na chácara, dentro da cidade, como tinha ainda mais na fazenda em Canoas. Observando a expressão de Maya, Maria Josefa percebeu como a ela assustava a expressão "comprar escravos". Sabe, Maya? Maria Eulália é como nós, ela defende a abolição da escravatura e, como para nós, para eles escravo comprado é de imediato escravo alforriado. Olhou os dois: Mas vocês já tomaram café?

Falou Favorito:

– A gente vai lá pra comprar escravo?

Não, iam levar recado de dona Maria Eulália da Fontoura Casado pedindo o envio de alguém à sua casa com fins de fazerem um negócio, ela se interessava em comprar algumas escravas. E, dizia Maria Josefa, os dois se arrumassem, bem bonitinhos – brincou – porque a Brigadeira é bobalhona e só gosta de gente rica.

Desceram aos porões. Primeiro apareceu Favorito arrastando a perna e bem penteado, com a calça cinzenta e a camisa verde, presentes do coronel, depois Maya toda de branco, vestido que não mais servia em Maria Josefa, e à moda baiana tinha enrolado nos cabelos a branca estola com florezinhas vermelhas comprada na Rua da Praia. Maria Josefa disse-a bonita e Favorito concordou, era bom irem logo, fazia-se tarde. Maya, ainda recente na cidade, era penalizada com a história de Favorito, soldado surrado e capado na invasão castelhana em Rio Grande o qual, depois de por tudo rolar, foi trazido pelo coronel a serviços gerais em seu casarão; não gostava de sair, dele riam pela perna morta e por, assim diziam, ser homem que não era macho.

Rafaela Pinto Bandeira tinha herdado da mãe, Josefa Eulália, viúva do brigadeiro Rafael Pinto Bandeira, imensidão de terras, tropas de gado, manadas de cavalos e grande número de escravos e escravas por ele amealhados ao longo de sua vida cheia de amigos e inimigos. Encravada no centro histórico de Porto Alegre, estendia-se por todos os lados a propriedade rural-urbana chamada a Chácara da Baronesa. Em consequência a cidade crescia limitada e de encontro aos muros e às cercas dos Pinto Bandeira, proprietários resistentes à venda, com o que os caminhos da cidade abriam-se por tortuosidades, aclives e declives, necessário ir quebrando os rumos para ter novas ruas, quadras, casas e praças. Caso se fizesse algum mapa de Porto Alegre nesta sua difícil adolescência, veríamos becos ladeados e ruelas sem saídas, pracinhas tortas e ruas com escadas, outras em vírgula, enfim, de tudo havia na cidade de crescimento dificultado pela chácara e seus matagais, campos e potreiros com ovelhas, vacas e cavalos. Dela se originariam nomes de ruas e praças da capital da Província do Sul: Pinto Bandeira, Coronel Vicente, São Rafael, Conceição, enquanto a cidade mais se ampliava e mais abraçava aquela grande chácara. Dessa maneira se perpetuava aquele insólito coração-fazenda, aberto desde a futura Rua Voluntários da Pátria – dito Caminho Novo – à Avenida Independência – dita Caminho dos Moinhos de Vento – findando de um lado à Rua Barros Cassal e noutro à rua por onde ora caminhavam Maya e Favorito, a qual noutro tempo seria chamada Rua Senhor dos Passos.

Mas deixemos as beiradas dessa história das posses dos Pinto Bandeira e miremos por onde os enviados de Maria Josefa iam sob telhados de imundas calhas gotejantes e a escorregar na lama do caminho de calçamento escasso e grosseiro. Os dois contornavam a velha cerca de tunas, maricás e unhas de gato, a engendrada forma de guardar a propriedade da Brigadeira. Chegaram à porteira de madeiras verdes com um escravo vigia embaixo da magnólia; quando explicada a causa da visita, o homem trancou a porteira no cadeado e foi à frente, dona Rafaela devia estar na sala, ali embaixo.

Era um amontoado de ranchos e casinhas em torno ao grande sobrado. Esperaram na porta e quando o vigia voltou, falou que entrassem, dona Rafaela esperava. Sentada em ampla poltrona, gorducha e usando touca arrematada por renda de crochê, a Brigadeira tinha feições delicadas, mas, que pena, pensou Maya, ela é cheia de brabeza, parece uma fera. E, amigo, lhe digo, não sei donde Maya tirou esse entendimento porque ali, naquela sala, a tal de Brigadeira nada falava e mais fuzilava olhos de irritação.

Maya apertava os dedos e por fim dela ouviu: Quem é você? Ela trabalhava para dona Maria Josefa. Mas donde saiu? – foi a pergunta crua e dura. Ora, ela era escrava comprada na fronteira, agora estava alforriada. Seguiu-se o tempo com Maya a ouvir e logo soube, a expressão de braba da Brigadeira não era recheada por ódio, mas por tristeza – daquela tristeza seca e cheia de veneno, que dá pena, pensou – e dela ouvia, tinha mais de oitenta escravas e nenhuma de capricho e beleza como ela. Calou, pensou e arrematou:

– Até é bom seres dos Palmeiro, estivesses aqui, viverias com um escravo por cima te fazendo filho.

E a Brigadeira não parava de falar:

– As primas Carneiro da Fontoura têm sorte de terem pouca gente na volta, não é o nosso caso, eu e meu marido temos verdadeira manada de escravos e escravas, haja dinheiro para alimentar a tropa! Em tom de queixa, ela seguia a contar como agora mesmo o marido andava sabe-se lá por onde, à procura de para quem mais e melhor vender gado e uma tropilha de cavalos, precisavam fazer dinheiro.

Olhe, amigo, a história é longa, mas simplificando, eu lhe digo – sinto pena desta mulher, a tal expressão de ódio, talvez se justifique, pois veja, caiu em suas mãos, possivelmente de analfabeta crescida a apenas comprar e comprar, a só andar de diligência, a sequer lavar o cabelo ou fechar o vestido, dado às mínimas coisas ter sempre um batalhão de mãos e braços a por ela fazer, e feito se pouco ainda fosse, foi obrigada a se casar com quem a mãe e o padrasto determinaram. Filha tardia e única do brigadeiro Rafael Pinto Bandeira, ao morrer-lhe o pai, a mãe, dona Josefa Eulália de Azevedo – portuguesa nascida em Colônia do Sacramento – casa-se com o desembargador oriundo de Vila Real, Luís Corrêa Teixeira de Bragança, o qual entendeu que a menina tinha de aceitar a corte e o pedido em casamento do coronel baiano Vicente Ferrer da Silva Freire. Ora, acontecia de sobre o pretenso noivo pairar reservas e desconfianças das lideranças farroupilhas, aliás, similares às havidas para com o padrasto de Rafaela, em mil e oitocentos e vinte e oito eleito senador para o primeiro Senado do Brasil, onde não chegou a ser empossado devido a sua morte no Rio de Janeiro. Havia, de parte das lideranças descontentes com o tratamento dispensado à Província do Sul pelo Império, uma, digamos assim, certa desconfiança misteriosa para com o padrasto português e o marido baiano imposto à jovem, e para a maioria dos rebeldes, em verdade ambos seriam fiéis escudeiros do Império infiltrados na família do brigadeiro Rafael Pinto Bandeira, homem de grande influência política e econômica em terras gaúchas.

Mas é tempo de retornarmos à sala da Brigadeira, onde ela pergunta para Maya: O que você faz na Maria Josefa? Fazia de tudo, na cozinha, na casa, com as crianças e também levava e trazia recados, e aproveitou a contar da morte das escravas de dona

Maria Eulália. Um relógio badalava as horas, entrou a escrava com a bacia de louça cor-de-rosa com estamparia de flores e outra com um jarro companheiro cheio d'água, a Brigadeira espichou as mãos, foram lavadas, secas com uma toalha de rosto e a senhora Brigadeira falou, tratassem logo de trazer o almoço, queria voltar à cama.

Na ausência da fala de Favorito, Maya disse:

– Senhora Rafaela, estamos aqui enviados por dona Maria Eulália Casado, ela está precisando comprar algumas escravas e soube a senhora dispor de várias à venda.

A Brigadeira Rafaela reacomodou-se na cadeira: Mas que boa notícia, e seguiu a dizer, se soubessem a quantidade de gente, tanto aqui como lá na fazenda de Canoas vivendo às nossas custas entre escravos e pessoal da família. Sustentamos mais de duzentas pessoas, o que nos fez tomarmos a decisão de vendermos bom número de escravos.

A seguir a Brigadeira espichou a mão a se despedir enquanto dizia: Eu mesma irei à casa da Maria Eulália, tratarei disso pessoalmente, assim aproveito para um passeio. Parou, pensou, Maya avisasse a Maria Eulália que no sábado, às três da tarde iria à Rua da Ponte.

Sinos badalavam as onze horas, Maya e Favorito tomaram o caminho da praça pela Rua da Praia. Maya olhava as águas revoltas, o dia frio era cinzento e eles iam ao correr das lojas onde se protegiam das ventanias e vez por outra ela olhava as vitrines. Impressionou-se com a loja de roupas masculinas, cortes de tecidos grossos e bonitos, lenços, meias, chapéus, camisetas de lã, e Favorito explicava, aquela era a loja mais cara, dizem que aqui tudo vem da Inglaterra. Maya parou, olhou, a Inglaterra? Tu sabes onde fica? Ele não sabia, mas percebia, quando as coisas vinham de lá ou da França todo mundo olhava com respeito. E será que tem loja com roupa de mulher que também vem da Inglaterra,

Favorito? Claro, ele garantiu que sim, embora disso não tivesse ideia, mas seguiu observando as vitrines, quem sabe tinha alguma com vestidos para Maya olhar, a guria gostava de falar em coisas bonitas. Passaram na Pharmacia Landell de Moura e pararam na loja Predilecta, cujo nome era soletrado por Maya, perguntando: Favorito, sabes o que é uma coisa predileta? Só mais ou menos, ele disse, e então ela explicou, ora, predileto era o mesmo que preferido, Favorito disse achar bom andar com alguém inteligente e riu, apontando o letreiro: Olha, Maya, tu já sabes ler!

Quando entraram no casarão dos Casado avisaram a próxima visita da Brigadeira. Maria Eulália levou as mãos à cabeça: Valha-me o Senhor! Saíram, atravessaram o jardim e encontraram Maria Josefa conversando com o doutor Murilo, dizia-se feliz, em poucos dias o coronel estaria chegando. E como se foram com a Brigadeira? Notícia dada, Maria Josefa, semelhante à prima, além de mãos à cabeça ficou de pé:

– A criatura vem cá? Ela é quem vai negociar com a Maria Eulália? Como?

Favorito tinha saído, Maya paralisada. Como? – repetia Maria Josefa. E gesticulando para o doutor Murilo, decidiu, vou ter de estar lá, se a Brigadeira quiser enredar a Maria Eulália, com a educação refinada que tem a minha prima, ela não se animará a impor limites. A Brigadeira não deve nem saber fazer contas, e se não vierem junto as escravas a vender é bem capaz de entregar umas escravas velhas e caindo aos pedaços. O doutor Murilo a julgou fora da realidade, nada disso aconteceria. Mas na opinião de Maria Josefa, ele vinha dos grandes tribunais do Recife, era diferente, e levantava a voz:

– Aqui, doutor Murilo, nem tribunal temos, temos um povo se desdobrando para sobreviver e um Império que nos suga por doze meses a cada ano.

Naquela tarde Maria Josefa disse para Maya, a professora Clara Maria tinha chegado e ficou animada em alfabetizá-la. Combinaram iniciar as aulas segunda-feira e, quando o dia caiu, Maya procurou Maria Josefa: Posso ficar um tempo lá na capelinha do Espírito Santo? Sim, poderia – falou Maria Josefa – e se perguntarem quem te permitiu lá entrar, diz que foi dona Maria Josefa da Fontoura Palmeiro. Em passo apressado Maya subiu o aclive à capela, porta aberta, entrou pisando com cuidado e se aproximou do altar, sentou no primeiro banco, olhos presos naquela pomba de asas abertas. Era o Espírito Santo, Dalila tinha descrito. Acostumada a ouvir a mãe falando nos bons espíritos, ela olhava tomada por uma emoção palpitante aquele dito Santo Espírito. Alguém colocou a mão em seu ombro, era o doutor Murilo Ferdinando, baixinho, a perguntar: O que você olha, Maya? Ah!, ela olhava a pomba, uma pomba com o nome da capela, e tinha sabido, aquele espírito espargia sabedoria e coragem. Depois, de pé, Maya seguiu em voz baixa: Esse lugar, doutor Murilo Ferdinando, ele faz bem para a gente, desde quando se passa na porta. E eu já decidi, quando me sentir triste, venho para cá. O doutor sorriu, ajoelhou e sem saber o motivo de ter ficado encabulada ela abaixou muito a cabeça e foi saindo. Ia pedir para Dalila ensinar aquilo que as pessoas faziam com a mão antes de se entregar à contemplação.

Foi na manhã do dia seguinte. Ao chegar à casa ouviu a brabeza de Maria Josefa, da edícula no jardim ela descompunha Dalila, vista ao portão com um homem, e as perguntas: Ela gostava de apanhar? Gostava de ser emprenhada e abandonada? Não tomava respeito a si mesma? Maya estática, Dalila paralisada. E se a senhora deixou o jardim e entrou, Dalila olhou Maya e caiu em lágrimas, a confusão se mesclava com vergonha e medo.

Horas mais tarde Maya soube, o homem era pai de dois filhos de Dalila entregues à sua mãe, e a cada retorno da namorada, o fim era com vasta surra e mais sofrimento. Para Maya, ao cair do dia, a senhora perguntou: Maya, já apanhaste de algum homem?

– Quase me mataram na revolução.

– Mas não. – Maria Josefa bem sabia do terrível incidente – Eu quero é saber se tiveste algum parceiro violento, se apanhaste de homem teu?

Maya colou na parede – acontece, foi dizendo – nunca tive um companheiro, um parceiro, um namorado. Maria Josefa não entendia: Como nas revoluções, mundaréu de homens e nenhum namorado ou amante? Ela disse: Ora, imaginei a senhora soubesse, eu era de tudo quanto era homem, vivandeira nova igual a mim serve a todos. Seguiu enredando as palavras, as vivandeiras experientes logo conquistam os homens mais importantes e ninguém se mete. Ouviu como mulher linda feito ela poderia fazer o mesmo e conquistar até o general. Não – falou Maya – ela nem sabia como fazer isso, nunca tinha sido amada e nunca amou alguém, só se deixava ser usada, era sua obrigação.

E agora, deitada para dormir, ela refazia a conversa difícil de entender, Maria Josefa a falar, nós, as mulheres, Maya, temos de fazer a nossa guerra, mas eu bem sei, como vivandeira nada podias fazer, e Maya prestasse atenção, começava nova vida, estava livre das maneias e agora sua maior guerra seria pelo respeito a si mesma. Maya tinha o pensamento amarrado e se perdia das palavras, ouvia como homem e mulher eram iguais e ela cuidasse de não se deixar usar, só entregasse o corpo se quisesse.

Maya se virava na cama, coisas complicadas dona Maria

Josefa tinha falado e achava mesmo ela ter dito como as mulheres só seriam dignas quando fossem iguais aos homens, ora, onde se viu, homem igual a mulher, sentou na cama e lembrou com clareza quando ela disse: Olha no meu olho, menina, e presta atenção, mulher tem corpo de mulher e homem tem corpo de homem, mas mulher é gente igual a homem. A noite era fria, o vento assobiava e Maya puxava as cobertas, as falas de dona Maria Josefa tinham ido longe e ela era mesmo boba, difícil entender e só de uma coisa tinha certeza, nunca mais nenhum homem nela bateria, mas também, se disse – e puxando o lençol enrolou a ponta em maçaroca que mascava feito criança em bico de mamadeira – eu sou igual ao Favorito, ninguém sabe mas eu sou, fiquei capada e nem o sangue mais me corre, e veio um aperto, começou devagarinho, o fio de lágrima escorregou no rosto e foi engrossando, o rosto empapou e quando o soluço sacudiu o corpo nada mais viu, nem sonhou nem pensou. Quando nas horas do amanhecer piavam já os filhotes dos sabiás nos ninhos das árvores no jardim, Maya entregou-se a uma lasca de sono, enrolada e abraçada em si própria, igual criança molhada e medrosa no fundo de um berço.

Pouco dormiu, cedo acordou e na casa ainda adormecida acendeu o fogão de Severina, recebeu o leiteiro e seu grande tarro de leite, encheu as vasilhas postas no fogão e tratou de arrumar a mesa para o café da família. Chegaram os outros, falavam, e com o pensamento a vagar ela nem ouvia, arrumava aqui e ali quando Maria Josefa chamou, Maya teria de passar o dia com Maria Eulália, ela pedia um socorro. Atravessou o pátio entrando na imensa cozinha onde duas mulheres idosas de roupas e trunfas brancas tomavam café e ofereciam a dizer e explicar: Dona Maria Josefa, sempre bondosa, te cedeu para dona Maria Eulália. Tinham chegado hóspedes, mas no final do dia o seu Bibiano chegaria com novas escravas.

Maya conheceu outra família e outra casa, a sala envidraçada cheia de gaiolas com canários, cardeais e periquitos coloridos, muitas crianças, homens, mulheres e nomes dos quais ignorava quem fossem os donos. Ajudou por ali, subiu aos quartos e atendia aos pedidos, subia e descia escada quando surgiu a senhora Maria Eulália a se dizer grata, logo teriam mais criadas e ela era precioso auxílio a minorar seus problemas. Maya foi adiante, onde chamavam ia, onde pediam atendia e se não sabia como fazer corria à cozinheira, era entendida em tudo, das pessoas às coisas e dos lugares aos cuidados, sempre avisando, a guria não ficasse nervosa, naquela casa de tanta gente era impossível arrumação e coisas impecáveis. Parou encostada no imenso fogão de ferro inglês a lenha, cheio de portinhas, fornos e torneirinha dourada na caldeira.

– Maya, senta e toma aqui um café, disse a cozinheira Violeta com energia.

Calada, Maya sentou, ainda a se repetir em pensamento a ideia há dias nela grudada: Os homens fazem as guerras, e nós, mulheres, nós temos de fazer a nossa guerra. Pensativa, pegou a xícara e quis saber:

– Violeta, tu achas que as mulheres precisam fazer uma guerra?

A forte e sorridente cozinheira parou, faca na mão: Maya, tu tens cada pergunta! – e seguiu – é claro que as mulheres têm muito que brigar, as negras nem se fala, apanham de dono, de dona, e são estupradas e abusadas desde cedo, um horror!, e na verdade, a maioria das brancas também é massacrada, podem não ter marca no corpo, mas longe dos salões comem o pão que o diabo amassou.

Ficou de pé e gesticulou de faca em punho:

– Agora, como ia ser essa tua guerra, eu não sei.

De imediato, as perguntas, de onde Maya vinha? E sempre a resposta, vim da guerra da fronteira, e repetiu a frase ensinada pelo coronel: Eu era escrava, fui comprada e agora sou alforriada.

Guria, eu te digo – seguiu Violeta – nessa gente daqui e lá na tua também, nem precisava a tal carta de alforria, eles são gente boa e amiga.

Terminou o café, Maya seguia a muito fazer e a mais ainda arrumar, veio a hora de ajudar Violeta no almoço, o descascar batatas e o monte de cebola a descamar, cortar e fatiar, e era o feijão e o tempero da carne e na cozinha cuidar do imenso fogão, ele bufava e sacudia tal eram nele o fogo e as grandes panelas de ferro. Maya e Violeta pingavam suor, o tempo corria e já se aproximava o almoço. Veio a tarde e o ritmo da casa se fez mais lento, depois viriam as amigas de dona Maria Eulália, era dia da tarde de bordado. Ajudou Violeta a fazer os bolos para o chá, o pessoal da casa ficava nos quartos e na saleta lá de cima: E se a gente não se atenta aqui na cozinha eles deixam as amigas da dona sem bolo, repetia a cozinheira.

Surge a senhora Maria Eulália e pergunta se Maya poderia ajudar na hora do chá, sim, ela ficaria, mas antes iria em casa tomar um banho e trocar de roupa, estava com cheiro de tempero.

Conheceu a grande sala sempre fechada, onde estava Maria Eulália retirando os panos brancos a cobrir as poltronas estofadas com veludo vermelho, um longo relógio de pêndulo e ponteiros parados, o grande espelho oval da parede e pinturas de paisagens em moldura dourada enquanto ouvia como a sala de visitas, com o movimento na casa, precisava estar sempre fechada e protegida.

Maria Eulália e seis amigas. Poltronas em volta à mesinha no centro, sacolas abertas com sedas e rendas mais tesouras e tesourinhas, caixas cheias de linhas coloridas. As senhoras riam e conversavam, iam abrindo as sedas e desenrolando bicos e entremeios de renda, algumas caladas e atentas, a senhora de cabelos brancos envoltos em véu negro com pintinhas de veludo falava a gesticular, elas não imaginavam como a blusa azul claro ficava cada vez mais linda, tinha adiantado a gola com rendas e agora ia montar o *jabeaux*; desfez o embrulho e a maciez da seda pura espalhou-se com brandura e apareceu a blusa de mangas longas, o tom do azul era claro, mas tinha um brilho nacarado, era tão lindo, jamais Maya enxergara azul tão azul, e o toque da dona ao pegar a seda revelava uma languidez macia, como podia? E quando a senhora mais abriu para melhor mostrar, a seda deslizava por suas mãos e seu colo e a menina acostumada às roupas de saco olhava aquilo embevecida, enquanto a senhora indagava:

– Agora vou colocar a renda nos contornos da gola e nos babados, o que vocês acham, ponho rendas brancas, ou cinzentas? – perguntava e abria rolos de rendas largas com um lado fazendo bicos, e eram tão delicados os desenhos feitos por aqueles fios finíssimos!

E a senhora chamava, vejam, aqui prendi com alfinetes um lado da gola, olhem como ficou. Houve a pergunta: Mas essa blusa seria usada com as modernas saias de cintura alta, não? A dona concordou, ela tinha uma dessas saias modernas, listada em azul e branco. Pois então, disseram, põe nesta blusa a renda branca, vais ser a mulher mais elegante de Porto Alegre. Uma jovem mulher de rosto redondo e cabelos negros abertos em bandós sobre a face puxava de sua sacola a longa seda pura de um rosado suave no qual aquele brilho misterioso e nacarado ainda mais se acentuava, enquanto se ouvia:

– E tu, Lucinda Maria, terminaste a colocação das rendas na camisola? Ela se abaixou e levantou a longa camisola de seda amarelinho suave, toda contornada por babados de renda bege e explicava, a costureira me entregou ontem e já alinhavei as rendas – Como está ficando?

Pela conversa, Maya entendeu, a moça era filha da senhora gorda, vestido marrom e cabeça branca, ela enfeitava uma camisola de seda para o enxoval, casaria em breve. Maya agora olhava uma espécie de casaquinho de seda verde água com entremeios de rendas de um cinzento muito claro, no qual a mãe da noiva costurava contornos da mesma renda em delicados desenhos arredondados.

Encostada na lateral do piano de cauda, Maya respirava fundo e se perguntava, como é possível fazerem coisas com seda assim, tão assim? E as rendas? Senhor meu, agora em meus sonhos eu vou ter muitas gavetas cheias de rendas e sedas, todas as cores e todos os feitios porque isso é bonito demais, é diferente, e veio a palavra a poucos dias ouvida, é tão fino, tão elegante. E porque a senhora alta e magra estava de pé e abria – a mostrar e pedir ideias – uma roupa longa e rodada, cheia de botões pequeninhos na frente: Olhem – ela dizia: esse foi o chambre que mandei fazer. E era, dizia o olhar de Maya, o deslumbramento e o sonho, imagina para uma mulher dançar, rodar e cantar dentro desta seda lilás, igualzinho à cor das flores dos jacarandás, e a senhora agora desenrolava largas rendas de um branco que não queria ser branco porque perto da janela ficava meio rosado e no canto mais escuro era mais branco, e a senhora enfiou-se naquela imensidão de vestido de seda aberto na frente, as rendas na bainha da saia batiam nos pés e ela caminhava e as sedas iam e vinham e Maya ia e vinha e, pensava, como era bom conhecer o mundo da delicadeza, quando ouviu Maria Eulália:

– Passem à mesa, Maya irá servir o bolo, eu sirvo o chá.

Maya, de pé, viu cataratas de sedas e rendas escorregarem ao chão e aquelas mulheres, pisando leve igual caminhassem nas tábuas corridas de suas salas, iam à mesa, puxavam as cadeirinhas, riam, mutuamente elogiavam os trabalhos umas das outras, enquanto Maya ia entregando pratinho com bolo para as mãos brancas e de unhas polidas, e dava as colheres pequenas, moda recente num tempo quando os talheres tinham evoluído para além das facas, pois há dois anos tinham surgido as colheres, e agora, para sobremesa e chá, as chamadas colherinhas. Alcançava açucareiro e ajudava trazendo os bules, enquanto elas comentavam o quanto encareciam as rendas francesas, as únicas possíveis de compra pela delicadeza única. Maya virou-se à roda onde acomodou as poltronas e em passos lentos, pequenos e temerosos deixou-se ali chegar, ficou a ver e se banhar com os desenhos rendados, e havia rendas brancas esparramadas por cima das cinzentas e mais adiante viu grande pedaço de rendas negras meio desfeitas por cima de uma seda também negra e esta não tinha brilho nacarado, mas um brilho pintado pelo sol, ela reluzia: Maya! – ouviu.

– Por favor, Maya, podes trazer outro bule com chá?

Ela foi e voltou, e serviu e sorriu, e enquanto as senhoras retornavam a sentar nas poltronas e puxavam a maciez das sedas ao colo ela esvaziou a mesa, a tudo arrumou, sempre a olhar e a se encantar e também enxergava beleza em como as mulheres eram amigas, uma orientava a outra e Maya não sabia o motivo, mas desejava ter amigas assim, sempre – procurou a palavra certa – sim, sempre companheiras. Quando foi liberada, se quisesse podia ir para casa, Maria Eulália acompanhou-a à porta: – Maya, te agradeço muito, amanhã vou lá e pago teu trabalho.

Entrou na cozinha, dona Maria Josefa escrevia na mesa da sala, era quem cuidava dos gastos da casa, guardava notas, bilhetes e alguns envelopes, tudo no grande livro de contabilidade – era como chamavam o livro – de capa de couro marrom, logo posto numa das gavetas de cima da cômoda, chaveada e como outras da casa guardada no molhe de chaves que a senhora trazia à cintura.

– Terminou o chá? Que pena, eu não sei bordar, mas pretendia passar por lá, gosto das amigas da Lalinha.

Daí em diante Maria Josefa não mais falou e talvez nem pensou, só olhou. E ouviu. À sua frente, Maya, ainda no velho vestido branco dos tempos de quando seu corpo era magrinho como o dela, de imediato observou como brilhavam os olhos ressequidos da menina e em seguida soube, alguma lasca de verdadeiro contentamento nela havia sido inoculado, através de sua intuição ela agora captava em Maya o inequívoco cheiro das raras e verdadeiras alegrias. Ficou de pé, em frente a ela e também de pé, Maya. Entre ambas, a mesa. Ao longe, risos no pátio, cascos de cavalos na rua e o perfume dos jasmins miúdos vindos pela janela e se Maria Josefa aguardava, Maya procurava as palavras, apertava os dedos e sorria, e então e enfim a senhora descobria a brancura dos dentes e a beleza daquele sorriso. Maya deu um passo à esquerda e bem em frente a Maria Josefa ergueu os braços, e igual fosse fazer algum discurso falou em modo diferente e a senhora não sabia se as palavras lhe escorregavam da boca ou se ela dizia palavras havia muito em si guardadas, aquelas palavras paralíticas que as pessoas guardam e em geral morrem sem dizer, mas quando permitem que elas alcem voo, ao bater asas criam vida e não mais são apenas feitas por sons, dado então estarem a comunicar a respiração dos sentimentos. E se primeiro Maria Josefa havia visto a alegria, agora Maria Josefa sabia e se enternecia por captar como a menina alcançara além do visível e audível. As mãos de Maya falavam no ar e a fala chegava da voz, do olhar e de sua figura esguia e frágil a gesticular.

– Mas Maya, essas coisas assim, já conhecias, me falaste nas roupas, joias e enfeites que espiavas nos salões da Bahia.

Ora, creia e eu lhe digo, para Maya as senhoras dali eram diferentes, tinham assunto entre elas, e não fincavam olho atravessado em quem fosse diferente, e também não tinham o veneno dos cochichos olhando os outros com a ponta dos olhos.

Maria Josefa a tudo guardou e sorriu: Acho bom ver como gostas de coisas bonitas, Maya. Deves ter alma de artista.

Ela tentou explicar:

– Acho que não, senhora. A minha mãe dizia o mesmo que

Bartira me disse, para se enxergar a beleza é preciso olhar com o coração.

– E o que é isso Maya, de se enxergar com o coração?

– Ah, é simples, sabe? Uso muito. Outro dia eu me entristeci com as falas na cozinha só dizendo coisa ruim de gente boa, procurei e vi um vasinho com violetas cor-de-rosa, finquei olhos nas florezinhas, elas tinham um brilho diferente e a cor era tão linda, fiquei observando aquela cor tão delicada saindo de uma terra tão preta, eu só pensava naquela mágica, e nem ouvi mais nada. Entendeu?

– Não, Maya.

– É simples, eu ouvia coisa bruta, enxerguei coisa bonita, colei meu coração, ele se acendeu e não ouvi mais nada. Minha mãe dizia, olha com o sentimento do coração para ele se incendiar. Não é incêndio de acender fogo, é de acender a gente por dentro. Para os Dinka, sabe? Em coração incendiado a ruindade não entra.

Maria Josefa congelou olhos e gestos, contestou:

– Para mim, quem cria essas coisas bonitas é o cérebro, é o pensamento.

Maya inclinou a cabeça:

– Desculpe, minha senhora. Mas a senhora fala assim porque está pensando. E o coração não pensa, se não estiver entupido, ele sente.

8.

Naqueles dias o Império acendia-se indignado e a Província do Sul erguia-se contra os abusos a ela impostos, falavam na importância de elegerem suas autoridades e proibirem as nomeações de parentes e amigos ligados ao poder central. Dirigentes da Província só governavam em proveito próprio, era o dito. Os líderes do movimento eram liberais a usar as divisas liberdade, igualdade e humanidade, e a insurreição precipitava-se enquanto os jornais dos Farrapos, circulando em Porto Alegre e cidades do Sul, além do Rio de Janeiro, ridicularizavam o presidente provincial. Devoravam os livros dos liberais europeus e adotaram o nome de farrapos, inspirados nos *sans-culottes* da Revolução Francesa. A maioria dos deputados gaúchos pertencia ao movimento Farroupilha no qual eram vigorosos os brados contra a exploração financeira do Império para com o Sul, onde produtos vendidos no mercado interno eram taxados em altíssimos valores, enquanto ao centro do país, de onde os produtos eram exportados, a tributação era baixíssima.

Em Porto Alegre sucediam-se cobranças, incendiavam-se as vontades e a juventude se infiltrava e escondia nos desvãos do Palácio para escutar chefes militares e mandatários enquanto a outros cabia receber munições, armas e organizar espaços para reuniões. O Império reagia e se preparava mandando navios, botes, canhoneiras e tropas fortemente armadas ao provável confronto.

Há quatro anos o Coronel João José Palmeiro tinha retornado ao Sul em pioras acentuadas e em duas semanas havia morrido. O mundo em casa da sempre forte Maria Josefa da Fontoura Palmeiro derreteu-se e por largo ano ela virou outra mulher, a prostração, a insegurança, por vezes mesmo o temor se manifestava e, apesar dos amigos e parentes, era Maya quem mais corria a resolver o a ela pedido, a organizar onde se atrapalhavam, e embora continuasse a clamar, eu não entendo a vida, Maya também mudava. A menina, em processo de alfabetização por Clara Maria, preocupava-se e se exauria em acompanhar Maria Josefa e os filhos, e, a despeito dos demais criados da casa, tudo a ser feito escorregava para seu colo, a sua urgência, o seu falar e calar, o seu atendimento em constante ir e vir. Fortificava-se a nova Maya, porém ficava a cada dia mais enredada em ser humilde no atender às solicitações de todas as pessoas, inclusive de outros empregados. Mesmo agora com Maria Josefa assumindo algum controle da casa e da vida, Maya, talvez por sempre chamada e a tantos dela dependerem, sentia-se com a obrigação do apoio e era a amiga e professora Clara Maria quem ora reclamava, era tempo dela perceber o malefício daquele papel servil. E naquela tarde insistia:

– Maya, acorda, sejas Maya, sejas quem eras.

Maya não gostava, dizia por demais ouvir tais falas de Clara Maria. Por que não podia se doar aos que lhe tinham dado dignidade e dela precisavam? Ouvia de Clara Maria como agora o doar-se a quem dela necessitava estava transformando-se em ser um capacho para pisarem em cima, era um abuso, ela se enganava ao se imaginar mais querida por nada pedir e em não se queixar das preguiças dos outros, era como se tivesse o dever de a todos atender. E naquela tarde Clara Maria insistia, Maya devia enxergar como o trato com ela ficava mais seco e autoritário, e repetia:

– Maya, viraste vítima e não te dás conta!

– Não sei como fazer – a resposta de Maya.

E voltava a falar de como, desde quando viu a casa sem o coronel e com a senhora Maria Josefa dias inteiros na cama tornou-se mais necessária.

Tens que reagir, Maya! – bradava a professora, um dia ela perceberia a submissão onde havia se enfiado e o quanto não mais suportaria quem assim a tratava; enxergaria as pequenas agressões e falas maldosas, e seria terrível porque os outros se desculpariam, mas seguiriam as pequenas implicâncias. E sabes uma coisa? Eles vão se colocar no lugar de vítimas, e tu, Maya, serás a malvada, se não reagires agora este será o lugar para onde vão te empurrar.

Maya sentada com a cabeça baixa e Clara Maria de pé, aproxima-se o doutor Murilo Ferdinando, desculpassem, ouviu a conversa. Sentou à mesa e fixou Maya. Clara Maria estava certíssima, por que Maya não se impunha mais, por que era tão submissa? E a professora completava:

– Maya, se tem lavadeira, por que ela mesma te manda lavar e passar as roupas das crianças? Se tem cozinheira e ajudante, por que elas te mandam arear o fogão e ainda reclamam se o fogo apaga? – o avô e a neta viram a lágrima escorrer no rosto cor de chocolate e ele repetiu com vagar:

– Por quê? Maya, já é tempo de seres feliz.

Clara Maria falou mais forte: Maya, eu vi a cozinheira gritando contigo. Baixaste a cabeça e cumpriste as ordens.

Ela seguia a balbuciar, sentia-se bem, e ouviu como ninguém estaria bem levantando ao clarear do dia e cumprindo ordens de um batalhão de pessoas. O doutor enfatizou: Eles não te respeitam, Maya. Mas ela insistia, a senhora Maria Josefa era muito respeitosa. Por fim, de Maya veio a frase inesperada e há muito imaginada:

– Ora, eu tenho meu entendimento, bem sei, na verdade eu sou uma escrava.

Clara Maria avança e puxa a cadeira, senta junto a ela, ombros encolhidos e rosto caído:

– Maya, levanta essa cabeça e me olha; e o escrito pela índia Bartira e os ensinamentos de tua mãe, aquela bonita sabedoria primitiva impregnada em vocês pela natureza, o que tens feito com tudo isso? Nunca mais fomos adiante com as aulas, nunca mais voltaste às leituras.

Maya apertava as mãos enquanto não mais a lágrima era solitária, mas o choro corria solto, e contava, sentia medo de ter de ir embora e outra vez pegar a estrada, ser estuprada e tomar surra de chicote ou quem sabe até ser enforcada, tinha fugido.

A neta e o avô perceberam o esgotamento, a incapacidade atingida sequer de perceber quantos dela gostavam, quantos a ela dariam emprego e guarida. E enquanto o doutor Murilo Ferdinando afirmava, ia procurar Maria Josefa e deixá-la a par da situação, Maya pedia, não fizessem isso e assim repetia, enxugando o rosto com as mãos.

Bem, agora estou a enxergar a cena e lhe conto, veja, Maria Catarina desce as escadas e pergunta, o que ali acontecia? Lá de cima ouviu as vozes alteradas. E se Clara Maria em poucas palavras resumia a situação, em muitas palavras Maria Catarina conta outra história:

– Maya, sabes a quem pareces? Pareces a mim mesma quando menina, lá na charqueada em Pelotas. E segue dizendo, o pai era rígido e a mãe parecia um mingau, molenga e fraca, sempre empurrada para um lado e outro, jamais reclamava e o tempo assim decorria e os filhos cresciam e casavam, e para as irmãs o pai era quem escolhia os maridos; e ela, a menor, ele a tudo ordenava e ela se submetia, mas ao perceber a infelicidade das irmãs casadas, decidiu como para si ele não conseguiria escolher marido. E os três, o sogro, a filha e Maya, melhor se acomodaram nas cadeiras. Enxergavam Maria Catarina igual fosse imensa interrogação pronta a falar.

Foi quando a interrogação se diluiu, afinal, ela tão frágil parecia, mas a voz veio forte e ela falava e virava as páginas, e veio a página de quando o pai trouxe o noivo, até com alianças e anel; ela contou como naquele dia a menina Maria Catarina para o pai olhava e se contorcia por dentro, ela não queria o homem, ela não queria ele para pai de seus filhos, ela achava horrível o olhar dele e tudo nele, e chegou enfim à página quando ficou de pé e para pai, mãe e pretensos sogro, sogra e mais o noivo, anunciou, não iria se casar:

– E quem falou que eu quero me casar com este homem?

As páginas de Maria Catarina foram interrompidas pelo doutor Murilo Ferdinando, o sogro agitado a dizer: Será que vocês acreditam em mim? Pois eu não me surpreendo com o dito por Maria Catarina, sempre vi em minha nora uma poetisa, ela tem a alma enrolada em poesia e com tal sensibilidade, sem dúvida, Maria Catarina nunca deixaria que a submetessem. Ela sorriu. E Clara Maria bradava: E aí, mamãe? conte essa história fantástica para mim, sua história me orgulha. E ainda sob emoção, Maria Catarina falou em quando naquela mesma tarde foi trancada na alcova onde naquele tempo dormiam as meninas dos casarões, postas em quarto sem janela não poderiam fugir. E ela? – perguntavam. Maria Catarina ficou ainda mais tesa na cadeira – assemelhava-se, pensou o sogro, a uma rainha – e com sua peculiar calma, disse: Então eu demais chorei e chorando peguei no sono, e demais assustada acordei com minha mãe me sacudindo e a reclamar, como eu fiz eles enfrentarem tal vergonha? Eu aí demais me calei e entrou meu pai, segurou-me pelos braços e me sacudiu e gritou e esbravejou e eu demais me calei, e demais senti fome, demais senti sede e eu demais chorei e assim fiquei presa em meu quarto, para mim tudo era demais, até quando ao amanhecer minha mãe entrou e me alcançou comida, água e chá e eu sempre por demais calada, agradeci e ela trancou a porta. Fiquei pensando e bem mais tarde enfim dei por mim. Pois agora eu me percebia diferente, pensei, respirei, mais pensei e terminei por descobrir, eu estava era demais leve e por demais feliz! Eu era eu. E sabem? Daí em diante quando meu pai me pressionava a casar com alguém, eu só dizia: O senhor não é Eu, quem é eu, sou eu.

A filha, o sogro e aquela inusitada aluna alta e magrinha feito um coqueiro, pretinha igual noite sem estrelas, começaram a bater palmas. E vieram risadas e vieram as frases filosóficas do doutor Murilo e veio a chuva de beijos de Clara Maria na mãe, e voltou a interrogação através de palavras logo repetidas em pensamento por Maya: Eu sou eu? E quando todos concordaram: Sim, essa era a frase a ser sempre dita.

A pergunta de Maya:

– Será que eu poderia dizer esta frase?

Alguns dias adiante aconteceu de Clara Maria pegar o caderno de Maya, tinha nele uma frase de Bartira. – Lembras, Maya, como a índia guarani escreveu para ti? *Nunca se sinta menos, nunca se sinta inferior aos outros. Sempre que você se acha inferior você esmigalha em si as sementes do círculo encantado.* Clara Maria lia, a mãe e o avô pensativos, Maya mordia a unha, o silêncio observava. Em tom baixo, Clara Maria desejou saber o pensamento de Maya sobre a frase e ela sacudiu os ombros: Ora, ela escreveu o sempre dito por sua professora – assim Clara Maria era chamada por aquela estranha aluna, antes sedenta para tudo ler, agora atolada na submissão.

– E depois, Maya? – insistiu Clara Maria.

Maya calou, o silêncio pesou e foi Maria Catarina quem interveio:

– Clara Maria, não vês como a Maya, com suas origens e vivências, é quem, de todos nós, melhor sabe dessa bela expressão da índia sobre as *sementes no círculo encantado*?

Maya piscava pálpebras medrosas, mordia a unha, enrolava o cabelo e devido a ninguém falar nem nada perguntar, ela em si fundo respirou e por fim usou palavras claras, separadas, firmes e soletradas:

– Sim, Bartira me explicou, no círculo encantado, no miolo de nosso coração, vive o nosso Ser. Ali as sementes. Precisam germinar e não podem ser esmigalhadas.

Veio depois o vazio de falas ou palavras, apenas pensamentos e olhos naquela pretinha de fartos cabelos ondeados e pedras verdes entre as pestanas. Clara Maria perguntou: Sementes? Maya respondeu: Tudo vem delas. Círculo encantado? Maya disse: O círculo é invisível e perfeito. Sementes no círculo? Maya disse: Elas germinam vida. Clara Maria seguiu: E era possível esmigalhar sementes prontas para criar a vida? Maya disse: Os guaranis e o meu povo africano falam que sim. De que jeito? Maya disse:

– Com maldade – e Maya foi se encolhendo, abraçou os braços, suspirou e em fio de voz explicou – com o mal e a ruindade.

Então Maya começou a falar e não mais parava: Maltratar alguém é feio, guerra é feio, passar fome é feio, surrar alguém é feio, invejar alguém é feio, dizer que alguém vale menos é feio, roubar e explorar aos outros é feio, mentir e gritar com os outros é feio, e ela seguia e seguia, e mordia a boca e tremia o queixo e parou e pensou palavras tantas ainda a dizer que silenciou e por fim encerrou:

– E quem assiste fazerem isso com os outros e não reage também faz mal às suas sementes – calou e em fio de voz sussurrou – Estou tão cansada.

Maya parou de falar. Doutor Murilo Ferdinando olhou-a, sim, Maya devia estar exausta. Clara Maria tinha feito ela contar sua história.

As palavras ouvidas fincavam o corpo onde ela criou pele grossa e Maya sabia e sempre soube, os outros a trabalhar na casa não gostavam de sua amizade com Maria Josefa nem da camaradagem com seus filhos, as aulas com a professora causavam sarcasmo e eles estavam diferentes, enxergava os olhos enviesados para sua presença e a ironia nas perguntas, via os cochichos ao início na cozinha e depois, quando ao tanque de lavar roupa começaram as ordens: Devia esfregar até clarear os pisos mais sujos, as roupas de todos amassadas devia deixar impecáveis, lembrava a própria comida sempre fria e o dia em que deram leite azedo para seu café. Crescia em Maya uma falta desesperada por Dandara e a voz da mãe se materializava na fala carinhosa e macia chamando, *minha-nha-nhá, te achega pra ganhar cafuné,* quando a enxergava encolhidinha dava o abraço, *meu xodó, vem ganhar um dengo da tua mama,* Maya se revirava no colchão e as lembranças nela se enrolavam, cingiam seu corpo num aperto enquanto a fala se esparramava espargindo o cheiro do alecrim pulverizado pela mãe em seus mingaus e o perfume das lavandas que ela punha em suas roupas, a melancolia aumentava, a falta chicoteava e ela sentia a voz de Dandara a perguntar, *está com banzo? parece tão zonza! engabela esse medo, minha candengue!* E as falas da mãe cresciam e a noite se avantajava.

Os embalos e os dengues das mães africanas palpitavam na pele e na alma de Maya, cegavam seus olhos e lhe emudeciam as palavras. Toda atenção e carinho arrancados de Dandara com a venda dos filhos foram sangria de dor e desconsolo pouco depois transformados no grande amor e dedicação entregues a sua menina. Cresceu a pequena Maya inspirando afeto e se alimentando com afeto, embalada ouvindo a maciez da compreensão e sempre adormecendo com a magia das canções africanas. Assim era Maya ao ir para o Sul onde, com a morte da mãe lhe apunhalaram os sentimentos e a ternura, e mesmo o próprio viver. Passou a ser uma sobrevivente que rolava pelas guerras, entregue, obediente e dilacerada, onde, solitária em seu pavor, ela se enredava em fugas imaginárias para se desvairar em sonhos e fantasias. Conseguiu a realidade de um filho em si, e quando ao morrer-lhe a criança, outra vez atropelada pela morte Maya refugiou-se na imagem dele se pulverizando em cristais e subindo aos céus.

Quando nada mais esperava além da sobrevivência seus afetos estraçalhados passaram a ser nutridos, os sentimentos amordaçados criavam asas, o coração congelado se aquecia e Maya voltava a viver. E a mulher recém-nascida se agarrava em todos os signos da nova existência, o casarão e seus porões, as senhoras para quem trabalhava, as amigas no serviço e as amigas da família, a capela onde rezava, o rio onde olhava o sol e o jardim onde se encontrava com a Mãe Lua.

Há alguns anos passados, conversando no jardim com a senhora Maria Josefa, tinha tido mais um aprendizado: Quem não a queria não a merecia. Muito pensava naquela frase e agora pensava ainda mais; sabia estar submissa, mas enquanto aguentasse iria em frente, calada. Ela não suportava erguer a voz, não suportava os gritos das guerras e cavava túneis submersos através dos quais ainda que solitária bem poderia viver.

E só passados mais entraves e falas interrompidas, tosses e suspiros serem vencidos, o doutor, ignoro se de pé ou sentado, falou com tal força de voz e postura que até as paredes ouviram:

– Maya, a partir de amanhã terás aulas todos os dias com a minha neta. Combina o horário com ela e a Maria Josefa. Se não retornares às aulas eu tomo conta disso.

Dias passados, a casa mudou para com ela ao perceber as outras criadas pouco falando, não mais risadas e não mais ordens e reclamações e desconfiou, a senhora tinha interferido, restavam agora poucas ou nenhuma amiga, constante era apenas o companheirismo de Favorito. Recomeçaram as aulas, Clara Maria usava uma cartilha e Maya aprendia. As folhas escritas pela índia Bartira? Bem, algumas linhas Clara Maria leu. Mas soubesse a professora, a índia havia falado na importância dela fazer a leitura sozinha depois de alfabetizada, importaria as ideias lhe darem um nó fundo na cabeça e precisar de silêncio e contemplação para mergulhar no entendimento.

Maria Josefa a liberava largas horas e Maya começava, de fato, a ler. Por vezes trazia algumas frases escritas à noite, na madrugada ou ao amanhecer – vinham de sonhos coloridos e estranhos, dizia. Naquela manhã Clara Maria avisou, teria de passar vários dias em Rio Grande. Maya com ninguém comentasse, mas a situação se agravava e ela deveria fazer reuniões com os jovens farrapos de Rio Grande e Pelotas; alguns viriam para Porto Alegre, onde a revolução deveria eclodir.

– Maya, minha grande amiga, faz de conta que eu não te falei nada disso, entendes? É assunto nosso.

De imediato explicou, queria Maya a estudar, lendo e escrevendo, todos os dias. E refletisse sobre o escrito, ao chegar Clara Maria ia querer ouvi-la. Despediu-se entregando um opúsculo de geografia, com texto e imagens sobre os continentes e alguns países, os mares e os oceanos, era tempo dela mais saber sobre o mundo onde vivia.

Naquela noite Maya colocou a grande prancha de passar roupa em cima do fogão a lenha – tinha papéis de estudo amassados e os queria bem lisinhos – disse na cozinha. Em cima da cama, várias páginas, algumas meio se rasgando, bem esticadas. A porta ainda aberta, achegou-se Favorito, credo, Maya ia estudar montoeira de garranchos!

– É minha lição de casa, Favorito. Sai para eu me concentrar.

Ela tinha procurado ler alguns pedaços e vários foram vencidos, conseguia enfim entender as palavras de Bartira em letra feia, grandona e torta; no incompreensível passou lápis verde embaixo, mas tanto ela aquilo havia virado e revirado que dava para captar a fala dita nos rabiscos da índia.

Trabalhava impressionada com a agitação das primas, pela manhã e à tarde sempre gente reunida no andar de cima, fechada no escritório do coronel, os da casa avisados, não deixassem alguém subir sem antes comunicar. Maya sabia da iminência da revolução através de Clara Maria, e aproveitava o pouco trabalho devido ao constante sumiço de Maria Josefa para mais leituras, reuniões e conchavos. Sua senhora e maior amiga estava emagrecida, por vezes tinha vertigens e Maya se afligia. Sentava nos cantinhos para costurar à mão uma saia de tecido azul comprado na Rua da Praia, usando uma velha saia dada pela senhora para usar de molde. O inverno se fazia forte e tinha visto uma loja que vendia novelos de lã onde ensinavam a fazer tricô, quando terminasse a saia, ia lá para aprender a tricotar uma blusa.

Leu e releu as páginas e com vagar, várias vezes apagando e fazendo de novo, começou a escrever. Parava muito para pensar e às vezes saía a caminhar pela praça, ou entrava na Capelinha do Espírito Santo e ficava fixando, um dia a grande pomba dourada, outro dia os vitrôs em hora de sol quando as cores se multiplicavam e ela tinha a sensação de parar o pensamento e acontecia de aparecerem os desenhos em luzes amarelas, azulões e verdes, mais os triângulos vermelhos, aquilo ia se misturando em suas mãos, braços e no colo, e era como se as luzes lhe explicassem o que desejava melhor entender. Desde aí passou a colocar o vestido branco para ir na capela, assim as cores ficavam ainda mais bonitas, e com o brilho do sol na saia e nas mangas ela se vestia com o mistério das luzes.

Chegaram os dias do retorno, Clara Maria apareceu mais pálida, cansada pelas tensões e concentrada na urgência. Por acaso, encontraram-se ao meio-dia, quando em busca de tranquilidade subiam os degraus da Capelinha do Espírito Santo. Abraço apertado, Clara Maria dizendo, chegou na véspera e encontrou mais problemas, Maria Catarina levou um tombo e o avô, agora melhor, teve forte gripe, era o terrível inverno! Maya reclamou, poderia ter auxiliado, agora só lhe cabia a arrumação da parte de cima da casa, das salas e das roupas da senhora Maria Josefa. Sobrava-lhe tempo. Eles se arranjaram bem, disse Clara Maria, e sabiam, no aperto chamariam Maya.

Ajoelharam lado a lado, sentaram, a capelinha vazia. Clara Maria falou como as duas se pareciam, ela, igual a Maya, quando precisava ficar mais leve ia para lá.

– E como foi tua lição de casa? – perguntou – afastando-se para melhor se enxergarem.

Maya, pouco afeita a muitas palavras, largou a insegurança nos joelhos. Era a capela vazia, ela a falar nas crenças dos guaranis baixinho, Clara Maria atenta, ouvia e se surpreendia, tudo por ela sempre chamado crenças primitivas conectava-se ao pensamento de alguns filósofos estudados com Maria Clemência, e estava referendado por Homero em seus poemas míticos. Fez um gesto pedindo a Maya se calar e quis saber:

– Mas quem é a índia Bartira?

E na singeleza de sempre, ouviu de Maya: É uma índia que recebe inspiração de Tupã, então se tornou pajé, tem por ofício nos ensinar, entende? Seguiu a dizer como o mais importante já havia falado, o círculo encantado, precisávamos ouvi-lo, sentir a intuição por ele derramada, mas para isso devíamos nos nutrir com a harmonia e o silêncio interior.

Clara Maria nada falou, convidou a darem um passeio na praça, ali em frente. Caminhavam e Maya falava, por vezes sentavam, mais alguma coisa ela explicava e mais uma volta era dada. Desceram o Beco do Império até a beira do rio, o sol caía e o vermelho-cor-de-sangue se formava no horizonte. Afinal, o que ainda Maya guardava do ensinado pela índia?

Sentaram nas raízes de um plátano, olhos na proximidade do sol caindo às águas enquanto Maya tentava simplificar:

– A maior obrigação de todos era cuidar de si mesmo, dominar ostentações, orgulho e egoísmo, e se conhecer para remover a cortina de fumaça que impede a gente de seguir o caminho para o qual nascemos. Assim, dizia Maya neblinando o olhar, a gente se enraíza na vida. É assim, entende? Quando sua alma canta por dentro, aquilo que estiver fazendo é o que você veio para fazer. Olhou Clara Maria:

– A senhora, eu já vi, gosta do silêncio.

– Sim, eu diria que eu respiro silêncio.

Maya então citou o para ela escrito nos pedaços mais coloridos rabiscado pela índia, e falou como pensou e mais pensou, e sonhou e acordou repetindo. Eram as palavras nas quais ela tinha passado o lápis de cor. Dizia como o silêncio, para Bartira, era a fonte do verdadeiro equilíbrio. Entende?

Clara Maria concordou a sacudir a cabeça.

– Professora, se alguém perguntar o que é o silêncio, dizer é simples, mas compreender é difícil, pois o silêncio é a substância do grande Mistério – jogou uma pedrinha no rio, as duas olharam os pequenos círculos e Clara Maria perguntou:

– E o que é o grande Mistério?

– Só sei o escrito por Bartira: Quando suas palavras forem nascidas no seu silêncio contemplativo elas vão dar frutos, e se multiplicar igual às grandes árvores. Esse o grande Mistério.

Clara Maria sorriu e passou as mãos nos cabelos negros de Maya:

– Que frutos, Maya?

– A senhora sabe o que é pedra angular? Ela escreveu isso, não entendi.

Clara Maria sabia, era a base de tudo. Maya falou, pois então, vinha do coração a pedra angular do caráter, e chegava em nós através de nossa capacidade em ouvirmos o silêncio.

Clara Maria contou de como não gostava das salas onde o assunto era criticar e dizer maldade dos outros, ela às vezes inventava um compromisso para ir embora, não dava para suportar. Para Maya, lá no meio onde tinha vivido era sempre assim, e agora, na cozinha da senhora Maria Josefa também.

E disse:

– Mas eu não me entrego, sabe? Basta um vasinho com planta na mesa – e repetiu – fico admirando a cor das flores na terra negra.

Clara Maria deu uma risada:

– Sim, Maya, entendi, você também é uma pajé.

A professora se calou, as águas vermelhas olhavam as duas quietas e na quietude elas se deixaram estar. Depois saíram, Clara Maria decidida, procuraria mais aprender sobre os índios brasileiros, os sudaneses, os maias, os peles-vermelhas, eram tantos fios se conectando, pensava e se confundia.

O movimento revolucionário crescia e tanto o Exército quanto a Guarda Nacional tinham imenso número de farrapos, alguns declarados, grande parte infiltrada. Na Maçonaria a questão fervia e as reuniões eram constantes. Braga, o presidente da Província mandava armas aos colonos alemães e quando a situação se agrava, revolucionários acampados no morro mandam destacamento próximo ao arroio Dilúvio. Ali, num disparo acidental feito por um dos homens do presidente, a confusão se esparrama e destrava a fúria revolucionária. A patrulha de Braga foge para os muros de Porto Alegre, o pavor se instala, tiroteio desenfreado, comerciantes portugueses e alemães entram em pânico e os civis que deviam proteger a capital desaparecem. No dia seguinte, vinte e um de setembro, os poucos ainda na cidade se trancariam nas casas, espiariam por detrás dos postigos enquanto o presidente Braga, após ter esvaziado os cofres fugira para Rio Grande numa escuna com os nove homens que lhe sobraram.

Na manhã daquele vinte e um de setembro aparecem nas esquinas os defensores da rebelião, abanam panos verdes, vermelhos e amarelos, ao tempo em que o general Bento Gonçalves faz sua entrada na cidade com centenas de homens em cavalos enfeitados com as cores dos farrapos. Meses além, com a chegada de reforços militares enviados pelo Império, haveria a retomada de Porto Alegre. E naqueles dias, centralizado em Piratini, o movimento seguiria forte.

Na capital, agora nas mãos do Império, vários líderes farroupilhas, sobretudo as mulheres, haviam se transformado em espiãs e se articulavam numa espécie de "inteligência farrapa". Não mais as reuniões e os grupos nas esquinas, fazia-se necessário aparentarem estar distantes da rebelião. Comprando vigias noturnos das águas do Guaíba, Maria Josefa tinha conseguido com auxílio dos estudantes resgatar alguns prisioneiros do navio prisão *Presiganga*; durante o dia, dois ou três deles escondiam-se no tombadilho e às três da madrugada, um barquinho de pescadores se aproximava, eles escorregavam às águas e eram levados à terra donde com artimanhas e dinheiro entrariam nos muros e logo sumiriam escondidos nos porões da casa de Maria Josefa. Em pouco tempo eles partiam disfarçados, em cavalos velhos arranjados pelo grupo e postos além dos muros junto às frutas e verduras de Antenor.

Logo as primas Maria Josefa, Maria Angélica e o grupo de moças que lideravam começaram a ser vigiadas. As fugas de prisioneiros, a movimentação de seus filhos e grupos, a quantidade de parentes e amigos junto aos revolucionários, tudo levava às líderes serem cada vez mais controladas pelas lideranças imperiais.

Em setembro de mil e oitocentos e trinta e seis há batalhas por terras e águas, e Piratini segue a ser um forte reduto das forças farroupilhas enquanto algumas cidades ficam sob o domínio dos farrapos até voltarem a ser dominadas pelos legalistas.

O general Antonio de Souza Neto, a mando do general Bento Gonçalves, desloca-se a campos de Bagé para enfrentar as tropas do comandante imperial Silva Tavares ali situado. Os homens da brigada de Neto, em número inferior aos de Silva Tavares, atravessam as águas para ao amanhecer enfrentarem a tropa inimiga na coxilha usando espadas e lanças manejadas pelos fortíssimos lanceiros negros – escravos a lutar com a promessa de que, se vencedores, haveria a abolição da escravatura. A luta é violenta e a determinação é trazer os homens de Silva Tavares ao corpo a corpo.

A derrota dos imperiais é imensa. O exército farrapo permanece quase inteiro e no outro dia o general Neto proclama a independência da República Rio-Grandense. As comemorações eclodem campos e cidades afora, bandeiras da nova República são costuradas com a faixa vermelha dos farrapos ao meio do verde e amarelo da bandeira do Império.

A euforia dos farrapos se esparrama. Mas em Porto Alegre, sob o domínio do Império, as comemorações ocorrem nos mirantes fechados, na escuridão dos porões e à noite trancafiados nas casas, dentro e fora dos muros da cidade. Maria Josefa decide fazer grande jantar nos porões de seu casarão, e Maria Angélica, Maria Eulália e Maria Catarina cedem pessoas de confiança para ajudar. Nos amplos corredores a grande mesa é montada, louças, copos e taças chegam das vizinhanças. Favorito compra na Rua da Praia rolos de papéis amarelos, vermelhos e verdes os quais, estendidos de uma ponta a outra, encobrem a mesa dos rio-grandenses. As primas se movimentam a descer e subir escadas, chegam velas de todos os tipos e lampiões com laços nas cores da nova República. Na casa de Maria Eulália assaram os leitões, e na de Maria Angélica os perus e fizeram o sarrabulho; Maria Catarina e Clara Maria tomaram conta das tortas e pudins usando as receitas portuguesas de Pelotas. E na cozinha de Maria Josefa as criadas dirigidas por ela faziam as saladas, os molhos, as farofas. A organização começou no dia a dia, procuravam se movimentar por dentro dos pátios e, embora pessoas mais velhas perguntassem como as notícias sobre a festa poderiam chegar ao Palácio, Maria Josefa garantia: Estou bem atenta, ninguém vai descobrir.

Naquela noite de quarta-feira, meio de semana e cedo a cidade estava recolhida. Às dez horas da noite o grupo farroupilha em Porto Alegre começa a escorregar por desvãos, becos e pátios para os porões do casarão dos Fontoura Palmeiro. A longa mesa com a bandeira da República Rio-Grandense numa cabeceira tem luzes de velas e lampiões tremulando por entre comidas, louças, vinhos e flores vermelhas e amarelas amarradas com laços verdes. E houve comidas e intermináveis brindes erguidos por homens e mulheres, pela escritora e poeta capixaba Nizia Floresta Brasileira, há dois anos vivendo em Porto Alegre, em tudo companheira entusiasta dos farrapos, e ainda jovens e adolescentes, vários idosos e, inclusive, três padres. O jantar atravessa a madrugada com homens da confiança do grupo caminhando pelas calçadas, atentos nas esquinas eles observam para que nenhum intruso se aproxime. Durante a madrugada, tempo de irem embora, ora um e ora outro escorregam à rua e todos saem calados, golas erguidas e passos mudos.

O comandante Bento Gonçalves começa a organizar, a partir de Piratini, a estruturação da República Rio-Grandense com seus companheiros. Decide levar suas tropas à Ilha do Fanfa, no Rio Guaíba, dali atravessariam à outra margem e de imediato se encaminhariam à nova capital. É outubro, atravessam com lanchões onde vão tropas, armas, canhões e munições. Toda a movimentação é feita durante a noite. Quando amanhece e se inicia a travessia para a outra margem são atacados pela artilharia inimiga; as forças do Império ocultas na ilha erguem-se em fúria incontrolável, os farrapos lutam furiosamente mas os imperiais vão matando, aleijando e prendendo os homens de Bento Gonçalves. Os revolucionários presos são carregados para Porto Alegre e jogados nos porões da *Presiganga,* onde também prendem os oficiais Onofre Pires, Tito Livio Zambeccari, Pedro Boticário e o coronel Afonso José Corte Real, filho de Maria Angélica da Fontoura, além do comandante, o general Bento Gonçalves.

Maria Josefa, às primeiras horas da manhã naqueles dias, sempre ia comprar legumes e frutas nos verdureiros junto aos muros fora do portão da cidade; Favorito dirigia o carro de cavalos onde iam a patroa e Maya. Antes de amanhecer ele ia no potreiro próximo alugado pelos Fontoura Palmeiro pegar um cavalo e, no fundo do pátio, prendia-o e o arreava para atrelar ao carro da senhora.

Ora, ainda não havia chegado a Maria Josefa a notícia da derrota de Bento Gonçalves, seus companheiros e sua tropa. Mas os farrapos da capital souberam por dois jovens amigos de seus filhos, empregados como faxineiros no Palácio de Governo da Província de São Pedro do Sul, que o pessoal do Império havia enviado outro contingente do Nordeste, em breve chegando a bordo da fragata Sucesso, além de mais um destacamento sendo trazido pela corveta Gaivota. O Império se fortalecia.

Ainda assim, considerando sólida a recém-independente República Rio-Grandense, para se mostrar forte e respeitável, vestida com o esmero da grande dama que não se importava em ser ou não ser, Maria Josefa, num vestido de seda negra de alta gola bordada abriu a janelinha do carro e pediu, por favor, abrissem o portão. O carro dobrou à direita e mais adiante, onde estava o verdureiro Antenor, um mestiço simpático, sempre de chimarrão em punho, ambos pararam e desceram.

Favorito falou algo sobre como a dona estava bonita e ela se aproximou, ríspida: Nunca mais me elogie, nem a mim, nem às minhas roupas. Encolhido e gago, Favorito se enrolou nos próprios braços, Maya se achegou, não ficasse assim, a senhora não gostava que falassem sobre ela, ainda mais no portão, era lugar de disque-disque; pegou o cesto e se encaminhou às frutas: O que a senhora ia querer? As duas começaram a escolher, depois passaram às verduras e quando lá adiante, Maria Josefa, junto com o dinheiro, entregou a Antenor o papel branco muito bem dobrado, que ainda naquele dia, como em tantos outros, chegaria às mãos do comando Farroupilha.

– E a Alexandrina, seu Antenor, por que não veio?

O homem começou a falar nas crianças com coqueluche, mas logo tudo passava. Despediram-se, alguns guardas da guarnição caminhavam de espingarda na vertical, para cá e lá, ela pedindo: Seu guarda, já fizemos nossas compras, pode ir abrindo o portão. Claro, ele abriria, e foi falando:

– Agora dona Maria Josefa está vindo quase todos os dias.

– Nem me fala – ela respondeu – cheia de parentes hospedados comigo, haja comida.

Voltaram, todos calados, Favorito sempre encolhido. Quando desceram, no pátio, Maya se aproximou e em voz baixa foi falando: Minha senhora, eu não gosto daqueles homens, e garanto como o guarda que lhe abriu o portão vai sair perguntando se tem gente de fora na sua casa.

– Valha-me o Senhor, Maya! Não pensei nisso – disse Maria Josefa com voz esmagada.

E sem demora houve o em seguida. Pois aconteceu de surgir na sala do andar de cima a figura de Maria Angélica, escabelada, olhos injetados. Mordia as palavras, ninguém entendia. Maria Josefa agarrou-lhe os ombros, sacudiu com energia e obrigou-a a sentar, entregou um copo d'água e pediu para todos saírem: Me deixem com ela.

Chorava Maria Angélica e Maria Josefa, muda, ouvia a fala entrecortada da prima:

– Na Ilha do Fanfa, a derrota, o Afonso José foi preso!

Maria Josefa caminhava, puxava as travessas e afrouxava os cabelos.

– Geinha, calma, é preciso ter calma – disse, numa voz quebrada.

As duas respiravam ofegantes, as duas choravam e Maria Josefa sussurrava, aquilo não ficaria assim! Não – repetia em voz forte – não ficaria assim, e tremiam os gestos de Maria Angélica enquanto ela dizia, todos os líderes estão presos, naquele barco ordinário encostado ao largo do porto, do nosso porto, e em breve mais barcos-prisões estariam chegando. Maria Angélica levantava a voz e falava gritando, em breve mais barcos e tropas chegariam do Rio de Janeiro só para nos sufocar e nos matar. Gritava a ponto de Maria Josefa espichar o braço e lhe tapar a boca:

– Chega! Chega!

Maria Angélica afogou o rosto nas mãos e soluçando clamava pelo filho, pela província, por todos e por tudo.

Enfim se calaram. Lá fora passava um grupo cantarolando, logo ouviram alguns tambores e vozes grossas a dar "Vivas ao Império!"

Alguém bateu à porta:

– Dona Maria Josefa, tem três homens de farda lá embaixo, querem falar com a senhora – murmurou Favorito.

– Pergunta quem são, diz como estou ocupada.

Ficaram as duas congeladas, apenas se olhavam e respiravam, eram duas silhuetas apáticas.

Favorito enfim retornou:

– Os homens vêm a mando do senhor delegado de polícia.

Maria Josefa ergueu a cabeça e disse com firmeza, ele mandasse que os homens entrassem e sentassem à sala da entrada. E dissesse a Maya para lhes servir um café.

– E avisa, logo estarei descendo.

Vai ao quarto, Maria Angélica atrás, não entendia, o que seria? Maria Josefa já tirando a roupa, armário aberto, repetia que a elas nada interessava senão se mostrarem fortes e seguras do que faziam, e a prima parasse com lamúrias e ajudasse a escolher qual roupa ela vestia. Por fim, pegou o vestido de seda grená, saia imensa e barra de babado com bordados. Pediu ajuda, queria usar a saia de armação. Depois começou a escovar os cabelos:

– Rápido, Geinha, acha aí nessa gaveta o chapéu companheiro desse vestido.

A prima entregou um belíssimo chapéu com um véu que ela ergueu sobre as flores e os laços de veludo grená; ficou de mão espichada enquanto Maria Josefa passava pó de arroz, rouge e um batom da mesma cor do vestido e contava, tinha enviado aviso para se prepararem em Piratini, o Império reforçava suas forças. Maria Josefa fixou Maria Angélica e deu uma risada:

– Viste como ainda sou bonita?

Maria Angélica se abaixou, foi arrumando os babados do vestido, sempre a dizer, ela se cuidasse, fazia tempo que não usava essas roupas; um pequeno descuido e poderia rolar as escadas. E quando Maria Josefa abriu a porta e se encaminhou a descer, ela ficou lá em cima:

– Não estou entendendo nada!

No sofá da sala de visitas, três soldados fardados tomavam café, Maya parada na porta, bandeja nas mãos, alguns filhos, cozinheira, Favorito, todos da casa espiavam da sala de jantar. E a todos faltou a respiração e as palavras quando uma belíssima senhora Maria Josefa entrou na sala, pisando leve e esboçando simpático sorriso aos soldados:

– Senhores, desculpem, mas eu estava em reunião com meu guarda-livros.

Sentou na ponta da poltrona e com simpatia perguntou:

– Em que posso atendê-los?

Estavam encabulados. O delegado tinha mandado ir em casa daquela destrambelhada, viúva do Coronel Palmeiro, e tinha aparecido uma dama, elegante e educada, não sabiam nem como falar a uma senhora tão distinta:

Um deles:

– Queira nos desculpar, senhora Maria Josefa da Fontoura Palmeiro, mas o senhor delegado gostaria de lhe falar e pede que nos acompanhe à delegacia.

Maria Josefa, com elegância, cruza as mãos no colo:

– Será uma honra, não o conheço. Os senhores vão me conduzir em vosso carro ou vou no meu?

Os homens se olharam: Não, eles vieram, bem, se a senhora quisesse ir na próxima hora, eles a aguardariam lá, ficariam na porta para recebê-la.

Maria Josefa se levantou:

– Combinado – olhou em torno – vou mandar arrear meus cavalos e preparar meu landau e ainda na parte da manhã irei à delegacia.

Fez um gesto a Maya, por favor, ela acompanhasse aqueles senhores à porta.

Chamou Favorito e Maya, corressem à casa de Maria Eulália, precisava com urgência do landau emprestado e perguntava se poderia emprestar os dois cavalos baios para conduzi-la. Assim foram, Maria Eulália, confusa e perdida, mandou um escravo acompanhar Favorito e ajudá-lo a prender os baios no landau. Olhou para Maya:

– O que a Zefinha anda inventando?

– Não sei, não senhora.

Pediu que quando pudesse Maria Josefa fosse lá, estava nervosa com as últimas notícias. Agora teria de arranjar a mesa, teria visitas para o almoço.

E assim Maya voltou, olhava a senhora como se fosse um monumento, elegante como as baianas dos casarões onde a mãe era escrava. Maria Josefa estava sentada e Maria Angélica retocava o coque e prendia melhor o chapéu. Nada falavam, nada perguntavam e a senhora, era visível, concentrada, pensava.

Favorito chegou dizendo, o boleeiro da dona Maria Eulália logo encostaria o landau. Maria Josefa perguntou se ele estava uniformizado. Sim, estava.

Quando avisaram, o carro a esperava na porta. Maria Josefa abaixou o véu grená sobre os olhos e saiu. À frente, no landau, o boleeiro de Maria Eulália em uniforme negro com enfeites dourados esperava. Abriu a porta, ela enrolou as saias, entrou e sentou. À porta, Maria Angélica de olhos inchados, a cozinheira, os filhos, a babá, Favorito e Maya deslumbrados com a beleza da imagem. Para Maya sua senhora parecia uma princesa.

O encontro com o delegado de polícia foi rápido. Ele não a conhecia, e a forte impressão causada por aquela dama requintada fez com que esquecesse as palavras preparadas, o homem fazia gestos, mexia nos papéis, puxava as pontas dos longos bigodes enquanto ela repetia:

– Em que posso atendê-lo, doutor delegado?

Por fim, o homem ficou de pé, encostou-se na escrivaninha e pediu desculpas, aquilo não eram horas para chamá-la em casa. Mas... mas cumpria ordens do senhor presidente da província.

– Ah, sim? – perguntou Maria Josefa.

– Bem – disse o homem – tenho um termo aqui assinado por ele. E cabe a mim repassá-lo à senhora.

– Naturalmente, o senhor deve estar assoberbado em trabalho para não ter levado esse importante documento em minha casa. Afinal esse documento vem do presidente provincial.

O delegado gaguejou que sim, ela desculpasse, realmente, o momento muito deles exigia.

Maria Josefa espichou a mão e pegou o envelope com o termo assinado pelo presidente. Não abriu, e falou em voz controlada e atenciosa:

– Só imagino, doutor, o seu trabalho. Tanta coisa a ser feita nessa província. Ao fim e ao cabo, veja, temos que tratar da abolição da escravatura, é uma desonra, só no Brasil persiste essa forma vergonhosa de trabalho – o delegado ia falar, ela seguiu – e a educação? Só aqui é um enxovalho mulheres entrarem em cursos superiores, veja a estupidez; aliás, falando em mulheres, e o divórcio? Muito bom estar falando com o senhor: Sabe se há encaminhamento dessa lei em nosso país? Ando desatualizada.

– Minha senhora – falou o homem, e ela interrompeu.

– E essas leis que por casamento retiram das mulheres todos os bens que tiverem em seus nomes? Aqui se planeja algo para com elas terminar?

O delegado começou a caminhar, abriu a porta, confuso ou brabo, ou sem palavras, mas por certo louco para que aquela mulher desaparecesse.

– Minha senhora, passe bem. E lhe peço, atenda sem demora a solicitação do senhor presidente provincial.

A porta aberta, o delegado ao lado, Maria Josefa abriu o envelope em calma infinita e leu a ordem para, em vinte e quatro horas retirar-se da cidade de Porto Alegre porque ali não era local para comemorar uma República que não existia nem nunca iria existir.

– Ah, sim. Entendi. Eu vou, mas diga ao presidente que ele se engana. E viva a República Rio-Grandense!

Quando em casa, Maria Josefa soube, Clara Maria tinha pedido que Maya corresse lá para ajudar, Maria Catarina em grande crise de asma, o caso era grave. Ainda antes do almoço trocou a roupa, subiu à esquina e atravessou a rua, entrou no sobrado. Lá embaixo o doutor Murilo Ferdinando sozinho na sala, sentado na poltrona, de mão na bengala fixou a amiga:

– É a vida – disse, olhos de piedade.

Ela sentou junto ao sogro de Maria Catarina. Os meus pensamentos se apagaram, disse o doutor. Vontade tenho eu do mesmo acontecer aos meus pensamentos, mas estão vivos de tal forma, não, eles não vão se apagar – disse Maria Josefa, em palavras soltas e perdidas. Ele observou como pensamentos assim eram perigosos e perguntou a causa.

– Fui expulsa de Porto Alegre – disse Maria Josefa, e deu detalhes. Iria embora ainda naquela tarde.

– À minha pessoa dói ouvir esse relato, mas minha amiga, nunca esqueça a pergunta de Platão: Queres mover o mundo? Começa movendo a ti mesmo! Pense bem nisso, desconheço alguém que tente mover o mundo com mais garra do que você.

Maria Josefa seguiu calada e chegou Clara Maria, achava que Maria Catarina dificilmente venceria aquela crise. E a tropeçar nos sustos de uma vida próxima em naufrágio, havia um silêncio lanoso, frases curtas e palavras soltas. Maria Josefa pediu para subir e lá em cima acariciou os cabelos e beijou o rosto sufocado de Maria Catarina. Puxou Maya à janela, queria avisar, ainda naquele dia partia com Favorito, a babá e as crianças para Santo Antônio da Patrulha, era bem perto e logo se encontrariam. Maya, por favor, acompanhasse Clara Maria e o doutor naquele momento. Na próxima semana ela viria para a chácara de uns amigos, próximo à zona dos quilombos.

O livro Direitos das mulheres e injustiça dos homens, *de Nízia Floresta Brasileira Augusta, de 1833*

DIREITOS
DAS
MULHERES,
E
INJUSTIÇA DOS HOMENS,
POR
MISTRISS GODWIN.
TRADUSIDO LIVREMENTE DO FRANCEZ PARA PORTUGUEZ,
E OFFERECIDO A'S
BRASILEIRAS,
E
ACADEMICOS BRASILEIROS;
POR
NISIA FLORESTA BRASILEIRA AUGUSTA.

PORTO ALEGRE,
REIMPRESSO NA TYPOGRAPHIA
DE
V. F. DE ANDRADE: RUA DA PONTE;
1833.

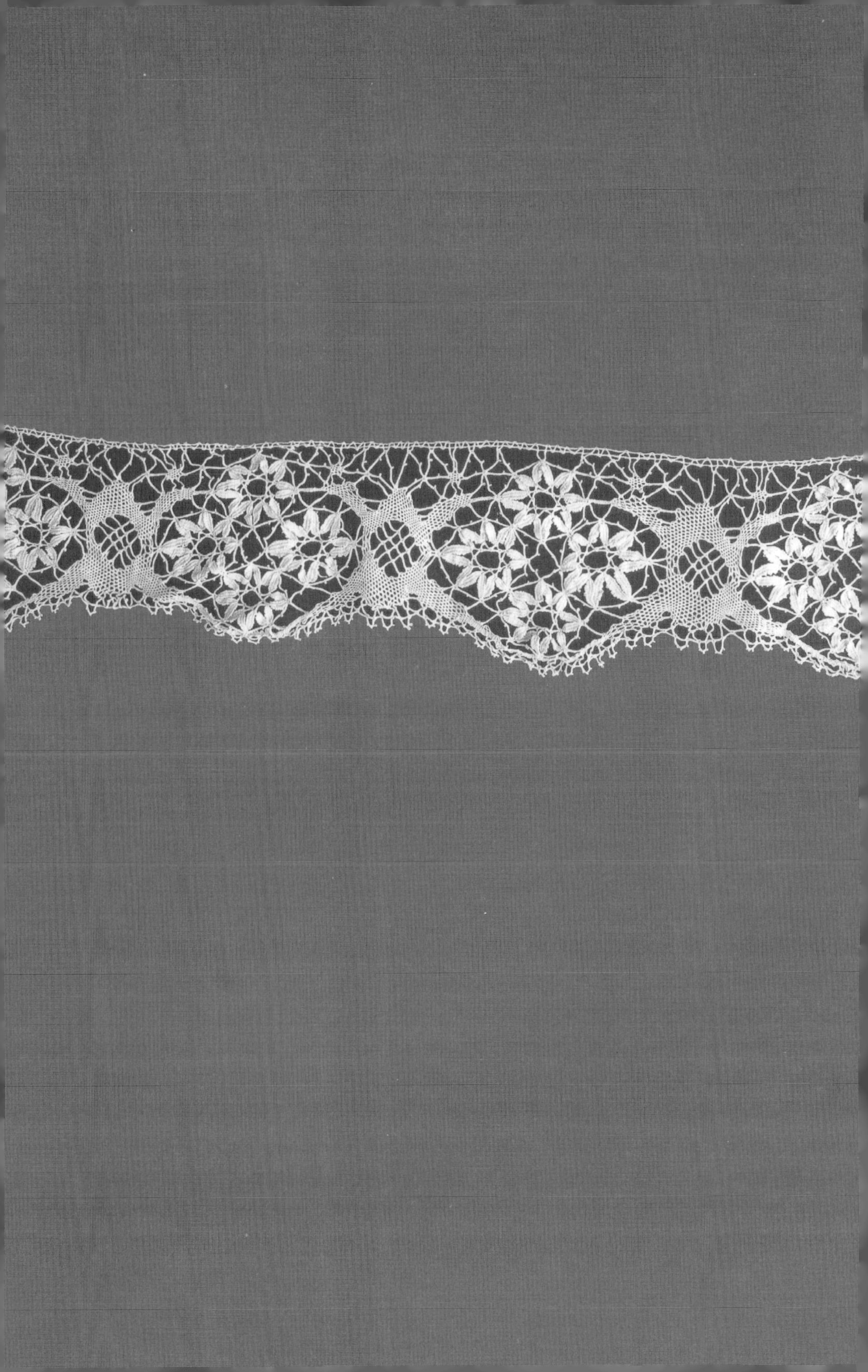

9.

Elas pertenciam às mais altas classes econômicas do Sul, mas eram diferentes. Muito diferentes. Somadas ou misturadas desencadeariam o nascimento da mulher gaúcha, o qual não se deu com a mulher de arma em punho durante as revoluções nas fronteiras, defendendo os filhos e os velhos nos casarões das estâncias na imensidão dos pampas – e essas eram as estancieiras – nem foi tocando piano e violino, estudando francês e bordando cambraias em crivo nos casarões luxuosos dos barões do charque – e essas eram as mulheres das charqueadas – nem foi a discutir política e estratégias de guerra, estudando, namorando, lendo e frequentando bailes nos navios de guerra – e essas eram as mulheres e as filhas dos militares de várias patentes do Exército e da Marinha, sendo a maioria europeus estudiosos do Liberalismo.

Não me vou em demora, mas importa contar-lhe de quando o Império decidiu como caberia àqueles tipos locais – chamados *los gahuchos* – acostumados a receber dos extremos da Patagônia as tempestades e assobios do minuano, a viver, morrer e sobreviver por entre as pradarias e as coxilhas com imensos rebanhos de gado e vastas tropilhas de cavalos crioulos, exímios laçadores de gado e cavaleiros insuperáveis, do amanhecer ao anoitecer alimentando-se com a carne de bois recém-carneados jogada em cima das brasas, ora pois, decidido foi, caberia a eles – e não aos militares do Império – defenderem os limites aos pés das terras brasileiras pondo a correr os invasores abaixo de lanças, espadas, canhões, carabinas e sangue a correr até os ossos. Com afiados olhos postos naqueles guerreiros dos pampas, o Império – em oposição ao que fazia com as demais sesmarias brasileiras – havia doado aos próprios gaúchos as sesmarias rio-grandenses. Sua presença, coragem, força e fúria dispensariam manter nas fronteiras do Sul as dispendiosas tropas em defesa das terras do Império.

Se nos detivermos na Província de São Pedro do Rio Grande do Sul, em suas fronteiras sul e leste, veremos a lisura do Pampa revestida por vastidão de campos, rios cercados por matos de árvores baixas, chamados capões, onde por dentro resplandecem orquídeas e se dependuram cipós. Por vezes grandes umbus e figueiras centenárias, alagadeiros com o nome de banhados, e vez por outra os terríveis pântanos que engoliam animais e mesmo engoliam pessoas. Através das águas ou por terras fronteiriças, as estâncias costumavam ser atacadas pelos chamados castelhanos, onde se misturavam espanhóis, argentinos, uruguaios e paraguaios que ambicionavam aqueles campos, suas manadas e suas tropas; e cabia aos estancieiros matar e morrer na defesa de suas famílias e de suas propriedades.

O Império lhes dava armas e munições, e no além das terras os estancieiros tinham os gados, os cavalos, velhos peões e escravos nos casarões caiados de branco onde as mulheres, os filhos, os velhos, as doenças e as rezas, os invernos à beira das lareiras, mais carabinas, revólveres e a munição em cima dos armários, junto às portas e nas guaiacas sempre à cintura; no mato próximo estaria a mangueira de pedra, local dos cavalos escondidos para fugas urgentes, mais longe os pedaços de pedra com os túmulos de parentes ali mortos, junto à casa, o açude onde todos sabiam, corpos de invasores mortos tinham sido jogados. À noite as estancieiras ouviam mulheres mortas fiando a lã das ovelhas nas rocas, peões e escravos enxergavam gaúchos bem arreados e agora mortos percorrendo os pastos, velhas cadeiras de balanço punham-se a balançar vazias, cachorros acuavam para figuras invisíveis enquanto o barulho das correntes se arrastava pelos telhados. Ficavam todos calados, cresceram cercados por aquilo, e se os mortos viviam suas sinas, para eles, que ali viviam sempre a ver campo-e-céu-e-campo-e-noite, a sina a ser vivida era serem filhos dos sustos daquela terra.

Sustos eram em penca, medos e maldades também, e os registros ficaram. E se ao fim da guerra as vinganças chegavam, foi assim quando inimigos à noite invadiram a casa, pegaram os homens, manearam e arrastaram aos galpões enquanto o preto velho ajudava a mulher, juntaram os cinco filhos, um no colo outro pela mão e os outros chorando pela volta; noite escura, saíram campo afora para a estância vizinha. Iam caindo e levantando, crianças chorando, e iam e seguiam, se cansavam não paravam e mais iam e mais seguiam. Foram a pé e vivos chegaram. Da estância onde acolhidos saiu destacamento armado a cavalo, eram parentes, escravos e peões; a caminho viram o grande incêndio e chegando nada mais havia, só os ossos do estancieiro e seus peões. Eu, por lado paterno, sou descendente de uma daquelas crianças.

Para aquelas mulheres, a vida era criar dez ou mais filhos em casarões no meio dos campos, submissas e caladas, e desse modo entregavam-se aos barulhos fantasmagóricos das noites, aos assobios arrepiantes das ventanias, às dores dos velhos da casa e dos filhos doentes enquanto jogavam as próprias dores no descomunal saco invisível onde escondiam palavras e queixas nunca ditas, ao mesmo tempo que envenenavam seus corpos e suas almas em sonhos de fuga e libertação. E caberia a essas estancieiras, auxiliadas por alguns escravos, na ausência dos maridos nas revoluções, conferir a munição das carabinas e enfrentar os ataques isolados, ou fugir e se esconder com os filhos nos matos, morrer ou ser estuprada, ou ainda ver matarem seus filhos. Eram, tais mulheres, verdadeiros monumentos de fortidão, coragem e sofrimento.

Deixando as estancieiras, olhemos a Província de São Pedro do Rio Grande do Sul em seu extremo sudeste, lá onde a Lagoa dos Patos conecta-se ao canal de São Gonçalo e à Lagoa Mirim. Lá existe o arroio que se derrama no canal, o qual se derrama na lagoa e através desta se derrama no oceano, ou seja, tudo ali produzido poderia ser escoado com facilidade, bastava seguir o caminho das águas. Então naquela paisagem do Pampa quase sem coxilhas, onde se vê o mais belo dos tapetes verdejantes no qual se descansam os olhos e se faz flutuar a alma foi onde no século dezenove surgiram as charqueadas, tornando a zona por alguns chamada Fazenda de Pelotas a área mais rica e pujante da economia da província.

Na confluência do arroio com o canal havia o Arraial de Pelotas, o qual despencou a crescer e sem demora a vila transformou-se na cidade que mais enriquecia na Província do Sul não só na economia e no comércio, como ainda na cultura e na arte. Os charqueadores enviavam suas produções em seus *packet-boat* para outros centros do país e para o exterior e ao retornarem, além de sofisticado material de construção, traziam desde chafarizes franceses para as praças a objetos e móveis de luxo para seus belíssimos e senhoriais palacetes neoclássicos. Na cidade foi inaugurado o Teatro Sete de Abril, primeiro teatro da província e um dos mais antigos do Brasil, e logo a Biblioteca Pública, a Catedral de São Francisco de Paula, casas comerciais com artigos importados e escolas de qualidade. Arquitetos chegavam do exterior e apareciam suas belíssimas moradias. A zona do charque tornava-se um dos redutos mais ricos do país.

Lá as mulheres liam apenas o a elas permitido, estudavam francês, tocavam piano e cravo nos saraus e vestiam roupas vindas da França. E não demorou a chegada à cidade das modistas francesas, ensinavam às mulheres a como bem se arrumarem, faziam vestidos sofisticados e conversavam com as clientes, conheciam suas queixas e se penalizavam com a submissão feminina. Cercadas por sofisticação e morando em casas luxuosas, aquelas mulheres viviam em cenário oposto às mulheres das estâncias imersas na solidão e nos terrores das fronteiras. Mas aquelas damas com joias e roupas finas também tinham de se submeter a todas as regras cerceadoras de um mínimo de liberdade capaz de dar dignidade a qualquer mulher.

E mais uma vez abrimos registros, pois entre as moças das alcovas desses nobres casarões houve aquela jovem órfã de mãe que o pai, sempre na charqueada, entregou aos cuidados de uma tia. A adolescente, sempre em casa e no isolamento, namorou o boleeiro da casa; gravidez descoberta, foi amparada por um irmão quando expulsa de casa; em decisão irrevogável a criança seria entregue à ama que à hora do parto já esperava em carro de cavalos na calçada. Contei-lhe um caso, mas creia, houve muitos semelhantes; as amas não eram poucas, lá, as meninas das alcovas sem janelas, além de trancadas eram vigiadas, e se eram vistas a conversar com algum moço, como diziam, de imediato era procurado um noivo e ordenado o casamento. As amas, na expressão usada, diziam: "Somos quem esconde as vergonhas desta cidade".

O pânico dos pais de meninas em cidade era constante, o mando e a ignorância degradante, e por entre aquelas malhas trançadas por mãos de ferro, qual bonecas enfeitadas por laçarotes, joias e rendas, elas eram empurradas e puxadas, e se escorregavam e caíam eram definitivamente postas aos fundos das casas. Passavam a ser os símbolos das famílias por elas desmanteladas. Para se libertarem desse pânico, os pais chegavam a arranjar noivo entre adolescentes com doze, treze anos de idade e houve de, ao casarem duas crianças, na primeira briga ele ter quebrado as bonecas dela e ela ter aberto as gaiolas para soltar os pássaros dele. E lá, talvez na mais bela ceia organizada, em um dos mais ricos casarões do lugar, para celebrar a entrada do século vinte a cidade tremeu quando, na imensa mesa coberta por linhos, pratas e cristais, todos erguiam as taças de *baccarat* e, dado à dona da casa o brinde final, ela o fez, de pé, taça de verde cristal a cintilar na mão erguida. A todos olhou com firmeza, e disse:

– Pela liberdade das mulheres!

No outro dia foi levada pelo marido a Rio Grande e posta no navio que a levaria a um convento no Rio de Janeiro, onde só voltaria a rever os filhos quando, adultos e casados, fossem visitá-la. Aquelas mulheres imersas em luxo e opulência se contorciam, desabafavam com escravas e com modistas, e arrastavam suas infinitas tristezas por entre o fausto que exibiam nos requintados salões.

Era interessante e eram poucas, mas lá também havia as chamadas "mulheres furiosas", pois assim eram ditas as insubmissas. E bastaria buscar suas origens para nelas encontrar um pai ou avô revolucionário, liberal e com alguns estudos. Pois uma dessas, ao saber o barão seu marido amasiado com filhos noutra casa, mandou atrelar o carro de cavalos, nele colocou filhos e trouxas e desapareceu estrada afora, indo para a charqueada de uma irmã; largou o barão, construiu belíssima casa em Pelotas e ninguém conseguiu dobrá-la. Lá, as poucas mulheres senhoras de si eram filhas e netas das mulheres com raízes nos fortes militares onde chegavam os ares, notícias, palavras e costumes europeus. A atmosfera e alguns livros de autores franceses ali já se infiltravam, mas, acima de tudo, seus pais e mães eram adeptos da cultura, das histórias e do diálogo.

As mulheres provindas dos fortes diferiam das oriundas das estâncias e das charqueadas. Eu, por lado materno, descendo das mulheres das charqueadas.

Se o sangue guerreiro do gaúcho era por demais desafiado nas fronteiras, nos fortes militares era ainda mais, aqueles homens estavam sempre postos dentro de guerras e revoluções não só nas terras, mas também nas águas.

Foi então imperioso fazer-se à defesa da província dois fortes, o primeiro em local chamado Rio Grande. Era próximo ao oceano e ali a primeira aldeia, arranchamento, vila e enfim cidade protegida aos ataques marítimos. Mais tarde o segundo forte, o de Rio Pardo, estabelecido à beira do rio dito Pardo, nas altas escarpas onde o arranchamento, virado em vila e cidade, seria a defesa aos ataques por águas internas. Portugueses, espanhóis e açorianos, e sem demora alemães seguidos por italianos e europeus fugitivos das guerras logo chegariam ao berço dos *gahuchos*, os quais viviam enrolados às mortes e às vitórias, ao sangue, às armas, ao violão e às canções de lamento.

Ora, naquele chão o machismo era a regra. E o primeiro dever da mulher, fosse nas estâncias ou fosse nas charqueadas, era de se casar. E de obedecer. E de ser "prendada". E de ser quase infantilizada, pois quem pensava e decidia era o marido. E para alguns pais elas precisavam apenas saber assinar o nome.

E se a noiva fosse proprietária de algo, no dia do casamento deveria passar sua posse ao nome do marido. E se soubesse ler, ser controlada, leituras ameaçavam a necessária ingenuidade. E se solteira, só ler o permitido pelos pais. E se casada, só ler o permitido pelo marido. E de ter filho mas não ter prazer, coisa de vagabunda. E de não terem amigas em estudos superiores, lá não era lugar para moça de respeito. E de não falarem com mulheres casadas que largassem os maridos, pois essas eram "desavergonhadas".

Dessas, diferiam as mulheres já em Porto Alegre, agora a capital onde moravam os líderes do Corpo de Dragões da Província e os militares de altos cargos na Marinha, provindos dos fortes.

Preste atenção nessas mulheres porque foi na crista do morro da Serra do Sul, onde o chamado Palácio de Barro daria lugar ao Palácio de Governo da antiga vila transformada em cidade e logo em capital, junto à Igreja Matriz, à Assembleia e a um belíssimo Teatro do Estado, pois foi ali, entre ventanias, chuvas de granizo, relâmpagos e friagem de congelar, entre dias a esperar o retorno de seus homens e de seus filhos das guerras e das revoluções, sim, eu lhe asseguro ter sido ali na desengonçada adolescência da capital, Porto Alegre, a origem da mulher gaúcha.

Naqueles morros se somaram, se imbricaram, se simpatizaram e se antipatizaram as mulheres sofisticadas, com alguma cultura, de fala educada e macia dos casarões do charque, com as mulheres exímias no uso das armas e cheias de coragem para defender filhos e velhos nos ataques dos castelhanos, mudas e tímidas nas relações sociais, além de cinzentas, amargas e de almas e corações ressequidos a viver, ou talvez sobreviver, nas estâncias muradas para as guerras de fronteira. Umas e outras eram irmanadas na submissão aos pais e maridos, umas e outras tinham donos, umas e outras não opinavam, não decidiam, umas e outras temiam os homens.

Mas eis – e você bem sabe como costuma ser salvador um "mas eis" – que aconteceu de estancieiros e charqueadores começarem a mandar filhos a estudar na capital; vários deles então lá compravam moradias, mas quem já morava nos solares e casarões do nobre entorno da praça e das vizinhanças do Palácio e da Igreja Matriz eram os militares do Corpo de Dragões da Província e das Marinhas de Brasil e Portugal, além de jovens oficiais de navios de Alemanha e França que haviam se casado com gaúchas conhecidas nos fortes.

E você permita sua imaginação ir adiante e imagine quem seriam essas mulheres dos fortes a viver em Porto Alegre, as quais bem receberiam as recém-chegadas a passeio e a visitar os filhos, oriundas das estâncias e das charqueadas. Sim, lá era onde agora, passada a metade do século oitocentista, viviam as revolucionárias e idealistas mulheres dos fortes, conhecedoras de política e dos novos princípios libertários, leitoras, questionadoras, livres para namorar e escolher maridos, defensoras do divórcio, do estudo superior para as mulheres, do voto feminino e indignadas com a escravatura, mulheres que sabiam a mulher igual ao homem e por esse ideal brigavam, erguiam a voz e a tudo enfrentavam. Mulheres sobre as quais haviam soprado os ares, as letras e os valores das mulheres europeias.

E seria nesse ninho onde se forjariam e nutririam as raízes da fortidão, da ousadia e da coragem das mulheres gaúchas.

Pois a partir daí houve em Porto Alegre quando as valentes, tímidas e submissas mulheres das estâncias encontraram-se com as sofisticadas, frágeis e também submissas mulheres das charqueadas; umas ainda nas roupas feitas em casa ou compradas em catálogos das vizinhas cidades dos castelhanos e recebidas nas estações de trens, outras imersas nas sedas e rendas costuradas por madames francesas ou de Paris encomendadas e recebidas no porto de Rio Grande, mas todas elas compartilhando um viver sob o ferro em brasa da submissão. E a mulher nelas começa a explodir quando naquela capital conhecem, ouvem e admiram a força e a determinação das mulheres simultaneamente femininas, insubmissas e progressistas, aquelas que respiraram as notícias de além-mar nos fortes militares. A mudança instalava-se e ninguém percebia como entre lágrimas, dramas e descobertas ali se gestava a salvadora amálgama do ser feminino que rasgaria o caminho às novas mulheres. Elas se aprontavam.

Quase duas décadas haviam se passado desde o final da Revolução Farroupilha, Porto Alegre se desenvolvia e se modernizava, na Rua da Praia cresciam as lojas a vender roupas e tecidos da França e da Inglaterra, e no casarão de três andares era inaugurado o Hotel del Siglo, um dos primeiros de alta categoria da capital. Até então, os bons hotéis da província estavam apenas em Pelotas, o rico reduto dos charqueadores.

No Hotel del Siglo hospedavam-se políticos, artistas, visitantes ilustres, e além de banhos mornos e de chuveiro nos quartos, era oferecido esmerado serviço culinário, banquetes e almoços ou jantares particulares. E por aqueles dias a grande novidade era como o del Siglo havia aberto grandes alas para as famílias, onde serviam chás inspirados nas confeitarias do Rio de Janeiro e às sextas, sábados e domingos, desde as quatorze horas havia piano ao vivo e depois das dezessete horas violinos tocando através das alas com mesas floridas e cortinas de veludo.

Filhos e filhas, netos e netas, sobrinhos e sobrinhas dos revolucionários farroupilhas, junto aos amigos e colegas de colégio à época da revolução, formavam a nova geração gaúcha, agora incendiada pela Guerra do Paraguai inserindo-se em batalhões de voluntários. Outros cursavam universidades em São Paulo ou Rio de Janeiro e em geral retornavam para atuar no Sul, sobretudo em Porto Alegre. Chegavam novos médicos, engenheiros e advogados na província e entre eles havia as primeiras médicas, algumas engenheiras agrônomas e outras, professoras de Filosofia e Letras.

Havia crescido o número das herdeiras do humanismo oriundo das ideias libertárias dos revolucionários franceses faladas pelos homens das tropas militares e dos navios de brasileiros, portugueses, franceses e alemães. Falavam sobre a Revolução Francesa e a democracia, discutiam valores e soberania, relações de trabalho, o absolutismo e as guerras, e se esforçavam em estudar. Suas avós e mães, em Rio Grande, haviam frequentado a primeira escola para meninas da província, onde a professora e poeta Maria Clemência da Silveira com as primeiras letras ensinava ainda Francês e Filosofia e muito falava no valor dos livros.

Houve então de moças vindas a visitar Porto Alegre repetirem o comportamento das vizinhas a passar de bruços nas janelas, de papelotes nos cabelos, com o impecável recato, o medo do pai, o falar com homens de cabeça abaixada, o ler o ideário da boa esposa onde eram treinadas a obedecer ao marido, onde repetiam frases feitas, contrariedades e implicâncias, invejas e ciúmes, queixas e lamentos, frases elogiosas e críticas afiadas – e então lhe conto, houve, da parcela chegada do interior e das fronteiras começarem a descer das janelas e, em grupo, devido a sozinhas serem proibidas de saírem às ruas, irem à missa na Catedral Madre de Deus, orar na Capela do Espírito Santo e sentar na praça central a olhar o movimento. Em verdade, gostavam mesmo era de ver a espontaneidade, a alegria e as roupas à vontade das moças de famílias importantes que por ali moravam, já que elas eram obrigadas a sair com fartas saias engomadas, chapéus e luvas.

Mas aconteceu de, espontânea, a moça vinda do sobrado da esquina, saia azul claro e blusa estampada, cabelos amarrados na nuca por fita branca, achegar-se àquele grupo de cinco moças enfeitadas igual fossem para grande festa perguntando amável e sorrindo:

– Gurias, vocês não preferiam vir para cá mais à vontade?

Elas se olharam, encabularam e a moreninha com imenso laço amarelo sob o queixo prendendo o chapéu respondeu: A gente acha mais bonito andar igual a vocês, mas nossas mães nos obrigam a andar assim. Começou ali a simpatia mútua.

Foi quando Porto Alegre tornou-se a sopeira onde diferentes moças e mulheres se encontravam e se falavam, afinal, pelo meio das caladas e reprimidas, tímidas e medrosas, havia as diferentes, as falantes e desinibidas acostumadas a falar e a encarar os homens com firmeza e espontaneidade.

Nessa época se iniciavam as reuniões nas alas do Hotel del Siglo. Houve a troca de sorrisos, de palavras e de belas histórias, o empréstimo de livros que seriam escondidos embaixo dos colchões e logo a troca de tristes histórias, de histórias tortas e por fim de histórias dramáticas, e de resto, igual a sempre, quando os assuntos se grudam no patamar das maldades – por que será? – por mais diferentes sejam eles, os ouvintes se igualam feito soldadinhos de chumbo. Eis pois quando aquelas doces e jovens mulheres exclamavam quase em coro a lástima, a dor e o sofrimento, alguém falava na maldade social para com as mulheres e logo outra dizia para serem fortes e não se submeterem, e se uma dizia, a vida me dói, outra a interrompia, tu precisas te colocar acima desse mundo machista que te coisifica. E as vozes mais se uniam, cresciam e se ampliavam, e cada vez mais próximas, umas na admiração das outras, outras na revolta pelo assassinato ao existir daquelas, houve a irmanação e embora fisicamente distantes, dali elas saíam cada vez mais conectadas. Tarraxas invisíveis prendiam mulheres que esmigalhadas em sua sexualidade, beleza, inteligência, vontade e pensamentos, estavam transformadas em meras bonecas de massa. Veja, falei em moças atarraxadas, e lhe digo, benditas as tarraxas que agora prendiam as mulheres de massa às mulheres de carne, independentes, livres e apaixonadas, com sangue correndo nas veias e a fúria solidária do ser mulher explodindo nas palavras e na alma e as fortificando para a defesa das demais. Os amargores machistas começavam a ser amaciados com largos e fortes fios de amizade, logo tramados no grupo de amigas donde brotava aquele sentimento de curiosidade pelo tu és ou pelo tu não és, o tu gostas e o tu não gostas, o temer e o não temer, o se impor e o jamais se impor, e elas sentiram a intensidade do que umas teriam a dizer, outras a ouvir e outras a perguntar.

Às vezes na praça ao alto da montanha reuniam-se antes das missas, havia as caladas, as suspirosas e as a enxugar lágrimas, e Leopoldina Amália Carneiro da Fontoura Palmeiro decidiu, faria um chá no casarão onde vivia com o marido e os filhos pequenos, lá na Rua da Ponte, próximo ao casarão da tia Maria Eulália. As famílias de estancieiros e charqueadores se sentiram honradas, suas filhas e jovens esposas eram convidadas aos chás nas casas dos coronéis, generais, brigadeiros os quais, além de líderes da província, ostentavam respeitáveis sobrenomes. E se algum daqueles homens enrugava a fala e outros trituravam perguntas sobre as amizades de suas filhas com moças da capital, ao verem os casarões, endereços e nomes das moças e jovens senhoras com quem elas se reuniam, logo se pacificavam, afinal elas se relacionavam com damas e jovens de grande importância social.

Eis então, na Rua da Praia o Hotel del Siglo, quinze moças, depois dezessete, outro dia vinte; e igual encontro embaixo da terra entre mineiros perdidos nas escavações, a solidariedade se impunha e os medos, os pânicos e as inseguranças eram compartilhados e se estabelecia uma espécie de abraço de seguridade misturado com esperança. As comportas dos sentimentos feridos e submetidos se escancaravam e aquelas mulheres jovens, bonitas e elegantes despejavam sobre as alvas toalhas e por entre os luxuosos bules e porcelanas da mesa, negrumes acumulados, submissões massacrantes e inferioridades fantasmagóricas, afinal, quem eram elas? Qual o direito de erguerem a cabeça aos pais e maridos e questionar suas ordens? Eram bonecas de chapéu e rosto pintado, sob o estímulo de moças outras, bem vivas e sem medo de falar ou bradar, às quais abriam as malas de suas vergonhas e revelavam a elas suas vidas congeladas e suas mentes engomadas iguais às saias que usavam para não as recriminarem, serem ditas desavergonhadas por darem palpites políticos, por estarem magras igual às mulheres conquistadoras, por gostarem de namorar, por chorarem para escolher marido, por serem obrigadas a casar com homens desprezíveis, por discordar, por falar, por olhar, por comer, por chorar e pelo vergonhoso mais do mais da histórica servidão feminina.

Naquela tarde Fausta Isabel da Fontoura Duclós e Maria Athanázia da Fontoura Costallat, netas de Maria Eulália d'Agan Casado, chegaram alegres, perguntavam os nomes das amigas ainda desconhecidas e brincavam dizendo, se tivessem passado pelo que elas passavam com pais e maridos, entravam no primeiro navio a zarpar e sumiam para sempre: Vocês são umas heroínas! Fausta Isabel, a mais velha, levantou-se e olhou o entorno, confirmou estarem apenas elas, umas quinze mulheres em torno à mesa redonda, ninguém mais naquela ala. Abriu a bolsa, pegou um livro e largou sobre a mesa:

– Vocês precisam ler este livro. É meu e vou emprestar, vocês vão passando umas para as outras. Mas cumpram meu conselho, mantenham escondido, se os torturadores de vocês souberem nunca mais vão deixar sermos amigas.

No centro da mesa, o livro *Direitos das mulheres, injustiças dos homens*, de Nízia Floresta Brasileira Augusta, pseudômino da pernambucana Dionísia Pinto, que durante a Revolução Farroupilha tinha em Porto Alegre impresso a obra. Todas queriam folhear o livro que Fausta Isabel abraçou: A primeira a ler se apresente, eu entrego e quem pegar trate de esconder imediatamente, senão a gente não consegue ajudar vocês.

E assim umas empurravam outras, e reclamavam da ingenuidade e da acomodação, e perguntavam: Se elas tinham coragem de pegar em armas para lutar, como não tinham coragem para contrariar pais e maridos? Pelo meio risadas, segredos, por vezes choros, esparramava-se uma forma de proximidade e se algumas passavam a enxergar o ser mulher de outra forma, as outras diziam se sentirem felizes por abrirem a elas os caminhos da decência e da liberdade. Alguém perguntou: Decência? Outras vozes foram enfáticas:

– Decência, sim – e na confusão das vozes as ainda há pouco chegadas na capital ouviam que ser trancada em casa era uma imoralidade, casar com homem escolhido pela família era uma pouca vergonha, e logo a trama das indignações sepultou o palavreado, mas falta não fez, todas elas bem sabiam o conteúdo do clamor das moças de Porto Alegre.

Eram inusitados e dignos de filmagens aqueles famosos chás na segunda metade do século dezenove nas alas do Hotel del Siglo, quando imensas toalhas virtuais começaram a ser abertas, erguidas, espichadas e, por todos os cantos e recantos dos panos puxados e repuxados e bem abertos, surgiam não mais moças, jovens e adolescentes, surgiam eram esboços de mulheres de corpos e rostos vazios e feitos a ponta e poeira de carvão. Mas ocorria de haver mulheres outras, de corpos exuberantes, rostos coloridos e vontades cheias de sangue a lhes entregarem as tintas e os pincéis. E em sendo muitas e definitivas as pinceladas, naquelas tardes iniciavam a ser delineados os libertários traços da sabedoria salvadora de mulheres por fim prontas a conhecerem a beleza de ser mulher.

Mas amigo, na sopeira havia uma colmeia quase invisível embora muito presente, onde se acumulava a doçura em mãos de amparo e vozes de aconchego. Tais vozes, eu lhe conto, vinham das escravas, as quais amamentavam os recém-nascidos, cuidavam e nanavam as crianças, ajudavam na casa e nas cozinhas, e ainda eram o consolo aos prantos escondidos e às dores de suas senhoras submetidas às traições de maridos autoritários, os comandantes de suas vidas e de suas vontades.

Como era dito à época, as mulheres são damas nas salas, e escravas no fundo das casas.

E enfim, com a junção dessas mulheres às mulheres revolucionárias que a nada temiam e não se permitiam a submissão, na capital Porto Alegre a sopeira agora tinha em si todos os ingredientes, nela se misturavam e se temperavam o sangue charrua que não desiste, o sangue mouro que quando é necessário entrega-se ao enfrentamento, o sangue lusitano, ibérico, negro e açoriano que transborda tenacidade e tudo era abençoado pela mística dos guaranis e outros e tantos outros a chegar, mas a base estava no tronco que era, como dizem os gaúchos, igual tronco de tarumã – madeira rija e resistente, no fogo demora a queimar, transformada em poste demora a cair.

E lento, devagar igual recém-nascido começando a mamar no seio da mãe, pouco a pouco se misturaram a fortidão e a coragem exigida pela vida nas estâncias de fronteira com a sofisticação e o gosto pelas artes e pela cultura da zona das charqueadas, e a ousadia, a cultura e a coragem libertária das mulheres filhas e descendentes dos sangues apaixonados e revolucionários existentes nos fortes. Aprontara-se o alicerce da mulher filha daquela terra, o arcabouço da mulher gaúcha.

10.

Havia naqueles dias um mendigo a pedir na escadaria da Capela do Divino onde Maya gostava de ir nas primeiras horas da manhã. Sentava, ajoelhava, olhos fechados numa entrega misteriosa mesmo a si própria, entrega macia e leitosa onde nada lhe era entregue, mas tinha colo, nada alguém falava, mas sentia-se nutrida e nada de novo enxergava, mas sabia o abraço. Levantava e dia após dia à saída oferecia ao mendigo um pedaço de bolo ou sanduíche, coisa qualquer a alimentá-lo na manhã. Ele sorria gengivas carcomidas, enrolava-se nos trapos e se punha a comer.

Naquela manhã, ele falou: Siá dona, precisava lhe dizer. Maya parou, sim, do que se tratava? Em fala enrolada ele disse: Tô contente por causa de vosmicê. E no titubeio explicou, fazia tempo, desde quando às vezes a moça vinha à capela, sempre lhe dava de comer. Mas ela era tão triste, magrinha e encolhidinha, carregava tanto susto por dentro que ele se penalizava.

E seguiu: Agora a menina vem todos os dias e é diferente, a moça tem contentamento.

Maya estática, ele seguia:

– A senhora cuide do seu contentamento – e sacudia dedos esquálidos a explicar, embora só conseguisse ainda mais engrolar a fala.

Ela riu, cuidaria, sim. Agradeceu, deu alguns passos, abanou e foi adiante com pensamentos imbricados, sabe-se lá o havido com ela, pois houve de se ir a pensar na causa do mendigo ter feito seu por dentro dar tantas voltas e reviravoltas.

Na outra manhã Maya pisou na escadaria da capela e a ele se dirigiu. Entregou o pedaço de bolo:

– Desculpe, senhor, ontem não entendi bem o que mais desejava me falar.

Era a mendicância da boca, a fala meio desconexa e ela por fim entendeu, ele falava do tal de encantamento. Murmurava, sendo ela muito moça e ele muito velho, queria ensinar-lhe o aprendido na vida e não tinha para quem dizer. Maya perguntou: E o que era?

– É de quando o encantamento chega em nós – ele arregalou o vazio branco dos olhos – olhe, siá dona, se cuide, a vida tem gana de arrebentar com o de bom na gente.

Naquela manhã ela não conversou com a pomba do Santo Espírito, nem com os anjos, só pensou. Na porta olhou o mendigo, de olhos fechados ele gozava o calor do sol. Maya saiu, pensava no próprio encantamento e em por qual motivo a vida ia quebrar o bom e o desconhecido havia tão pouco tempo nela aninhado.

Desceria a Rua da Ladeira, tinha compras a fazer na Rua da Praia, mas queria se isolar porque precisava se ouvir; o hábito da criança dedo na boca, sentada num cantinho de braços abraçando as pernas e cabeça caída nos joelhos, de tal forma nela grudado exigia um vão onde, invisível, ela ficaria a mascar unha e cansaria seu pensar.

Entrou na praça, olhou o casarão de dona Maria Josefa e se revolvia por dentro, foi onde ganhou proteção, viveu bem tratada e pela primeira vez soube a amizade. A saudade da senhora chegava feito punhal e cortava por dentro, havia anos ela tinha morrido, ao menos tinha passado com ela seus últimos anos. Sua filha, Balbina Francisca, casou-se com o primo viúvo – filho de Maria Eulália e José Antônio – Bibiano José Carneiro da Fontoura Casado. O casal tinha se tornado proprietário do casarão de Maria Josefa e nele morava. Seu amigo Favorito lá seguia.

Amiga de Balbina, Maya costumava ir visitá-la. Desde a morte de sua senhora e de Maria Catarina, Maya, entrada nos quarenta anos, foi trabalhar no sobrado da esquina com Clara Maria e o doutor Murilo Ferdinando. Em família, dizia-se que o assassinato do primo e grande amigo Paulino da Fontoura, que entre os revolucionários então liderava a oposição à rígida posição separatista de Bento Gonçalves, tinha deteriorado ainda mais a saúde enfraquecida de Maria Josefa.

A Revolução Farroupilha terminara com a assinatura da paz entre a província e o Império no Rio de Janeiro feita por lideranças conjuntas. Vários acordos foram firmados e cessou a luta entre os princípios liberais da maioria dos farrapos da República Rio-Grandense e o autoritarismo econômico e político do Império.

No banco de madeira afundado entre galhos de árvores, Maya lembra sua senhora, tão boa e com tanto sofrimento em seus últimos meses; e dona Maria Catarina e a senhora Maria Angélica? Lembra Bartira, se pudesse perguntaria a ela por que pessoas boas cedo morriam e tantas pessoas ruins muito viviam, suspirou e repetiu com ímpeto: Não adianta, eu não consigo entender a vida!

Ouviu o piar dos quero-queros da praça, olhou um jasmim muito branco despencar ao chão e cruzou os braços, dedo na boca e dente nas unhas. Quando enfim se levantou o vento sacudia os galhos, folhas voavam e ela ia adiante, a ventania enrolava a saia em suas pernas enquanto mantinha os olhos presos nos contornos do casarão. Sabia como Balbina e Bibiano pretendiam nele fazer grande reforma, aquelas paredes, portas e sacadas mais as grades de ferro dos porões, tudo seria mudado, tremeu nas mãos a vontade de acariciar as paredes e as janelas, dentro delas perdeu o medo de existir. Mas agora vinha o mendigo a dizer que ela estava em encantamento. Como ele que passava a maior parte do tempo de olhos fechados tinha enxergado isso nela?

Virou o rosto à direita, ao alto a capelinha aonde ia na tristeza e na alegria, no susto e no deslumbramento, na dúvida e na certeza. Nela os pensamentos escorregavam protegidos, a capela com a grande pomba era o seu ninho. O mendigo estava certo, ela agora era diferente e tinha em si outra Maya.

Lembrou quando disse não saber como era ter um amor, um amor de homem. A senhora Maria Josefa não entendeu, se disse embasbacada, como? Ela andou por tudo com tantos e tantos homens, por certo muitos a amaram. Tentou explicar, mas a senhora não conseguia entender como era ser sempre usada, ser coisa trocando de mão, coisa oca, vazia, pedaço de carne ouvindo mentira e estupidez, mas ela sabia e seus sentimentos gritavam, ela desconhecia o amor, nunca amou e nunca foi amada.

Um anu, penas azuladas tão negras eram, pousou no galho da corticeira e enquanto ele batia e azulava as asas lembrou dos braços da Mãe em torno a ela a dizer: Menina, és tão bonita, és assim linda por seres filha de um grande amor. Quando maiorzinha, agarrada nela e em seu pranto, no veleiro a caminho do Sul, perguntou sobre o tal amor. Ela só disse: Teu pai e eu. E nunca mais nele falou e nem ela tornou a perguntar para não mais ver a grande lágrima, única, brilhante e imensa, rolando de seu olho igual bolha a se erguer depois da queimadura. E ela sabia, era insuportável a dor de uma queimadura.

Nesse momento queria e precisava ter a senhora ao lado, como seria bom contar a ela e dividir com ela sua nova vida. Não sabia a própria idade nem seu aniversário, mas agora conhecia o amor. Enxergava o mundo diferente, as pessoas passaram a ser melhores e os medos sumiram, havia alguém que sorria ao vê-la, ouvia suas histórias e lhe falava da vida, de vidas jamais conhecidas ou imaginadas, alguém diferente com quem ela dormia abraçada, aconchegada e segura. Maya não conseguia perceber seu estado de devoção. Viu de longe os contornos do mendigo no alto da escadaria; ele tinha dito, ela cuidasse para a vida não arrebentar o encantamento vivo dentro de si mesma. Como ele sabia?

Desceu a ladeira para a Rua da Praia, ia comprar seda para fazer uma blusa, cada vez mais gostava de costurar, a loja também vendia rendas e ela enfeitava suas costuras, algumas tão bonitas, teve duas encomendas. Descia a ladeira com vagar, gostava de lá embaixo ver o rio iluminado pelas luzes da manhã, as águas brilhavam com as garças muito brancas no entorno, aquilo fazia bem. Mas naquela manhã havia algo atravancado por dentro, eram as palavras do mendigo, pensou, olhando o embalo das ondas sob o sol nas águas do Guaíba. Parou. Fez a volta. Começou a de novo subir a chamada Rua da Ladeira. As ladeiras de Porto Alegre tinham se misturado a um encantamento arrebentado, por que o mendigo falou aquilo? Ora, queria-lhe bem, mas por que ela teria a vida arrebentada? Por estar em encantamento? E se repetia e dava um passo, e mais uma vez parava e subia a olhar em frente a capelinha do Espírito Santo, a escadaria e os arcos apontando ao céu, atrás, pelo outro lado o sol nas águas e da crista do morro a visão do abraço largo e macio do Rio Guaíba na cidade ainda em seus inícios. No meio, ela. Quem ia arrebentar nela o encantamento, o sol balançando nas águas ou os arcos pontudos da capela apontando às nuvens? E já vencia a colina e chegava ao sobrado. Entrou. Abriu a porta do escritório. Doutor Murilo Ferdinando escrevia, sentado à escrivaninha. Ela parou em frente.

– Maya, o que você tem?

– Eu não quero mais.

– O que você não quer mais?

– O encantamento.

– Que encantamento?

– Bem, é como o mendigo da capela chama.

– Chama o quê, Maya?

– O nosso amor.

Ele tentou ficar de pé, ela precisou ampará-lo e abraçados ao chão escorregaram, aninhados e colados alcançaram o sofá, as almofadas e as palavras. E por ali se deixaram e ela perguntava e ele respondia, a história era longa, disse ela, e tão longa era, talvez fosse infinita, ora, todas as histórias de quem em si pulsa a vida são por certo infinitas pois vidas vibrantes sobem a limites sem fim, disse ele, e foi quando em fiapo de voz ela disse, é a história da menina crescida imersa em canções de mel e braços de veludo onde era seu viver macio e forte, mas tudo se desmanchou e ela não sabia como nem quando afundou no amargor, e logo ela dizia da Mãe, misturava sumiço com morte e se perdia nos caminhos do inexplicável e em fala enredada ela seguia e contava da menina a fugir, a caminhar e a correr, corpo esfrangalhado e restos indo e andava e corria e caminhava e ia adiante porque só restava ir, e assim se foi ela indo e a todos servia e servindo era obediente, e a obedecer pisava as pedras onde um pouco se arranhava e ia acima e outro pouco rolava pedras abaixo, e foi entre o cansaço e as dores quando aconteceu, pois aconteceu de lhe darem amparo e lá adiante, na casa da ladeira, enxergava as mãos e nas subidas e nas descidas elas a amparavam e ela assim vivia. E um dia, entre vozes boas, mãos macias e entregas de afeto, soube a ele, e ao escorregar nas substâncias do tempo mais se olharam e mais se encontraram e com ele então soube, a paz não se enxerga, o querer bem é invisível e o de mais importe não aparece, e então por não mais ter de subir nem cair, mas apenas se aconchegar, houve lágrimas na fala e palavras em seus olhos, e ele a interrompeu.

– Você está com medo do encantamento?

– Ele vai me arrebentar.

Ele entendeu, e foi mais um dia de amor, silêncio e palavras, e só quando ela viu incandescência a emanar de seu homem, e ele soube faíscas de estrelas na pele escura da mulher, só mais tarde, bem mais tarde, ele falou. E dizia sobre amores empoeirados, contava de novelos cheios de amor em fingimento, falou de mulheres mastigadoras de desespero, por tendo sido adestradas a amar desconhecerem que não eram amadas, recordou amores que se tornam a extrema-unção dos próprios sentimentos, e Murilo, o seu doutor Murilo, não parava de falar, pois havia amores que faiscavam ódio, outros donde escorriam mentiras e tramas sujas e em outros amores todos morriam e viviam apenas esboços de vida, e nas máscaras de amor havia silêncios de fel enrolados e escondidos enquanto os dois se fantasiavam de amantes, e ainda os horríveis amores putrefeitos mascarados feito se vivos ainda fossem. Foi quando Maya beijou-o, e ambos largaram dos amores desamados para retornarem a celebrar o próprio amor.

Tarde, bem mais tarde, ainda no tapete do escritório ela queria saber. E ele respondeu, não, ele não estava apaixonado por ela, ele a amava. E ele seguiu, e ela? Ela se achava apaixonada? E ele mesmo respondeu, não, ela não estava apaixonada, ela o amava.

E ele falava com lentidão e ela ouvia de como amor era diferente de paixão, de como as paixões afastam as pessoas de suas verdades por deixá-las enfeitiçadas, e como todo e qualquer enfeitiçado perdia a capacidade da fala e do silêncio e aí o maior perigo, pois a fala tornava-se enrolada na retórica dos extremos e o silêncio era invadido pelos suspiros da loucura.

Maya – disse ele – amar é ajudar alguém a viver plenamente o embrião do ser por todos nós trazido nas profundezas de nosso coração, é ajudar o outro a crescer e a se ampliar na alegria de ao viver atender seu chamamento interno; de ser feliz, uma vez que você, Maya, igual a todos, só será feliz ao viver e ao se preencher no exercício da função que a encanta. Então Murilo silenciou, e a olhou fundo: De certeza, Maya, sabes a que vieste na vida? Sei não, disse ela. Ele sorriu e lhe acarinhou os cabelos:

– Chegaste aqui falando nisso. Tua missão é teu encantamento.

Então, falou Maya, era a paixão dela por ele. Não, não era. Ela o amava, e ele a incentivava a viver seu encantamento. Como? Ora, Maya, eu não te incentivei a aprender a bordar, costurar e a trabalhar com sedas e rendas? Não te dei livros para ler e quis te ouvir contando histórias da tua vida? Da incompreensão à incompreensão, da perplexidade à perplexidade, da dúvida à dúvida, ela disse:

– Mas eu não entendo nada disso como sendo amor.

– E quando eu te vi contando histórias aos netos da Maria Eulália, eu não te incentivei a escrevê-las?

Maya sentou sobre as pernas, sim, era verdade. E tu não ficas quietinha quando me enxergas lendo, e fechas as portas quando estou a escrever? Sabes como essa é a vida que eu gosto, e me trazes o chá e meu bolo favorito e cuidas o meu silêncio por saberes o quanto ele me é importante ao trabalhar. E ele seguia, tinha enxergado sua capacidade como contadora de histórias, e visto a alegria no olhar quando bordava belos tecidos como as sedas e os linhos.

– Maya, tens a sensibilidade dos artistas, e seja contando histórias ou combinando cores, sedas, fitas e rendas com delicadeza e sensibilidade, tu és uma artista – parou, calou e pingou palavras em lentidão – Maya, assim, estás sendo uma artista, e assim vais ao encontro de quem realmente és. A arte, Maya, é capaz de transformar as pedras.

Ela ficou enrolando a ponta da saia cor-de-rosa no dedo enquanto ouvia: Por ter amor a ela, ele a direcionava a viver seu encantamento.

E na outra manhã, lá da esquina Maya enxergou o mendigo. Fixou sua silhueta apática, espichou o braço e pelo meio de seus trapos enrolados desenhou sobre ele um vaso de lírios amarelos e ao vaso entregou o bolo de laranja trazido, sorriu, desejou bom dia e entrou na capela. Saiu dizendo-se, eu transformei o mendigo numa flor, agora preciso arranjar umas cobertas novas e grossas para ele se aquecer, e nessa disposição passou por seus olhos cerrados e começou a descer a ladeira a caminho da Rua da Praia. A coberta seria comprada e jamais entregue, porque passados alguns dias o mendigo morreria, e ela se diria, que estranho, eu profetizei?, coloquei-o num vaso com flores.

Lembrou como ainda na manhã anterior tinha se aproximado da loja de cobertas e ponchos, em frente a ela três cavaleiros amarravam os cavalos nas argolas dos frades de pedra. Um deles, tão escuro, magro e alto quanto ela própria, vestido de branco e tendo à mão rédeas de couro tramadas com correntes de prata, fixou-se nela e em fala arrevesada, perguntou:

– Você não é Maya?

Maya parou, e reconheceu. Era o amigo do doutor Murilo Ferdinando e de Clara Maria. Sim, lembrava dele, conheceram-se em seu trabalho, no sobrado da esquina.

– Você, minha irmã – disse o homem – tem sorte.

E seguiu a dizer, ela trabalhava para pessoas muito especiais, bondosas e sábias.

Maya sorriu. Sim, era verdade. E o tal de Príncipe Ajudá – como alguns o chamavam – disse que em breve voltaria ao sobrado, gostava deles. Mas, disse, tinha pergunta importante a fazer. De onde ela vinha, onde tinha nascido?

Ela nasceu na Bahia, onde a mãe era escrava, depois vieram para as terras daqui, disse, encabulada. E sua mãe? – ele perguntou. Ela morreu na fazenda, lá perto do Rio Uruguai – Maya falou meio ladeada, o assunto incomodava. E o príncipe seguiu:

– E você, minha irmã, você sabe onde ela nasceu?

Maya deu marcha a ré, encostou na parede. Falou com voz estonteada, a mãe tinha nascido no Sudão.

– Eu tinha certeza – disse ele, continuando – pois Maya e ele tinham raízes no mesmo reino que com o tempo foi dividido. Lá onde os africanos eram muito altos e magros, muito pretos e trabalhadores, motivo de serem preferidos pelos caçadores de escravos.

Ela apertava as mãos, então ele também vinha do Sudão? Não, ele vinha de Benin, um reino pequeno e colado na Nigéria. Era uma longa história, qualquer dia iria visitar o doutor Murilo Ferdinando e lhe contaria suas origens. Com gestos educados, o Príncipe colocou a mão no peito e se curvou:

– Estou feliz em conhecê-la – e repetiu – somos irmãos.

Maya agradeceu, abaixou a cabeça e entrou na loja. Sentia-se meio zonza, de fato, ele tinha corpo longo, igual ao de sua mãe. Nem mais sabia o que ali tinha vindo comprar, caminhou para um lado e outro, sentiu a mão no braço. Era Balbina: O que Maya veio comprar? Ela pegou-lhe as duas mãos e foi contando, ia comprar uma coberta para o mendigo da capela. Mas Balbina, tu não achas melhor eu comprar aquele poncho? Claro, pobre coitado, um poncho aquece mais. E Balbina insistiu, Maya deixasse ela comprar, simpatizava com o mendigo da capela. Mas o que havia com ela? Parecia nervosa, tinha voltado a morder o canto da boca.

– Fiquei aflita. O príncipe contou sua origem africana. Ele se parece com minha mãe.

Balbina riu, ora, isso era ótimo, ela saberia de suas raízes. Mas já estava subindo, por que não iam juntas? Podia ser, juntas entregariam o presente lá na escadaria. Balbina falava em detalhes sobre aquele homem da mesma tribo de Maya. E de fato, todos o diziam Príncipe de Ajudá, ou Príncipe Custódio, vinha da região de Benin, reino ambicionado pelos ingleses. Ele tinha sido líder da revolta contra o domínio inglês e alguns o chamavam filho do rei de um reino chamado de Ajudá, tinha estudado em Londres. Bibiano e o doutor Murilo Ferdinando muito o admiravam. Consta, seguiu contando Balbina, que para se livrar dele que era líder das insurreições contra os ingleses, a Inglaterra acertou uma boa quantia em dinheiro que ele receberia mensalmente. Por certo era verdade, ele vivia igual um milionário, e era muito bom, ajudava os miseráveis dos quilombos.

Caminhavam, Balbina falava e Maya ouvia, era estranho encontrar alguém assim parecido com ela, educado, respeitoso e bom. Sentiu orgulho, segundo o príncipe, vinham da mesma raiz:

– Ele é apaixonado por cavalos e os considera animais sagrados – concluiu Balbina.

Chegavam à praça, o mendigo não estava, entregariam no outro dia. Balbina reclamou, Maya andava sumida e ela dissera, quando quisesse ou sentisse saudade do casarão, fosse lá. Maya agradeceu, perguntou por Maria Eulália e soube-a adoentada. Iria visitá-la.

E mais tarde, à beira do fogo da lareira, Maya contou sobre o Príncipe de Ajudá. Sim, tratava-se de pessoa muito especial, no Brasil tinha adotado o nome de Custódio Joaquim de Almeida. Diziam que ele havia chegado com muito dinheiro, falavam até em ter joias e ouro, e devia ser verdade porque em seguida registrou um nome em português, coisa difícil de ser permitida. Mas entre os africanos com quem ele veio era chamado de Urupê. Diziam-no também sacerdote e babalorixá, contavam histórias de curas e coisas milagrosas realizadas por ele. Maya pensava e Murilo Ferdinando seguia a elogiar, o homem tinha uma educação refinada.

Naquela tarde Maya foi visitar Maria Eulália. Encontrou-a no quarto, tricotava na poltrona, pernas enroladas por grande manta de lã verde; era mais um encontro de amigas do que da senhora e sua auxiliar. Aos oitenta e seis anos a neta mais moça da cigana Isabel e do dragão português João Carneiro da Fontoura seguia com brilho nos olhos e contagiante magnetismo ao sorrir. Maya puxou o banquinho, sentou ao lado e a palavra dita, Maria Eulália repetiu:

– Saudade.

Um acalento invadiu Maya, estar com a prima de sua senhora era sentir colo macio. Ela mantinha a voz firme de sempre e estava se recuperando, logo desceria para apanhar sol no jardim.

Mandasse chamá-la quando precisasse companhia, disse Maya.

– Como tu estás? – foi a resposta.

Maya se disse bem, contou de agora fazer blusas de seda, camisolas, e tinha a encomenda de uma saia. Importante foi o visto e aprendido em suas salas. Moldes? A senhora Maria Josefa lhe deu blusas, saias e vestidos, orientou a desmanchar para fazer os moldes, e dava certo. Maya riu: A senhora acredita? Fico nervosa é quando quero enfeitar com as rendas, tenho medo de errar na combinação das cores. Ouviu a recriminação, pois ela estava disponível, sentiria alegria em ajudá-la.

Havia assuntos a não acabar, Maria Eulália morava com as escravas compradas da Brigadeira com a intermediação de Maya. E dado ela nunca mais ter sabido daquela senhora dona da chácara, soube, recentemente tinha ficado viúva e enfim começava a vender pedaços de sua propriedade. Próximo à Casa de Misericórdia, em frente ao caminho dos Moinhos de Vento estavam construindo uma igreja em área vendida por ela, e agora, quase ao lado vendera área ainda maior para um hospital, a Beneficência Portuguesa. Maria Eulália comentou, qualquer dia mandaria trazerem o landau e os cavalos, queria dar uma volta pela cidade, soube como ela andava crescendo e se transformando. Foi incentivada, os feios e mal cuidados becos agora se transformavam em ruas onde punham calçamentos de pedras e faziam calçadas junto às casas.

Viúva, filhos casados, primas e primos morrendo, eram muitos os sobrinhos, mas todos cheios de trabalho e viagens; a senhora falava e Maya entendia, Maria Eulália estava solitária. Comentou sua elegância e bom gosto e perguntou se, ao ter encomenda, poderia lá chegar em busca de orientação: Claro que sim, e a alegria no rosto era o chamamento.

Maria Eulália, franca e transparente, interessava-se pela menina que por vários anos foi o apoio de sua prima. Perguntou o que fazia em casa do doutor Murilo Ferdinando e ouviu sobre o casal de escravos alforriados, cuidavam de tudo, da casa, das roupas, da cozinha e das compras. E ela sabia? Clara Maria agora estudava Medicina no Rio de Janeiro. Ouviu elogios à antiga professora, tinha vindo se despedir:

– E me disse – comentou Maria Eulália – como depois de formada vem trabalhar aqui.

Logo, a pergunta: Qual é teu trabalho por lá, Maya? Bem, ela fazia as compras, arrumava as salas, cuidava das plantas e fazia companhia ao doutor.

– Eu os sei vivendo um romance – a fala foi direta e chegou em tom carinhoso – Tu estás feliz?

Em Maya, um rasgão nas entranhas, ignorava que alguém soubesse de seu relacionamento, trancou as palavras e o raciocínio, ficou de pé, congelou. Maria Eulália, o brilho dos olhos envolvendo:

– Maya, não fica assim. És mulher sozinha e ele um homem solitário, qual o problema?

Maya começou a caminhar em torno ao amplo quarto,

olhava pelas janelas, apertava as mãos, por fim a voz: Sentia-se envergonhada. Foi quando se iniciou nova conversa, Maya dizia ter sido vivandeira, usada, estuprada, dançando nua e indo pros pelegos com tudo quanto era homem, e quanto mais ela falava, talvez não percebesse como estava a descascar ditos ouvidos, maus-tratos repetidos, vergonhas nunca encaradas e mais ordinária se sentia. Foi interrompida com a voz forte a ordenar:

– Maya, para com isso!

Maria Eulália puxou o exemplo de Maria Josefa, rasgando preconceitos, de Maria Angélica, vivendo e tendo filhos sem casar, assumindo sua vida calada enquanto os desocupados a enxovalhavam, e outras mulheres e primas a citavam como exemplo da coragem de viver decentemente, de viver em verdade. Por fim, Maya ouviu:

– Maya, ainda não entendeste? Vivemos, sim, aqui nesta província quase um fim de mundo, preconceito, machismo, a submissão das mulheres em níveis extremos. Mas tens de entender, tu vives entre mulheres além desse tempo medíocre e ridículo, tu vives entre mulheres de mentalidade avançada.

Ficou de pé e com a brancura das mãos pegou as mãos escuras de Maya:

– Maya, não és mais uma escrava, o João José te alforriou, bem sabes. Agora deves te alinhar com as mulheres onde o destino te colocou. Briga junto com elas, ergue a cabeça junto com elas, tenta melhorar o mundo junto com elas e persegue a verdade igual a elas.

Falaram no papel de Maria Josefa e Maria Angélica na revolução, eram espiãs e com outras mulheres lideravam um grupo da inteligência farrapa e, diziam, embora alguns negassem a vitória, foram, sim, vitoriosos. Maria Eulália enrolava a manta no pescoço e gesticulava:

– Graças a todos que se rebelaram, agora o Império abaixou os impostos de nossos produtos, várias questões de exploração e dominação foram eliminadas.

Mais tarde Maya subia a ladeira rumo ao sobrado da esquina meio perdida, a senhora tinha prendido um fósforo e acendido suas entranhas. O mundo, a província, Porto Alegre, as mulheres e os homens. Achou tudo torto. O mundo ali também era feio.

Passaram alguns anos e Maya se transformava cortando sedas e rendas, usando o molde da blusa preta de sua senhora, com ela as roupas feitas ficavam perfeitas, bastava alterar as medidas, aprendeu com Maria Eulália a costura chamada ponto Paris para prender rendas com beleza e as colocava às vezes em punhos, noutras no contorno das golas, por vezes montava cataratas delas nos decotes, demorou a acertar, mas conseguiu, enfim caíam com elegância. O doutor Murilo Ferdinando ofereceu a salinha da esquina para ela receber as clientes, tinha agora sua sala de trabalho e a clientela crescia; não sabia cobrar e Maria Eulália insistia, Maya precisava se dar valor; desde então ela mesma fazia os preços. O que fazia com o dinheiro? Foi instada por Murilo Ferdinando a pela primeira vez ir ao banco. Não, ele não a acompanharia, apenas orientaria, estava velho e podia morrer, Maya precisava ser independente.

Sempre indo à capela falar com o Espírito Santo, rezava pelo mendigo, ia nas lojas comprar material para as costuras e visitava Maria Eulália, seu nome como a costureirinha das sedas ia passando de boca em boca, e ela começava a conhecer outras moças e senhoras. E sempre a pergunta: Você mora aqui? Sim – ela repetia – trabalho para o doutor.

Contava à senhora amiga sobre os olhares enviesados e as frases irônicas, não acreditava serem intencionais. Será que as mulheres daqui me consideram amante dele? Maria Eulália foi direta: É claro que te dizem amante dele, e qual o problema?

E ela ouviu de Maria Eulália como assim gostavam de falar as mulheres de vidas vazias que se nutriam e distraíam detratando os outros, e além do mais o provável era serem mulheres cheias de amantes e com maridos cheios de amantes, tudo ali era sabido embora bem fingissem e escondessem. Acima dos solares e casarões, Maya, esparramam-se os véus de fumaça das intrigas e das trapaças. Maria Eulália erguia a voz: Sabes, Maya?, são os grupos que se dizem conservadores e muito bradam pela bandeira do conservadorismo quem menos pratica a verdade e a autenticidade, escolhem amigos e casamento de olho no dinheiro, no sobrenome e no acesso às grandes festas e aos grandes contatos. Maya se perdeu das palavras e sem mais falar se despediu no encabulamento de estar frente a uma grande pessoa. Mulheres como a senhora Maria Eulália, pensou, tinham valor muito acima dos monumentos das praças.

Naquela tarde Alcides, o escravo que morava com a mulher nos porões do sobrado, bateu à porta do escritório. O doutor tinha visita, estava lá fora.

O Príncipe de Ajudá, em sua impecável roupa branca, foi recebido por Maya e ela o encaminhou ao escritório, eram já quase amigos, muitas vezes ele vinha e o velho doutor gostava de seus casos, até mesmo de seu misticismo. Sentaram os dois, Maya junto a eles.

E veio o vinho, os pãezinhos, as nozes, os temperos, e se Maya alcançava, o príncipe falava das origens, contava aventuras e lutas, o doutor perguntava e ele assegurava, tinha vindo para o Rio Grande do Sul, particularmente Porto Alegre, porque seus guias do astral assim ordenaram; quando foi expulso de Benin, sua nação, vindo de estudos na Europa, liderava a resistência ao domínio da Grã-Bretanha, mas tudo terminou em negociação e disseram a ele para de lá se sumir. Aceitou.

Suas palavras deviam ser verdadeiras, diziam, sabia-se como mensalmente ia ao consulado britânico onde recebia elevados valores. Havia trazido com ele muitos parentes e coisas de alto valor, além de empregados, cavalos de raça que agora corriam e levantavam prêmios no *Jockey Club*, enfim, o homem vivia uma existência de abundância, transbordava simpatia, educação e se impunha na defesa dos quilombos, enquanto se relacionava com as autoridades e os mais respeitados nomes da cidade. Suas palavras preenchiam os espaços, contava casos interessantíssimos e logo se tornava o centro das salas. Naquela tarde, ele parou de falar e olhou Maya:

– Cara irmã – disse, mão no peito – conte-me sua história.

– É longa – Maya falava hesitante e acanhada.

Então Custódio Joaquim, o Príncipe, em palavras porosas e claras fala em si mesmo, relata seu culto aos orixás e logo as palavras ficam metálicas e ele descreve e diz como o sincretismo religioso era importante, misturava catolicismo, indigenismo, espiritismo e batuque, a religião do Benim, da Nigéria e do Sudão. Fica em silêncio, depois prossegue: Aqui há forte religiosidade de matriz africana, o batuque é fortíssimo na zona dos quilombos. Firma os olhos em Maya: É bonito, sabe?, há danças acompanhadas por tambores. E eu, gesticulou pela sala, imaginem, expulso de Benin e da África, joguei meus búzios em cima de um mapa e perguntei: Para onde eu devo ir?

– Bimba! Caiu em cima de um pontinho que logo eu descobri, era a vila de Porto Alegre. Acertei por lá com os ingleses que não viam momento de me enfiar na cadeia.

Maya estava paralisada, não entendia bem aquilo. Ele seguia a contar: Saí, voltei para a Europa, tudo assinado, acertos bem feitos; pois imaginem, peguei o vapor rumo ao Brasil, com uma penca de gente, e foi numa daquela noites cheias de estrelas costuradas no pretume do céu quando voltei aos meus búzios, mapas e rezas.

– O que descobri? O pontinho no mapa chamado Porto Alegre, para onde os protetores me guiaram era em cima do paralelo trinta. E meus conhecimentos me diziam, o ponto era assim chamado por ter muita energia concentrada num lugar só. Vim.

Olhou Maya e riu: Eu queria saber como vieste parar aqui,

ainda mais com esse nome, Maya. Ora, estavam nessa história quando surgem na sala Maria Cândida, Ana e Maria Herculana, as filhas de Maria Josefa que tinham vindo para o aniversário da irmã, Balbina. Maya abriu os braços, e aquelas quatro mulheres se abraçavam e riam, desde a revolução nunca mais se tinham visto.

Durante a insurreição farroupilha todas elas, além das primas próximas e distantes, das tias e amigas, mais sua gente, filhos e filhas, era um batalhão de gente jovem e idosa enchendo a cidade, os casarões e os porões, entre reuniões secretas e não secretas, notícias de mortes e de vitórias, as tensões eram constantes. Confabulavam, discutiam, só interessava a vitória dos Farroupilhas nas lutas por águas e terras, e nas lutas cerebrais e verbais nos conchavos contra o Império. Maya havia acompanhado e tinha se irmanado. E quando em mil e novecentos e quarenta e cinco a paz foi assinada, alguns comemoravam os avanços nas leis de proteção à província e outros lamentavam, queriam a independência do Império, queriam a República Rio-Grandense. Enquanto relato a você situações e dificuldades por aquela gente experimentadas, o doutor e o príncipe sorriem e este fica de pé:

– Caríssimos amigos – fala como se abrisse discurso – eu lhes asseguro, vocês não implantaram uma nova República, mas se fizeram respeitados. Custódio faz alguns estranhos gestos por testa e peito – e se põe a apertar em despedida as mãos das recém-chegadas.

Logo entram Maria da Glória, Maria Izabel e o general Carlos Frederico Lima, eram todos filhos de Maria Angélica da Fontoura, uma das mais ferrenhas mulheres da inteligência farrapa. A extrema simpatia do general Carlos Frederico Lima a todos abraça, ri e conta a viagem, aquelas gurias davam trabalho, mas enfim, concluiu: Eis-nos aqui.

E na casa do doutor Murilo Ferdinando dava-se o reencontro. Educado, o príncipe se despediu, queria deixar a família à vontade. Maya acompanhou-o e recebeu um convite, próximo mês ele faria sua festa de aniversário e era importante que ela, irmã sua e de sua gente lá estivesse e comentou: Seu amigo, o doutor, nunca aceitou ir aos meus aniversários. Depois mandaria alguém para combinarem. Fez mesura e saiu.

Eram primas emocionadas, o primo sentado junto a Murilo Ferdinando e Maya oferecendo licores e cafés. As primas se despediram, precisavam ajudar Balbina nos arranjos da festa.

Maya foi para sua sala de costuras. Para o jovem general Carlos Frederico era inadmissível o acontecido com seu tio Antônio Paulo, o Paulino, um dos líderes do movimento, eleito vice-presidente da República Rio-Grandense. O doutor dizia nunca ter bem entendido seu assassinato e o sobrinho recordava, ele bradava por uma Assembleia Constituinte e com isso rompeu com Bento Gonçalves, que tinha se tornado um separatista.

– Sim, foi em Alegrete onde acampavam, um tiro pela janela o matou – lastimava o doutor. Paulino era amigo de seu genro, difícil entender tanta insistência na ruptura com o Império, eles haviam cedido à maior parte das exigências farroupilhas.

– Doutor – disse Carlos Frederico – ao que parece o assassinato teve como causa questões passionais, um marido traído. O senhor sabe, tio Paulino era um grande mulherengo.

O general falava em tom baixo e descrevia o sofrimento de Maria Angélica, a mãe, com a morte do irmão. Aliás, e ele se emocionava, na verdade essa tragédia foi o que desencadeou o fim da guerra.

– Mas para mim – disse o filho de Maria Josefa – a pior tragédia foi o que fizeram com os Lanceiros Negros.

Maya servia um cálice de licor, a garrafa caiu ao chão e ela correu a pegar um pano e ajoelhada ao chão secava quando ergueu a cabeça: Desculpem, não consigo ouvir falarem nesse horror. Todos os olhares nela se prenderam.

De pé, Maya apertava o pano e, calada, brilhavam na pele escura os olhos úmidos. Era mulher vivida, e agora, chegando aos cinquenta anos, sempre a conviver com pessoas cultas, livros e pensamentos que refinavam sua sensibilidade.

Mais tarde ela retornou às sedas e às costuras, como admirava aquela família e aquelas mulheres, lembrava de Maria Angélica, quase irmã de sua senhora e criticada por toda Porto Alegre pela relação sem casamento com José Thomaz de Lima; só casou quando a lei mudou e ela não mais seria obrigada a entregar a ele a administração de seus bens. Maya não esquecia aquela mulher que quando o filho, preso com o general Bento Gonçalves, foi enviado à prisão numa ilha do Rio de Janeiro, viajou para lá, alugou casa, articulou a fuga com o auxílio da Maçonaria e só então voltou para o Sul.

Disse baixinho:

– E tão mal falada! – e tão fundo cravou-se o dente que um fio de sangue lhe pintou o queixo.

Naquela manhã houve de Maya ir à missa na capela e ao chegar sentou junto a Murilo – assim agora o chamava – ele estava lendo, ela trouxe a seda branca e em ponto Paris contornava os babados com renda sob a luz da manhã cinzenta feito a densa neblina constante. Ele perguntou sobre a missa e ela comentou: Imagine, o padre falou sobre o sal, achei esquisito. Mas o que ele disse? Ele falou na carta em que São Paulo pede para ao conversarmos temperarmos as palavras com sal. Não entendi.

– Sal – disse ele – nesse caso significa sabedoria; o sal protege da deterioração e da putrefação. Os homens, nas conversas, caso não usem a sabedoria em lugar da intriga, da crítica à vida alheia, à vitimização e às mentiras, deterioram e apodrecem a sociedade. O sal é um símbolo.

Murilo Ferdinando pediu que ela pegasse o grosso livro de capa vermelha no canto da prateleira, tinha comprado em Roma quando foi à antiquíssima, várias vezes destruída e depois queimada Basílica de São Paulo. Para ele era o mais lindo templo erguido pelo ser humano.

Abriu o livro e desdobrou a figura central. Mostrava a nave central da basílica por entre quarenta imensas colunas de cada lado. Em torno, apenas a singeleza. Imerso nas recordações de quando lá esteve, o doutor tentava descrever além do audível ou visível as emoções acima das colunas, eram sentimentos tecidos com os invisíveis fios da harmonia perfeita capaz de – refletia – na ausência das palavras alcançarem o incomensurável. Maya viu nele a comoção, não sabia o que dizer e nada entendia, calou.

Sim, tinha aprendido com ele como conversas, palavras e gestos eram apenas uma forma acanhada de dizer, e ela não tinha esquecido, a mais forte das falas chegava através das imagens, elas eram simbólicas. E quando ele voltou a falar, ela relembrava a fala da mãe: Maya, nossos mitos nos dizem o principal, observa como a canção que cada uma de nós com filho na barriga recebe das outras mulheres dentro das águas do Nilo será a canção da nossa força e da nossa coragem. E repetiu a si mesma o dito por Bartira: Maya, tens um caminho a seguir e a ele serás direcionada por teu coração, não permitas que ele se torne entupido, por mais que sofras, se o mantiveres limpo e desobstruído as tuas emoções vão te apontar o rumo a seguir.

– Sabes, Maya – dizia o doutor apontando a larga imagem aberta nos papéis ao colo – ao entrarmos nesta basílica só chegamos ao altar depois de atravessarmos longas alamedas de colunas de mármore claro como o piso por onde caminharemos entre quatro linhas retas de colunas imensas e singelas; lá no alto espécie de pétalas de mármore abrem-se aos arcos que unem umas às outras, é um estar e um ir imersos na harmonia, conduzidos por harmonia, onde as pessoas, se permeáveis ao simbolismo, caminham igual deveriam os humanos caminhar na vida, indo à busca da sabedoria por entre os limites do equilíbrio, e apenas ao final da nave, das colunas e da imensa paz, bem adiante as pessoas podem enfim sentar e ouvir o mais sublime dos órgãos a tocar, e se ajoelhar, sentar, rezar, contemplar, meditar, chorar ou perguntar. Próximo a nós, as correntes que acorrentaram São Paulo, seu túmulo, o baldaquino e acima de tudo, moldado em mármore e em suas mãos, o grande livro com suas palavras.

Murilo Ferdinando parou, olhou Maya:

– As palavras, Maya, sabias? Quando bem usadas elas são sagradas, são transformadoras e são fortíssimas, a maioria das pessoas ignora o que as palavras são capazes de fazer.

Ficaram em silêncio. E ele, olhos caídos, observou:

– Há quem não devia saber, mas no entanto bem sabe o poder das palavras. São aqueles que fazem fogueiras com livros, aqueles que proíbem livros, aqueles, por exemplo, e ainda acontece, que proíbem mulheres de lerem livros.

Silenciou.

Muito depois concluiu:

– Eles sabem como as palavras que dormem nos livros podem fazer pensar quem eles querem manipular e dominar. É por isso, Maya, que nós tanto insistimos para saberes ler e vários livros te presenteamos.

Maya, pensativa, ficou a enrolar dois dedos em uma mecha de cabelos.

Ele falou:

– Maya, você não é uma coisa, não é uma escrava, você é uma pessoa.

Os dois calados. Ele voltou a olhar Maya:

– Não sei como sei, mas sei que um dia você caminhará entre aquelas colunas.

Antigo solar do Conde de Porto Alegre, hoje Memorial do Ministério Público

Luciana de Abreu

11.

A ventania enrolava as roupas das mulheres a ponto de irem aos tropeços, o vento rugia e o pretume das nuvens de inverno explodiu no temporal a despejar chuva grossa e gélida, os cavalos viravam as costas, as valetas derramavam as águas e as ruas viravam rios. Maya ia pela Rua da Ponte, roupas empapadas, escorregava sapatos molhados, tirou-os e se agarrando à parede viu um para-vento, aquele espaço vazio, à época usado no Sul entre as portas da rua das casas e as portas de acesso ao interior – lugar onde as fúrias dos ventos se enfraquecem e não invadem a casa ao se abrir a segunda porta. Era o sobrado à esquina com a Rua da Ladeira.

Entrou, sapatos na mão, enfiou-se atrás da porta meio aberta, desde os cabelos derramava chuva quando viu descendo a escada uma senhora alta e grávida, cabelos escuros puxados à nuca, olhar forte sob sobrancelhas baixas e boca voluntariosa, ela impunha sua presença abraçada a uma pasta cheia de papéis e fixou Maya:

– Que horror, não sabia que aí fora estava assim.

Viu os pés descalços, sapatos na mão, vestido pingando: Moça, você está empapada.

– É, o temporal me pegou. Estou esperando diminuir um pouco para correr até onde moro.

A senhora avançou ao vão da porta da rua, aquilo demoraria a passar. Deu para trás, a moça, como dizia, subisse com ela, pegaria uma toalha para secar-se um pouco. Determinada, começou a subir os degraus, a força do olhar posto em Maya inibia a negação e ela foi atrás.

Entraram no grande banheiro, ela entregou uma toalha e Maya enxugou o rosto, o colo, os braços. Me espere, e a senhora saiu. Voltou com uma sandália e um casaquinho, era o que tinha, mas se ela colocasse talvez chegasse em casa menos molhada. Maya, incerta e encabulada, não queria abusar, e depois, já estava menos molhada.

Agora ponha as sandálias e vista este casaco – a senhora grávida falou em tom de ordem – senão poderia pegar uma doença grave. Ainda mais encabulada, ela disse morar perto e foi obedecendo, enquanto a senhora:

– Venha, vamos descer.

Pegou o grande guarda-chuva preto, largou a pasta com os papéis: Se eu saio com isso, tudo se estraga – foi dizendo enquanto segurava o corrimão.

Era tão decidida, Maya não conseguia dizer um não ou um mas, apenas obedecia e enfim, de volta à porta de entrada, falou:

– Senhora, eu nem sei como agradecer. E não posso permitir que a senhora, grávida, com este aguaceiro ainda vá me levar em casa. Amanhã trago seu casaco.

Vamos, ela disse, e foi para a calçada. Maya, ao lado, indicou o caminho ao contorno da praça e seguiram, agora menos vento, mas chuva ainda forte, e caladas iam quando Maya apontou o sobrado na outra esquina, era lá e agradecia, bastava atravessarem a rua. Não adiantou, ela segurou o braço de Maya e as duas foram juntas e chegaram ao sobrado. Maya empurrou a porta do para-vento:

– Não deixo a senhora sair daqui sem antes se secar e tomar um café quente.

Ela entrou, na sala o doutor Murilo Ferdinando lia um livro, ergueu a cabeça. A senhora grávida e meio molhada sorriu, ele não era o doutor Murilo Ferdinando? Sim, não a conhecia.

– Sou a professora Luciana.

– Luciana de Abreu?

– Sim, senhor, muito prazer. Desculpe entrar em sua casa nesse estado, mas não podia deixar essa moça seguir embaixo daquele temporal.

Logo Maya levou-a às toalhas, emprestou botina seca e ofereceu roupas. Era desnecessário, só molhou um pouco da saia; colocaria o casaquinho dado a Maya e pronto, ficava abrigada.

Para a professora e o doutor, veio o café. Olhando Maya, a senhora falou:

– Estou sendo tão bem recebida e não sei o seu nome.

– Meu nome é Maya, a senhora não conheceu dona Maria Josefa da Fontoura Palmeiro? Eu trabalhava para ela.

– Dona Maria Josefa! – disse Luciana com ênfase – quando ela faleceu eu era menina, mas sei da grande mulher que foi. Aliás, para mim, ela é um exemplo. E conheço suas filhas, sobrinhas e primas. Tenho o maior respeito por todos dessa família.

Olhou o doutor e continuou:

– Doutor Murilo, a professora Clara Maria não é sua filha?

– Sim, e foi quem alfabetizou Maya – e ele a disse agora estudando Medicina no Rio de Janeiro.

Luciana olhou Maya, ela seguia estudando?

– Bem que eu gostaria, mas sabe? preciso estudar bem mais, gostaria de ler e escrever melhor, a professora Clara Maria foi para a faculdade, mas me ajudou muito.

Luciana fica de pé:

– Maya, eu alfabetizo as mães dos meus alunos, vai lá em casa, eu ajudo a concluíres tua alfabetização.

Houve alegria, interrogação, Maya soube como ela não cobrava, assistiria aula três tardes na semana e disse onde morava. O doutor se mostrou contente, não, Maya não faria falta e Clara Maria ia comemorar, desejava que ela mais estudasse, sempre a achou muito inteligente.

Veja, foi assim encharcada pelas águas e gelada pelos ventos como Maya, a pretinha sudanesa sem sobrenome, conheceu Luciana de Abreu, a professora que começava a sacudir as estruturas culturais e sociais da jovem capital gaúcha. Naquele ano de mil oitocentos e sessenta e oito, Luciana, vinte e um anos, havia se casado com o viúvo João José de Abreu e moravam próximo ao Theatro São Pedro.

A professora pública horrorizou-se ao saber como as mães nada liam e nada sabiam escrever; não esperou e tratou de encher sua salinha com cadeiras; ali montou a estrutura para alfabetizar as mães de seus alunos. Dava aula na escola pública à esquina da rua da Ponte com a rua da Ladeira, no segundo andar da esquina onde no futuro estaria a Biblioteca Pública.

Mas necessário se faz, caro amigo, você conhecer a história de Luciana de Abreu, a professora que impactou a capital da Província do Sul erguendo com firmeza sua voz em defesa das mulheres. Era um meio marcado por um machismo que nada ouvia, enxergava e nada aceitava para elevar o papel e a dignidade das mulheres, e assim muito cedo ela entendeu. Quem somos nós, as mulheres? Foi a pergunta precocemente semeada pela jovem professora, abrindo fios de reflexão que, alimentados pela continuidade de falas outras no mesmo sentido, rabiscava novos caminhos de esperança a mulheres esposas e mulheres filhas subjugadas, caladas e submissas.

A história dessa mulher começa quando às duas horas da madrugada do dia onze de junho do ano de mil e oitocentos e quarenta e sete, em pleno e terrível frio de um inverno gaúcho, toca o sino da Roda de Expostos da Santa Casa de Misericórdia de Porto Alegre. A irmã responsável corre a movimentar a roda, naquele gelo, o bebê ali abandonado poderia morrer. Tira-o da roda e o enjeitado começa a receber os primeiros cuidados. É uma menina, e igual a todos ali deixados é filha de pais incógnitos. Junto a ela, algumas roupinhas revelavam sua origem humilde; crianças eram lá deixadas por miséria, ou, ao contrário, por serem filhas de abastadas famílias, no intuito de esconder da sociedade alguma gravidez quando então no embrulho viriam roupas finas e caras de cambraia de linho, rendas e bordados, xales, capas e casaquinhos de lãs de boa qualidade.

Com a menina, um bilhete: *Minha comadre, quero que minha afilhada se chame Luciana Maria da Silva.* Mas veja, as roupinhas de Luciana eram *uma camisa de pano, uma mantilha de um pedaço de saia velha de baetilha, um cinteiro de um lenço branco com auréola roxa, um timão de chita de duas qualidades e uma de baeta encarnada, um lenço de auréola vermelha na cabeça e uma touca de lã roxa, com forro azul.* Nada mais foi escrito, indicado, ou sugerido. A noite cada vez mais gélida e a menina cada vez mais chorava. A irmã a lavou, nutriu com chá misturado a um pouco de leite de cabra, passou água quente numa das chupetas novas e ofereceu.

Crianças ali postas poderiam ser entregues às ditas criadeiras, mulheres que iriam criá-las até os oito anos e ganhariam um dinheiro mensal para as despesas. Ninguém imaginava, mas haveria uma espécie de arranjo derramado por anjos ou pelos santos da terra, ou por magias sem demora provindas por ordem dos céus ou das palavras de fé, o fato verídico é das irmãs da Misericórdia ainda cansadas com a chegada de mais um bebê fraquinho na roda, ao amanhecer ouvirem os toques em ânsia do bronze à porta da Casa Santa de Misericórdia. A mulher de quarenta e tantos anos, dita Justina Cândida da Silva, moradora à Praça do Portão bem à entrada dos muros da cidade e próximo à Roda dos Expostos, tinha ouvido o sino tocar durante a madrugada:

– Senhoras, dizia ela às irmãs, desde quando tocou o sino da roda eu não mais dormi; espero um bebê para criar e, sabe?, eu achei que tinha chegado a criança abençoada para quem vou dar cuidado e carinho. Eu sei, ela precisa de mim tanto quanto eu preciso dela.

As irmãs se olhavam, a mulher não se calava. Uma delas disse que era uma menina, Luciana por nome, mas precisavam informações. A mulher se ajoelhou:

– Irmãs, eu sou vizinha daqui e poderei trazer a menina diariamente para a verem bem cuidada. Desde quando perdi minha filha e fiquei desempregada eu sonhava com isso.

Então a mulher, de pé, falava e chorava:

– Eu sabia desde ontem, quando os dois beija-flores entraram em minha sala e voavam e me rodeavam, eu soube, era o aviso, meu bebê ia chegar.

Podiam tirar informações suas, estava desempregada e com o auxílio da Casa de Misericórdia e a companhia da menina tudo ficaria bem.

Vai daqui e vai dali, pois que a burocracia também lá estava, com dificuldade Justina assinou o papel, enfim, ficaria com a guarda da menina. E a senhora vai contratar ama de leite? – as irmãs perguntaram. Nem precisaria, tinha uma sobrinha amamentando e começaria pondo a mamar nela, depois misturaria leite com chá, era experiente. Bem – disseram – a bebê pertencia ao hospital, se adoecesse ela deveria trazer a verem. Cresceu a alegria de Justina, ganhar essa menina e ainda com médico de graça. E foi como aquela senhora de fartos peitos enrolada numa capa marrom recebeu Luciana nos braços mais a trouxinha e o dinheiro para o primeiro mês. Saiu avisando, quando ela estivesse dormindo tricotaria roupinhas quentes para ficar bem aquecida.

Amigo leitor, essa menina que faria uma revolução no existir das mulheres da província e em algumas décadas se expandiria pelo Brasil, devo lhe dizer, transformou-me em detetive em busca de saber tanto quanto possível um passado de quase duzentos anos. Nos registros as datas mudam, não fecham, os nomes das pessoas se alternam, as idades nas genealogias também não coincidem. A história oficial dá conta dela ter sido batizada e adotada com cinco anos na capela Senhor dos Passos da Santa Casa de Misericórdia tendo como padrinho o caixeiro e guarda-livros português Gaspar Pereira Vianna e a madrinha seria sua mulher, Clara Soares de Paiva; o casal teria criado Luciana em uma casa cheia de livros onde se respirava arte e cultura. Interessante observar como no registro de batismo, em lugar do nome solicitado no bilhete, Luciana Maria da Silva, a bebê, aparece com o nome de Luciana Maria Conceição. Seria homenagem a Nossa Senhora? É uma possibilidade, mas na cerimônia estava um senhor que sempre apareceria na vida de Luciana, chamava-se Antônio Carneiro da Fontoura e era casado, à época, ainda sem filhos. Sua mulher, Maria da Dores de Abreu, era irmã do homem viúvo com dois filhos adolescentes e boa pessoa, João José de Abreu, que no futuro viria a se casar com Luciana; quem aproximou um do outro foi o próprio Antônio Carneiro da Fontoura, o qual aparece como padrinho de casamento do casal.

Antônio Carneiro da Fontoura pertencia à família provinda dos fortes militares e descendia da cigana Isabel e de seu marido, o dragão português João Carneiro da Fontoura; seus filhos e descendentes semearam na acanhada Província do Sul o gosto pelo estudo, a paixão por leitura e pelas artes; na imensa família deles sempre apareceriam poetas, cantoras líricas, escritores, artistas plásticos, violinistas, pianistas e tanto mais, talvez em decorrência do forte e apaixonado sangue cigano que neles corria. Bem, você já entendeu minha suposição, mas lhe digo, em análise detalhada, na genealogia de Antônio Carneiro da Fontoura aparece o sobrenome Conceição.

Outros registros – e aqui fugimos dos registros oficiais – dão conta de Luciana ter seguido a viver com a criadeira Justina e só quando, aos dezenove anos ia se casar, ter deixado sua casa. Um ano depois Justina, a criadeira, morreu de gastroenterite.

Desde quando li as Preleções de Luciana de Abreu e captei a educação refinada, a fala forte e educada, senti sua firmeza ao erguer bandeiras mal entendidas na mentalidade local; tive a sensação de próximo a ela ter alguém da zona das charqueadas, a região do Sul com cultura europeia onde as mulheres já adquiriam mais desembaraço nas salas, liam e estudavam. Àquela época na província gaúcha, mulheres se consideravam inferiores aos homens, escondiam-se das visitas e não sabiam manter uma conversa, faltava vocabulário, argumentos, e elas só falavam com outras mulheres. Apesar do machismo fortíssimo na zona do charque, lá os filhos de algumas famílias estudavam na Europa. E ao voltarem, respirando novos valores e tendo assimilado outros comportamentos, tornavam-se pais e avós de famílias diferentes, menos truculentas, com mais diálogo para com suas filhas e suas famílias. Com quem da zona das charqueadas a menina, a adolescente e a moça Luciana teria convivido? A resposta não demorou.

Clara Soares de Paiva, sua madrinha – equivocadamente, em algumas fontes dita mãe adotiva da menina – tinha se casado em Pelotas com o comendador Israel Soares de Paiva. Era filha de Clara Joaquina de Castro Antiqueira e de Antônio Soares de Paiva Filho e documentos relatam os Soares de Paiva sendo bastante cultos, viajavam muito, sobretudo para Paris. Moravam no prédio de esquina onde viria a ser o Jóquei Clube de Pelotas, em diagonal com o palacete do visconde de Jaguary, que viria a se tornar o Conservatório de Música da cidade. Clara Joaquina era viajada, apaixonada por óperas e boa música; construiria com o marido a estância da Gruta em Piratini, *levando o material pelos Rios São Gonçalo e Contrabandista; portas, armários, bandeirolas de vidros de cor que vinham de Veneza chegavam pelo arroio, junto à casa.*

Sua filha Clara e seu marido, o comendador Antônio de Sá Araújo, viveriam em Porto Alegre, onde teriam dez filhos e tendo sete deles ido a óbito ainda pequeninhos, apenas três nascidos mais tarde sobreviveriam. À época, era comum casais sem filhos recorrerem à Casa de Misericórdia em busca de criança para adotar ou para amadrinhar, assim fariam caridade e auxiliariam em seu futuro. Teria sido essa a intenção de Clara ao se fazer madrinha de Luciana?

E quem era o padrinho da menina, erroneamente dito em algumas fontes, marido de Clara Soares de Paiva? Quando se fez padrinho de Luciana, Gaspar Pereira Vianna aparece como caixeiro de escrita, e seu nome consta em dois registros judiciais como réu, devido a brigas e agressões em locais de trabalho; ele já tinha apadrinhado duas crianças postas na Roda dos Expostos que logo iriam a óbito; os apadrinhamentos de crianças enjeitadas acumulavam prestígio social.

Em algumas fontes trançou-se em casamento um português aqui chegado na adolescência, ansioso por se elevar na escala social de Porto Alegre com fina e culta jovem já casada e colocaram muitos livros, cultura e ensinamentos na casinha do casal; confundiram nomes, anos, datas e detalhes descuidados possivelmente não por intuitos outros, mas por tais equívocos serem comuns em registros mais antigos. Mas Luciana de Abreu teve pesquisadores atentos que vão nos levar ao alcance dos caminhos finais.

Em tais caminhos veremos a pelotense Clara Soares de Paiva, irmã de Israel Soares de Paiva e de Bernadina Soares de Paiva. Coube a Israel a construção em Porto Alegre do solar de seu cunhado, o Conde de Porto Alegre, marido em segundo casamento de Bernadina, futura herdeira do solar e, como dito, irmã de Clara – a madrinha de Luciana. Em alguns registros, Belmira, mulher de Israel, é quem aparece como madrinha de Luciana de Abreu. Mas como dissemos, interessa é o caminho final, vamos a ele.

A família dos Soares de Paiva, filhos de Clara Joaquina de Castro Antiqueira, participariam do avantajado lastro cultural da cidade de Pelotas à época das charqueadas. Lá, entre móveis e vitrais franceses, ingleses e alemães, eram frequentes os saraus noturnos onde havia pianos e violinos, poesia e canto lírico. Casais e pessoas de Porto Alegre pegariam navios no Rio Guaiba e através da Lagoa dos Patos chegariam a Pelotas para assistirem às óperas vindas de Buenos Aires que se apresentavam no Teatro Sete de Abril. Ainda lá, a grande Biblioteca Pública guardava em suas prateleiras as melhores obras publicadas no Brasil e na Europa e nela aconteciam debates e palestras culturais.

Esse culto à arte e à cultura era o caminho ao qual Luciana de Abreu seria levada pela madrinha ao frequentar os saraus no solar de sua irmã Bernardina, a condessa de Porto Alegre. Seria estimulada a dizer poesias, a fazer pequenas preleções sobre temas da época por ela bastante lidos, e ainda a falar sobre livros, leituras e sua importância para homens e mulheres. A cultura da zona do charque – chamada por alguns *a porta de entrada da cultura francesa no Rio Grande do Sul* – chegava à capital e a órfã Luciana de Abreu cresceria em meio àqueles de lá oriundos. Desde criança, levada pela madrinha, Luciana participaria dos famosos saraus com encontros musicais, reuniões literárias e poéticas que a condessa de Porto Alegre promovia. Porém Luciana sempre viveria com sua criadeira, mulher simples e sem posses e, tal observando, vemos que, enquanto a madrinha refinava sua educação e cultura, sua mãe adotiva acostumava-a à vida simples. Nos registros de suas falas é visível o desembaraço com que separa o luxo e a ostentação da arte e da cultura.

Luciana estudava em bom colégio, tinha livros e educação refinada, morava na casinha de Justina, a criadeira, e ao fazer oito anos não foi por ela entregue à Casa de Misericórdia, conforme os acertos assinados entre quem assumia criar bebês expostos na Roda dos Expostos da Casa de Misericórdia. Parece-nos óbvio suas despesas serem atendidas pela madrinha Clara Soares de Paiva, a qual sempre aparece como sendo a grande incentivadora da carreira da futura professora e palestrante Luciana de Abreu.

Desde cedo Luciana perguntava, por que tantas mulheres analfabetas? Por que as poucas mulheres que estudam não ingressam em cursos superiores? Soube então, estas, ao entrarem nas faculdades, em breve as abandonavam por não suportarem o tratamento recebido. E ciente da infelicidade da maioria das mulheres casadas, Luciana perguntava: Por que se infelizes não podiam romper o casamento?

Talvez pelo comedimento em suas palavras e a forma educada para com todos passou a ser de imediato a mais aplaudida e a mais solicitada. Por fim, o amigo de seu marido, o senhor Antônio Carneiro da Fontoura, presenteou-lhe coleções de poesia e a jovem senhora passou a ser chamada para se apresentar em aniversários e festas de família, e a falar nas celebrações quando mexia com as emoções e plantava perguntas. Luciana encontrava o lastro de seu caminho.

Quando na década de sessenta daquele século oitocentista foi inaugurado em Porto Alegre o Parthenon Literário com fins culturais, educacionais e humanistas, ela se associa. Naqueles dias, a agora casada Luciana de Abreu, professora aprovada em primeiro lugar no concurso para professora pública, teve de aceitar nomearem a segunda colocada, por ser de classe social superior a ela. Mais tarde fez o concurso pela segunda vez e enfim foi nomeada; além de professora competente e admirada, era grande oradora.

Pouco além, já respeitada pela qualidade de suas aulas, no Parthenon Literário viria a ser a voz que mais emociona, faz pensar e semeia esperança nas mulheres:

> *Nós, senhoras,*
>
> *temos sido caluniadas, dizendo-se que somos incapazes de grandes, que somos de inteligência fraca, de perspicácia mesquinha; e que não devemos passar de seres caseiros, de meros instrumentos do prazer e das conveniências do homem, quando o nosso ensino tem preparado os mais perfeitos heróis da humanidade; e quando, à testa das nações, quer na cadeira, quer na oficina modesta do operário, temos dado exemplos de assombrar os povos e os séculos.*

Clamava por liberdade e direito à cultura e à educação das mulheres e em defesa da República. Luciana de Abreu parecia contaminada pela efervescência dos ares das revolucionárias farroupilhas, embora houvesse nascido quando findou a revolução. Convivia com homens chegados aos livros e jamais se intimidava, considerava a necessidade em ocupar espaços para fazer pensar, questionar e dizia, fosse da forma como fosse, era fundamental a construção de uma sociedade mais digna. Gestava-se nela a primeira feminista gaúcha e impunha-se o respeito aos seus brados em defesa das mulheres.

> *Minhas senhoras,*
>
> *nós temos sido vítimas dos prejuízos das preocupações do século, nós temos sido olhadas como seres à parte na grande obra da regeneração social, quando sem nós impossível seria à humanidade aperfeiçoar-se e progredir; porque nós somos mais.*

Apoiada por Caldre e Fião, político, médico e escritor, autor de *A divina pastora*, o primeiro romance publicado na província, quando Luciana de Abreu falava nos saraus e em suas preleções era aplaudida de pé. E seria do Parthenon Literário que ela receberia a cruz de ouro sempre levada ao pescoço enquanto existisse. Se ao início apenas cinco mulheres frequentavam o chamado Templo da Cultura, agora eram muitas as porto-alegrenses a frequentarem o espaço cultural onde o mais comentado eram suas palavras. Passou a ser vista feito uma luz a rasgar os absurdos enrolados em torno às mulheres pelos homens e elas a presenteariam com um tinteiro de prata e uma caneta de ouro. Mal falada? Também era, em geral por homens de mentes fechadas e ideias autoritárias, como também por mulheres que não a entendiam ou a invejavam. Mas Luciana sabia quem era e a força que tinha, os livros desde muito cedo nela faziam a semeadura da humanização para com a mulher e o mundo.

Daí em diante chegamos à noite em que ela encerra sua fala com golpeante simplicidade:

> *Caras senhoras, atentem.*
>
> *Os homens se incumbem de pensar por nós. Nós não somos menos que os homens. Deem-nos educação e instrução; nós faremos o mais. Nós, senhoras, aparentemente os vencidos, somos os vencedores.*

A partir desse tempo foram cruzados os caminhos de Maya e Luciana, e a professora e a aluna fizeram-se amigas. Daí em diante Maya se torna sua auxiliar, chega antes para arrumar a sala de aula, e se bem conhecia alguns conteúdos concentrava-se em observar e escrever, não percebia, mas usava as colegas feito personagens de contos minimalistas. Conversava com Luciana no café, na praça, e além de melhoras na escrita e na leitura descobria realidades nunca pensadas ou ouvidas e a professora disse, ela precisava ler sobre a história da África, ia emprestar um livro:

– Observe, Maya, estamos impedindo aos escravizados o conhecimento de suas raízes, é como se não tivessem história e não fossem humanos.

Maya engoliu as palavras, queria o livro. Luciana falava de como os escravos foram inferiorizados não só para serem mantidos como trabalhadores braçais, como também para a manutenção da hegemonia de quem ordena e para ainda mais fortalecer a marginalização dos submetidos. E levantava a voz:

– Fazem com eles o que os maridos daqui fazem com as mulheres.

Naquela tarde Luciana convidou a irem juntas ao Parthenon Literário onde faria uma preleção sobre sua tese de que a mulher só não tem mais realizações na sociedade porque foi excluída do processo educativo. Maya, bem pretinha e muito alta, entrou com ela também alta, e grávida. Usava uma blusa meio apertada que bem expunha o volume da barriga e Maya percebeu, havia muitas mulheres e Luciana era a causa delas estarem ali, mas embora lá estivessem para aplaudi-la, havia um burburinho disfarçado, cochichos e risos capengas. E a causa, percebeu Maya atenta, era Luciana estar com sua barriga de gestação exposta, sem os casacos cheios de pregas e as túnicas de tecidos grossos então usados para esconder que a mulher em si trazia um filho, o que talvez confirmasse a causa daquela ser considerada a mais atrasada província brasileira.

No entanto naqueles anos, sob as palavras firmes da professora Luciana de Abreu sacudiam-se os alicerces sociais e de questões de gênero naquela ponta de terra desprestigiada pela nação brasileira que ignorava como no século vinte as famosas mulheres sufragistas inglesas liderariam uma rebelião contra a opressão masculina e pelos direitos das mulheres; fizeram sua luta direta na rua e de imediato suas ideias, falas e comportamento espalharam-se por outros países reivindicando sobretudo o voto feminino.

Mas ocorria de, trinta anos antes do movimento em defesa das mulheres explodir na Europa, ele haver surgido em uma das terras mais tardiamente urbanizadas do planeta, sob a liderança de uma professora que chocava a sociedade, causava perplexidade nos homens e encantava as mulheres. Era acolhida no Parthenon Literário, local de ideais liberais e independentistas que, embora com cento e trinta e oito sócios, nunca alcançava o dinheiro necessário para adquirir sede própria, devido a gastá-lo na compra de cartas de alforria para escravos dos quilombos da região.

E lá, naquele entardecer, Luciana perguntava:

> *Quererão que sejamos instruídas e sábias, fechando-nos as academias, os pórticos dos templos da ciência? Quererão que sejamos todas imaculadas, quando a mocidade masculina se perverte impunemente logo nos primeiros anos, desde que abandonado o seio de suas mães, indo para o domínio dos pais? Quererão de nós os grandes cometimentos, as empresas arrojadas, quando se incumbem de pensar por nós e vedam-nos todos os meios quer materiais, quer políticos ou morais?*

Mais adiante Luciana de Abreu iria esclarecer sua principal proposta para a emancipação da mulher:

> *O que venho aqui em vosso nome altamente reclamar, de parceria com a educação e a instrução superior comum a ambos os sexos é a liberdade de esclarecer-nos, e de enfim exercermos as profissões a que nossas aptidões nos levarem.*

12.

Várias semanas além, chega à casa do doutor um enviado a cavalo, vinha convidar para a festa de aniversário do Príncipe Custódio. Murilo Ferdinando não iria, os deslocamentos em carros de cavalos não lhe faziam bem, haveria muita gente, conversas e barulho. Essas festas deixavam-no cansado, Maya o representaria. Ela comenta o quanto gostaria de ir com ele, e ouve:

– Na vida, Maya, a gente não deve ficar esperando passar o temporal, se ele aparece, dança-se na chuva.

Não bem entendeu e ele explicou o próprio temporal, falou como suas limitações sem um pé eram incontroláveis, e as pessoas precisavam separar o controlável do incontrolável.

– Ah, sim. Seu temporal é incontrolável – disse ela.

Silêncio demorado.

Ambos calados.

Fala Maya:

– Sabe? Li algo bonito sobre situações que amanhecem as pessoas. E fiquei pensando, você me amanheceu, se ficasse sem você eu iria anoitecer.

Fala o doutor:

– De fato, quando a vida maltrata, o amor é o melhor remédio. Mas é preciso se cuidar para não ter amor por ser amada.

Ela revirava a última frase de Murilo Ferdinando para cá e lá e não entendia, então quis saber, em vez da pessoa se cuidar para não ter amor pelo amor, o que deveria fazer?

– Deve cuidar em ter amor por si mesma.

Maya tropeçava o pensamento com vergonha, se quisesse aprofundar a fala ele perceberia o quanto era confusa. Precisava pegar mais livros com a professora Luciana, ela tinha livros de Filosofia, às vezes citava frases de filósofos difíceis de entender, mas quando explicadas, eu percebo – pensava – como cresço alguns centímetros por dentro.

No próximo dia de aula, ao término ela diria para Luciana:

– A senhora, bem como as mulheres com quem eu convivo são as únicas, me parece, que não se sentem inferiores aos homens.

A professora ficaria estática, olhos nela.

– E tu, Maya, és inferior a alguém?

– Claro que sou – a resposta de cabeça abaixada.

Calada, Luciana de Abreu fez um café, colocou duas xícaras na mesinha, serviu e mandou Maya sentar.

– Maya, tu te sentes digna e capaz de fazeres as coisas que gostas?

– Sim, eu me acho digna, gosto de bordar e costurar e sei que faço bem feito.

– E qual o motivo de tua inferioridade?

Maya riu, então a professora não via nela uma escrava, inferior e preta, recém agora lendo? E ela foi adiante, não tinha a educação da professora, nem a sabedoria, nem família e nem passado. Parou em um repente, de cabeça erguida ela tentava explicar melhor, mas ficava amarrada pelas palavras.

A professora Luciana se posicionou diante de seus olhos e falou com firmeza: Autovalor, Maya, é termo usado para uma pessoa que bem se enxerga e bem se valoriza. Sorriu, depois riu ainda mais:

– Maya, olha a Maya! Precisas ler mais, e entender que entre aqueles a quem dás imenso valor, muitos deles se sabem uns pobres coitados mascarados de importantes. Sabes a causa? Não se admiram porque não forjaram caminhos, receberam em mãos os patamares que ocupam, falta a eles, na essência, o principal: Se respeitarem no mais fundo de si e serem trabalhadores, humanos e éticos, se saberem capazes e dignos, sérios e sensíveis. Olhou Maya de novo:

– A autoestima desses é apenas forjada nas posses, mas não no que fazem e no quanto procuram melhorar o mundo.

Maya começou a anotar. Depois levantou a cabeça:

– Obrigada, professora. Não vou esquecer.

O dia amanheceu ensolarado com Maya sugerindo, Murilo Ferdinando não queria mesmo ir ao aniversário do Príncipe Custódio? Não, ele não ia, mas ela ia gostar e sobretudo conhecer gente oriunda de sua África, faria boas amizades. Na véspera ele disse como gostaria de dar a ela um belo vestido para ir ao aniversário e conhecer seu povo, e pela primeira vez ela entrou em loja fina lá na Rua da Praia; comprou um vestido de algodão branco abotoado na frente com pequenos botões de vidro e rendas alvíssimas na barra, no decote e nas mangas: É lindo, nunca usei nada tão bonito, disse à vendedora.

Naquela manhã se vestiu e com demora se olhou no espelho, como se gostava naquela roupa!, na véspera, cortara grande lenço de seda branca que agora enrolava em torno à cabeça, examinou-se e se achou bonita. Colocou as argolas douradas e foi se despedir pegando o vinho que Murilo Ferdinando sugeriu levar ao aniversariante.

– Maya, serás o sucesso da festa.

Ela sorriu, não era assim, não conhecia quase ninguém e era tímida, mas arrumaria um cantinho para ficar, afinal, eram pessoas com suas origens. Viu o carro puxado por dois grandes cavalos brancos encostar e se despediu.

Encontrou na calçada o boleeiro que bem passaria por seu irmão, alto, escuríssimo e magrinho, calça e camisa de seda amarela, mão estendida:

– Sou Dayo, vim lhe buscar.

Descia do landau outra moça, preta igual fosse outra irmã, alta e esguia, usava um vestido de seda amarela e turbante vermelho na cabeça, algumas correntes douradas no pescoço:

– Que bom te conhecer, Maya. Eu sou Alyka.

Maya abraçou-a: Como você é bonita.

Entrou com Alyka no banco de trás, Dayo na frente já sacudia as rédeas, eles contando, eram primos de Urupê. Riram com o rosto surpreso dela e o boleeiro explicou, o nome original de Custódio na África era complicado, então só diziam o último, ficava mais fácil. Mas na cidade todos o chamavam Príncipe Custódio, ela nem se preocupasse.

– E você vem de onde? – perguntou Alyka.

Maya explicou, ela e a mãe vieram do Sudão, era pequeninha e viraram escravas na Bahia, então preferiu simplificar a história, ela era, sim, africana. Tinha simpatizado com os parentes do príncipe, contavam como ao chegarem eram quarenta e oito entre parentes e amigos vindos com ele.

O carro ia rápido, contornou a beira da praia, Maya ia fixa nas águas do rio quando chegaram aos portões da cidade e seguiram pelo Caminho do Meio no rumo dos quilombos. O Príncipe Custódio morava mais próximo, mas o aniversário daquele ano seria no velho quilombo Mocambo, onde viviam os *griots*, famosos não só pelas rezas de caráter islâmico, mas também pelas danças, as músicas e a mania de contar histórias. O Príncipe Custódio era querido por lideranças da província como Júlio de Castilhos, Borges de Medeiros, Pinheiro Machado e outros; com firmeza ele se posicionava em defesa dos povos quilombolas e era visto como a pessoa que os fortalecia; naquele ano a escolha para festejar seu aniversário veio daquela comunidade guardadora da própria história. Para o povo *griot* a manutenção de suas origens era algo sagrado.

Alyka falou naqueles valores e desejou que os orixás e o Divino Espírito a abençoasse. E perguntou: Sabe?, os *griots* misturam crenças do Islã e do candomblé com o catolicismo – ela tinha a voz forte, as palavras vibravam alto:

– Como gosto disso! O Sagrado se abre em compreensão para com todos. Ao menos eu sinto assim.

Maya ficou pensando, o caminho estreitava e a poeira do trote dos cavalos se erguia, o sol queimava. Pensava na mãe quando Alyka falou como apesar de gostar do Brasil, um dia, ah!, um dia ela retornaria à mãe África.

Maya:

– É mesmo?

A voz de Alyka, cheia de vibrações de si mesma:

– Um dia vou pedir para Urupê jogar os búzios e perguntar qual deverá ser o meu caminho – dizia de Urupê ser o mestre dos búzios, mas só os jogava em curas importantes, ou para traçar destinos necessários. E perguntou:

– Maya, já lhe contaram por que Urupê nos trouxe para cá?

– Sim, foi através dos búzios – falou Maya, ouvindo para não comentar, mas os búzios de Urupê eram pedras preciosas, vinham dos confins das carnes da mãe África.

O landau estacionou embaixo de uma espécie de bosque feito por árvores com flores amarelas. Elogiou, não as conhecia e Alyka explicou, ela as achava lindas e perfumadas, eram chamadas de acácias. Maya repetiu, nome bonito, igual às flores.

– Maya, você cultua o bonito, não é?

Maya começou a rir, como ela sabia? Olhou em torno e a imagem deslumbrava; as árvores das tais acácias eram grandes, troncos grossos, o chão muito varrido e havia grandes mesas montadas pelos caminhos. Nas mesas e no chão, cestos de palha cheios de galhos com as flores amarelas e, o mais incrível, os moradores do quilombo vestiam roupas amarelas e as mulheres usavam turbantes coloridos e estampados. Maya só colocou o pé no chão quando sentiu a mão que prendia a sua, deixasse ajudá-la a descer. Era o aniversariante.

A tudo simplificando, ele começou a falar e se fez silêncio enquanto apresentava Maya. Pois soubessem que uma irmã de todos eles, provinda de nossa mãe África, mora aqui faz tempo e nós não sabíamos. As pessoas se aproximavam e muito sorriam e ela pensava em como considerou que sua família era apenas a mãe, e agora descobria uma família grande, dezenas e dezenas de pessoas que foram também escravizadas e também crescidas nas ventanias das areias do Saara a ouvir as histórias mágicas do Rio Nilo.

Maya os olhava, um por um. Começou a morder o canto da boca e Alyka abraçou-a, o braço em seus ombros:

– Amigos, que alegria termos a Maya conosco.

Começa o batuque, e uma espécie de samba acompanhado por tambores, violas e um violino se ergue, as mulheres passam as bandejas com pães estranhos e peixes defumados enquanto os homens trazem as bebidas. Eles começam a cantar em linguagem desconhecida para Maya e as senhoras de idade se achegam, fazem um círculo, as perguntas eram muitas. Onde nasceu? Onde morava? Não queria vir morar com eles no quilombo? Era bem tratada?

Meio estonteada, Maya inverteu:

– E vivendo aqui no quilombo, as senhoras são bem tratadas? Não têm medo que venham pegar vocês?

Logo soube, passaram muito trabalho e grandes dificuldades. Mas desde quando Urupê veio morar com eles tudo foi melhorando, passaram a ser mais respeitados.

Depois foram às mesas, havia travessas com carnes, saladas e comidas estranhas a Maya, mas que ela comia, um pouco aqui, outro ali e gostava, os temperos eram fortes e ela sabia a comida de sua gente.

Houve o bolo sem velinhas, mas com muita cantoria e eles dançavam e se curvavam, como se em agradecimento. As canções cresciam e as danças também, interrompidas pelo Príncipe Custódio pedindo a palavra. Fez três agradecimentos, o primeiro pelo convite a naquele ano fazer seu aniversário ali. O segundo pela beleza da festa e por toda energia de afeto lá derramada, e que ele sabia, chegaria nele e em sua família. O terceiro, pela amizade. Fortes foram os aplausos.

Voltou a falar o aniversariante:

– Queridos amigos, é hora de dignificarmos nossa cultura, de amarrarmos tempos passados em tempo presente, de amarrarmos infância com maturidade e velhice e de repetirmos, ouvirmos e ficarmos pensando em como nossas origens milenares nos fazem fortes.

Parou de falar, percorreu com os olhos crianças, velhos, mulheres e homens. Falou:

– E de imediato eu pergunto, quem é o *griot* guardião de nossas tradições milenares que irá falar?

Apresentou-se um senhor magrinho e de bengala, pretinho de cabeça inteiramente branca que se dirigiu ao centro cercado pelos cestos com flores amarelas, o perfume inebriava e Maya afundava em si.

A voz do homem:

– Como escravo eu fui Sebastião, mas eu sou o africano da Nigéria, nascido e crescido Zephir.

O silêncio contagiava, pararam a música e o canto, só restou o vento no embalo dos galhos das acácias. Zephir falou:

– Jamais esqueçam, meus irmãos, nossa cultura há mais de cinco mil anos havia no Egito, o primeiro Império Africano, e logo outros grandes impérios se formaram em nossa África. O Império do Mali foi um centro de comércio internacional onde tudo era negociado, Tombuctu foi um grande centro político, econômico e cultural graças a suas vastas bibliotecas e à força do comércio de livros; esta nossa cidade, e nunca esqueçam disso, tornou-se ponto de encontro de intelectuais, poetas e artistas do Oriente Médio. E sempre lembrem do nosso Reino de Gana, chamado ainda no quarto século de a Terra do Ouro.

Tudo isso – e Zephir repetia – foi destruído, nossos reinos viraram colônias e os habitantes foram escravizados.

Zephir se afastou, fez uma reverência ao grupo enquanto todos, igual estivessem na missa, abaixaram as cabeças e o aniversariante fez uma espécie de oração em língua desconhecida para Maya.

O Príncipe Custódio se aproxima:

– Pergunto agora quem vai ser a *griote* que vai falar para as crianças e os jovens sobre a importância de conhecerem e sempre divulgarem nossas histórias.

Achegou-se a moça de amarelo:

– Eu sou Chiamaka, filha da escrava Vicência, escapei de ser escrava por ter nascido de ventre livre. Vou lhes contar a história de minha mãe. Ela teve treze filhos, todos eles foram feitos nela pelos filhos e parentes dos donos das fazendas onde foi escrava, depois ela morreu e eu fiquei com quatro anos. Mas na fazenda havia uma senhora da família dos fazendeiros, muito feiosa e solitária, era maltratada porque com quinze anos engravidou de alguém, a família descobriu quando o filho por nascer. Sumiram a criança, dizem que mandaram matar. Aquela pobre mulher vivia nos fundos da casa, desprezada, murcha, meio escondida. Minha mãe trabalhava na cozinha da fazenda, e esta senhora – dona

Emerenciana – às vezes brincava comigo; dizem que era quando a viam falar e sorrir. Com a morte da minha mãe ela praticamente me criou. O que mais dizer? Quando cresci ela me deu conselho, sabia como eu teria de seguir outro rumo, lá os homens da família viviam querendo abusar de mim. Então certa madrugada eu fugi com um escravo de fuga preparada, caminhamos noite e dia e dia e noite, e chegamos cá nesses quilombos. Ele morreu de doença braba e eu vivo aqui, tenho um companheiro. É difícil, somos muito pobres, mas estou no meio do meu povo.

Novamente o Príncipe Custódio fez sua fala incompreensível em tom de oração. E perguntou:

– Quem deseja falar em nossos mitos? Eles devem ser repetidos para se manterem vivos.

Aproximou-se Alyka.

– Sou Alyka, prima de Urupê. Quero lhes contar aquele que eu considero o mais bonito mito africano.

Alguns minutos cheios de consistência eram perceptíveis e as palavras pingadas de Alyka eram ditas com maciez:

– É sobre a importância da cooperação e do respeito. A comunidade africana foi visitada por um homem à procura de quais seriam os valores humanos daquele povo, e propôs uma brincadeira com as crianças. Encheu uma cesta de frutas e deixou embaixo de uma árvore, quem chegasse primeiro ficaria com todas as frutas, mas ao dar o sinal, a surpresa, as crianças todas correram de mãos dadas, e ao chegarem no cesto seguiam de mãos entrelaçadas. Apenas soltaram as mãos para dividirem as frutas entre elas.

– Por que vocês fizeram assim? – o homem perguntou. Não viram como o primeiro a chegar seria o dono da cesta?

Uma criança respondeu:

– Se apenas um tivesse as frutas os outros ficariam tristes.

Alyka agora falava com sua voz forte e ritmada:

– Não tem como sermos humanos apartados do todo. Isso se chama Ubuntu. A essência da palavra Ubuntu é Ser Humano.

Outra vez o príncipe orou e agradeceu.

Cantorias seguiam com alguns tambores, pessoas se afastavam, o aniversário terminava. Alyka perguntou se Maya precisava ir embora e convidou para darem um passeio a pé por dentro do quilombo. Foram na companhia de Dayo e de Chiamaka. Saíram eles dizendo para Maya como o termo quilombo era originário da África e significava local de descanso e acampamento, mas aqui no Brasil os quilombos constituíam lugar de resistência à escravidão.

Andaram pelo meio dos casebres de torrão com telhados de palha, alguns vindo abaixo, Maya olhava e via tanto buraco, eles deviam sentir muito frio. Sim, era desse jeito, havia bastante miséria e muita gente velha que não conseguia trabalhar, crianças doentes, a vida ali era difícil e perigosa. Encaminharam-se aos matos do entorno, eram muitos, e por dentro, aqui ou lá, mais barracos e montoeira de tábuas velhas engendrando algo onde viver. Retornaram à estradinha, havia uma venda pequena onde alguns cartazes mal escritos anunciavam milho, mandioca, cebola. Adiante uma senhora com seu balaio vendia pão acompanhada por outra oferecendo rapadura. Tudo parecia escuro e desgarrado. Maya não sabia o que dizer, os outros perceberam a aflição e convidaram a ir, o doutor ficaria preocupado lá na capital.

Voltou com Dayo. Alyka ajudava a encerrar a festa, o príncipe e sua família tinham retornado às suas casas lá onde no futuro a região seria chamada de Cidade Baixa. Quase nenhuma palavra. Dayo puxava assunto enquanto Maya se perdia das palavras, lacunas se abriam e cada vez mais ela denteava os dedos. Chegaram em frente ao sobrado da esquina onde ela desceu e pediu desculpas, tinha se emocionado. Ele chicoteou os cavalos do landau e sumiu em direção à Rua da Ladeira. Maya deu alguns passos e parou, não tinha vontade de entrar.

Caminhou em direção à capela, estava fechada, foi nos caminhos da praça, tudo vazio, a tristeza era pesada e grudenta e ela não sabia donde aquilo vinha, tornou à esquina do sobrado, lá embaixo o por do sol iluminava o rio e com vagar Maya ia no rastro, lentamente chegou próximo às águas, pisou seus contornos até a árvore caída com imenso tronco e nele sentou. Vontade de chorar. Num repente o choro despencou, ela secava com as mãos e se perguntava, senhora Maria Josefa, onde a senhora está? Se me visse chorar a senhora brigaria comigo, me diria as coisas boas que eu alcancei e ralharia dizendo como eu precisava crescer. Relembrou sua fala: Maya, a criança abandonada morreu, a escrava morreu, a vivandeira morreu, a criança com medo morreu, sejas a mulher forte que tu és! Mas eu sinto tanta saudade, saudade da determinação de suas palavras me empurrando à vida e aquela ausência se enrolava em Maya por dentro e por fora e cada vez menos ela entendia. Vinha da festa onde achou novos amigos, mas a cortina escura nela se enrodilhava e aquilo apertava o coração e o pensamento, e agora, largo tempo passado ela voltava a sentir a força da tristeza a sufocar, tremia por dentro e cravava as unhas nos braços, e meio ladeada ficou de pé para subir a ladeira em direção à praça, olhou a capela e colou o olho no degrau do mendigo: Cuide de seu encantamento. Secava o rosto, a imensidão ruim corroía por dentro e Maya não achava as forças, não poderia chegar em casa desse jeito e tornou a circundar a praça, o bronze da catedral tocou e ela abriu a porta para entrar. Estava trancada.

Seguiu pela calçada e entrou pelo portão. Manuela e Alcides, o casal de escravos lá de baixo, agora empregados alforriados pelo doutor Murilo Ferdinando, tomavam café na cozinha. Ela deu boa tarde explicando como tinha sido necessário fazer a volta, a porta estava trancada.

– O doutor tem visita – disse Manuela.

– Ah!, assim ficou acompanhado – falou Maya, ela simpatizava com o casal, eles a tratavam bem.

Atravessou a ponta do pátio e entrou na saleta, caminhou à sala, entrou. Murilo Ferdinando estava no sofá de mãos dadas com uma jovem senhora bonita e elegante. Maya estacou e ele nada disse, ela ficou emperrada murmurando alguma coisa enquanto ele comentava da alegria, sua maior amiga de Recife tinha vindo visitá-lo.

A visita se demorou examinando Maya, mediu seu olhar para em seguida fixar Murilo Ferdinando e ler nele a confusão.

– Mas que escrava bem bonita você tem! – disse.

Maya olhou seu homem, esperava a frase: Ela não era uma escrava. Os três se olhavam, a frase não vinha nem algo era dito, apenas os olhares queimando e o braço erguido de Murilo Ferdinando sinalizava como seria melhor ela se retirar. Chegando mais perto ela teimou:

– Perguntaram por você!

– Ora, que bobagem, menina! Todos sabiam que eu não iria.

A senhora em visita ficou de pé: Quem sabe, meu querido, você gostaria de mais um pouco de vinho?

Não queria, e tentou se recompor falando; sua amiga de muitos anos estava no hotel, porém mais tarde trariam suas malas. A insistência da presença de Maya irritava, e ele falou forte:

– Maya, depois comece a arrumar o quarto lá em cima. Vão trazer as malas de Leonora.

Ela era estátua, o coração pulava, as mãos geladas.

Ouviu a voz dele, forte e determinada:

– Por favor, arrume o quarto da Senhora Leonora Angélica porque depois terá de organizar a mesa, mandei fazer o jantar para nós.

Maya dá dois passos para o lado e na gaveta de cima do balcão pega a tesoura trinchante de carnes assadas. Levanta o braço, o trinchante virado ao casal, os dois se olham e a mulher fica de pé, muda, trêmula e com rapidez coloca-se atrás da cadeira de balanço. Maya ri:

– Não tenha medo!

Puxa a roupa, enfia o trinchante no vestido e se põe a rasgar a saia de cima a baixo, corta para um lado e outro, rasga, esfarrapa e arranca pedaços que vai atirando no chão, esfrangalha por todos os lados, as pernas ficam nuas e ela junta os trapos, atira alguns punhados no doutor e outros na cabeça da mulher. Ele, pálido, abre a boca, tenta falar, a voz não sai. A mulher grita: Pare com isso, você é louca! Com voz forte e decidida, fala Maya:

– Sei fazer isso muito bem, muito cortei minhas roupas no meio das guerras para estancar o sangue e não deixar morrer. Sabiam disso? E também usei trapos iguais a esses para amarrar pedaços de pernas e braços dilacerados.

Atira longe o trinchante:

– Mas agora estou lhes dando esses trapos para enrolarem em vocês. Vocês são tão miseráveis e infelizes quanto os moribundos nos campos de batalha.

Dá um passo atrás:

– Só que deles eu tinha pena. De vocês eu tenho nojo.

Esfarrapada e apenas com trapos e pedaços de panos caindo corpo abaixo, ela sai.

Junta o que é seu, veste-se embaixo da escada, despede-se dos amigos na cozinha e vai para o solar de Maria Eulália. Com poucas palavras Maya resume e fala no acontecido. Maria Eulália calada, ela pergunta: Sabe, senhora? Eu nunca tinha brigado assim, não foi isso o que minha mãe me ensinou. Desfigurada e tonta, fixa Maria Eulália:

– Preciso muito tomar um banho.

– Você sabe onde é seu quarto, Maya. Sugiro depois se alimentar e ir dormir.

Misturava-se nela a decepção em ver a pobreza de seu povo nos quilombos com a decepção com o tal doutor tão bom, culto, tão apaixonado, e tão e tão... tirou a roupa, abriu o chuveiro frio e sentou no chão, a água caía por cima, ela não pensava e não chorava, ela apenas se deixava ser lavada, mais e mais até ouvir a frase, *a gente demora, guria, a ficar limpa do que as pessoas ruins fazem com a gente*, mais água caía, os pensamentos brotavam e Maya se dizia como nem todo o mal era no corpo e nem todo mal fazia correr sangue, tinha mal que talvez doesse ainda mais e este era o mal de apunhalar a alma, a dor de não enxergar a pequenez e a ruindade de quem vivia bem ao lado da gente.

Na outra manhã tomou café e subiu as escadas, Maria Eulália fazia crochê com a bandeja do café na mesinha junto ao prato com pedaços de pão de ló. Não sabia e nunca saberia como conseguiu tudo contar àquela amiga, era um tudo como nem ela mesma entendia, tristeza e dor misturadas com calma e serenidade, era a decepção que devia assim ser chamada, mas não a decepcionava, a indiferença dela para consigo mesma era completa, fria e feia.

Maria Eulália ouviu, pouco falou e se disse confusa. Quis saber:

– E agora, tens algum plano, Maya?

Ela queria passar uns dias junto às pessoas do quilombo, pediria ajuda ao Príncipe Custódio. Por dentro, ela mais era coisa vazia a qual, no entanto, sabia cheia. De quê? Ignorava. Mas não conseguia se imaginar retomando a vida próxima ao doutor e às suas costuras para as senhoras da capital, era como se em si fervesse a grande caldeira de ferro do fogão da cozinha, a lenha estalando, a água aos pulos e as panelas de ferro tremendo na chapa quente.

Maria Eulália largou o crochê:

– Maya, aqui sempre terás casa, comida e carinho. Não sei o que vais decidir, mas se aceitares vou ficar feliz contigo trabalhando comigo, serias minha acompanhante e receberias bom salário; além, claro, de seguires costurando tuas peças de seda.

Cedo no outro dia Maya cruzou o pátio interno e entrou no

casarão de Balbina. Favorito na cozinha, não se viam havia meses. Ela vinha pedir um favor, precisava ir à casa do Príncipe Custódio lá na Rua Lopo Gonçalves e não sabia como chegar. Outras pessoas vieram e chegou Balbina, que nem perguntou como, mas já sabia, Maya estava na casa de Maria Eulália. E tu sabes, Maya, aqui sempre terás onde morar. Ela agradecia, Balbina disse como Favorito a levaria numa charrete e fez recomendações. Ficariam a sua espera.

Ela precisava avisar a professora Luciana, ficaria um ou dois dias afastada, então combinam a ida para depois do almoço. Maya para em frente a Favorito: Meu amigo, como tens me ajudado, nunca vou esquecer. Encabulado, ele gagueja, ri e abaixa a cabeça.

Segue pela Rua da Ponte e entra pelo corredorzinho junto à casa e pela janela enxerga Luciana fazendo o café. Vinha arrumar a sala para a aula da tarde e ficaria mais uns dois dias sem vir. Com simplicidade falou, talvez fosse momento de dar outro caminho à própria vida. Luciana ofereceu café, ela sentou, contou sobre a nova namorada do doutor, mas agora Maya falava diferente, misturava a lástima da miséria do povo quilombola, a vida aviltada, contava sobre a festa e encerrava a dizer: Cheguei de volta a Porto Alegre virada num trapo, sentia o corpo esmigalhado e por dentro eu me morria. Parou num repente:

– Desculpa, professora, a senhora não tem de ouvir isso.

Luciana perguntou, por qual motivo ela queria voltar aos quilombos, o que pretendia ver? Isso ela não sabia, mas sabia como era importante conviver um ou dois dias com eles, mais ouvir sobre a vida na África. Maya respirou fundo: Aqueles antigos escravos, passei a noite pensando, quem sabe ao estar com eles não enxerguei como eu e minha mãe, poderíamos estar lá, é tão triste, mas eu sei, mais triste deve ter sido o que eu passei, mais triste talvez tenha sido a morte da minha mãe que morreu enquanto eu estava nas salas da fazenda. Não achou mais palavras, calou.

– Tu pareces estar com fome das tuas origens, Maya.

– Sim, é isso.

Luciana puxou a cadeira e sentou junto a ela:

– Eu acho que deves ir, mexeu contigo porque lá deves ter algo a entender.

Maya arrumou a sala e lavou a louça, em poucos dias estaria de volta.

A casa do Príncipe de Ajudá, para outros chamado Custódio, ou Urupê, era um ajuntamento de casinhas simpáticas e coloridas, no meio de árvores com muita gente sentada conversando e mulheres de filhos no colo. Mal chegou foi vista pelo príncipe e ele se disse orgulhoso com a visita. Ela abriu as palavras feito se as folhas de um caderno fossem, e com naturalidade disse a frase oca e sem vida: Eu busco o contato com minha gente.

Ele a examinava e ela olhava o entorno, bem umas trinta pessoas, velhos, crianças, muitos quietos e a tentar ouvir a recém-chegada. Ele quis sentar embaixo do abacateiro, lá ninguém especularia a vida de Maya, que intuiu, tinha uma pilha de muitas coisas a dizer. Riu. Mas ela não precisaria falar tudo aquilo empilhado, guardado nela, falou rindo ainda mais.

– Desde quando a conheci você mudou, e de ontem para hoje mudou ainda mais – de pé, arrancou vergamotas maduras, colocou algumas no colo dela, começou a arrancar a casca de outras e seguiu – mas agora vamos comer vergamotas.

Ela obedeceu. Ele separava os gomos em silêncio mas falava com os olhos. Maya não aguentou aquilo, abaixou a cabeça e seguiu a comer vergamotas.

– Decepção? – foi a pergunta dele.

– Sim, foi uma decepção, mas o estranho, sabe? É que isto não me entristeceu.

– Onde você dormiu?

– Na minha amiga, a senhora Maria Eulália.

O príncipe era conhecido como um babalorixá, e às vezes, diziam, à noite ele mandava um dos filhos ir para a porta dizendo: Está a caminho alguém bastante doente. Não demorava a pessoa aparecia sendo trazida em busca de seus rituais de cura.

De algum modo que ela era incapaz de explicar, passou a contar a explosão de dor, sofrimento e angústia em si desencadeada pela visão da pobreza e miséria do quilombo. Sim, ele sabia. Ela falava como ainda não conseguia entender, ouviu nos matos do quilombo os sustos se contorcendo, ali tinha uma escuridão que se retorcia, e nela perguntas pestilentas e vermes invisíveis se debatiam em suas sombras. Foi horrível, eu senti, mas aquilo não se enxerga. O que tem ali?

– Maya, essas terríveis energias despejadas na natureza os quilombolas trouxeram de dentro das senzalas, a natureza tenta limpar.

Longo tempo, os dois em silêncio.

Ele fala:

– Maya, alguém batizou você nos deuses superiores. E lhe deu os dons. Cumpra sua missão.

Pessoas chegaram, saíram, iam e vinham, trouxeram café, os dois calados. Por fim, disse ela:

– Vim lhe pedir para estar uns dois dias próxima a meu povo.

E ele completou a frase:

– Sim, a proximidade vai lhe ajudar a enxergar seu rumo. Ainda hoje vou mandar que a levem à casa de minha velha tia Fayola.

Então ele comentou, gostaria de mostrar a ela umas tapeçarias da Idade Média, foram encontradas no século dezesseis cobrindo pessegueiros, rasgadas e sujas. Hoje estão em Paris, no Museu da Idade Média. Quando estudei lá, por vezes eu passava horas examinando-as. E o que elas dizem devo dizer a você, Maya. Elas são seis e são enormes. Sempre aparece a dama e um unicórnio, em uma delas a dama tem a mão no chifre do unicórnio, em outra ela segura flores, depois a dama toca um instrumento musical, em outra ela saboreia doces, e ainda a tapeçaria onde ela se enxerga no espelho. Cada uma significa um sentido, o tato, o perfume, a audição, o degustar e o olhar. A sexta e maior tapeçaria é considerada uma alegoria do coração, nela a dama coloca seu belíssimo colar no baú e entra na tenda, é o despojamento dos apelos sensitivos. É simbólico, o valor maior capaz de superar os cinco sentidos está no sentimento, ao entrar na tenda ela mergulha em sua própria profundidade.

Maya, mãos cruzadas no colo: O senhor as conhece?

– Claro, estudei na Inglaterra e na França. E dessas imagens nunca mais esqueci.

Entraram quatro crianças brincando de cabra-cega, risadas e gritaria, os dois calados.

O príncipe falou:

– Que interessante, olhe as crianças perdidas e de olhos vendados. Estão iguais às imagens nas tapeçarias que representam a nós, Maya. Aquelas imagens somos nós correndo atrás do menos importante. O que mais importa está dentro da tenda, em nossa profundidade, entende?

Maya descansou a mão direita sobre o coração, era difícil entender tudo o que ele falou, mas ela entendia sem entender porque ela sempre achou como acima dos brilhantes e do ouro havia algo de mais importe, se não houvesse, os luxos bastariam para fazer as pessoas felizes e ela sabia, não era assim.

Mais tarde subiu no cabriolé dirigido por mulher de pouca fala, atravessaram espécie de banhado e entraram nos matos, a estradinha era estreita, sinuosa, e ela sabia apenas estarem indo a uma zona onde havia chácaras e casarões antigos. Ao longo do caminho redutos com ajuntamento de ranchos e outros de pouca gente, um rancho cá e outro lá, telhados despencados, crianças nuas correndo e velhos velhíssimos enrolados em trapos na sombra de algumas árvores. Atravessaram um pontilhão e lá adiante o carro parou em frente ao casarão verde. Maya desceu, ouvindo:

– Urupê vem lhe buscar. Entre pelo portão e procure dona Fayola.

Maya viu o portãozinho junto ao muro e entrou, a escada, subiu. A porta estava aberta, ninguém. Bateu no vidro, apareceu uma moça, ela procurava alguém? Sim, procurava a senhora Fayola.

Atravessaram o corredor pintado de um rosa forte, lá adiante a grande sala. A moça apontou a senhora à mesa, ela escrevia. Ouviu os passos e ergueu a cabeça:

Numa fala arrevesada perguntou: Em que posso atender?

Maya encabulou, sentiu-se demais, como pedir para ficar até o outro dia? A senhora desculpasse, mas apenas agora, através do Príncipe Custódio estava conhecendo o próprio povo, e ele recomendou que falasse com ela. Só então Fayola ficou de pé, grande e forte. Usava um batom vermelho, várias pulseiras douradas nos pulsos e uma roupa de muitos panos e cores vibrantes que ia até o chão numa estamparia frenética. Abriu os braços: Seja bem-vinda. Logo se aproximou, usava um perfume fortíssimo:

– Mas afinal, quem é você?

Maya resumiu, a mãe era sudanesa, soube dela também ser filha do Sudão: Meu nome é Maya.

– Que belo nome, pois não é que nunca tinha ouvido esse nome em nossa terra.

Seguiu caminhando em direção às poltronas, espichou o braço:

– Maya, senta aí.

Chamou alguém repetidas vezes e perguntou: Como tu conheceste meu sobrinho?

– Ele é amigo do senhor onde eu trabalho.

– E por que agora te interessaste pelo Sudão?

– Sabe, senhora Fayola, minha mãe sempre falou muito sobre a terra dela, e à medida em que a vida passa as histórias que ela contava cresceram dentro de mim.

Fayola pediu um chá. Calou e prendeu os olhos no olhar de Maya: Maya, existe alguma coisa mais nesta necessidade tua, eu sinto isso em relevo. O chá veio, ela encheu a xícara para Maya, para ela, e mandou que Maya ficasse de pé. Vem cá, disse, encaminhando-se a uma larga sacada com parapeito de ferro trabalhado. Maya se aproximou, além da sacada uma espécie de terreno baldio, velhas árvores e ao longe o Rio Guaíba já avermelhando com o sol começando a cair. Vou te contar uma história, Maya. Apontou nas águas o rosado avisando o poente a se aproximar, e perguntou:

– Sabes o que tem para lá? Apontou o rio e ela mesma respondeu: Para lá é o outro oceano, é o Oceano Pacífico, bem longe daqui porque ao terminar o mapa do Brasil vem Uruguai, Argentina, o tal de Paraguai e sei lá mais o quê... terra e mais terra, tudo cheio de índio e gente fazendo guerra, porque por aqui, Maya, é igual a lá do outro lado, sempre um a querer engolir o outro.

Fayola gesticulava, braços abertos, pois Maya imaginasse como os índios lá da beira do Pacífico enxergam sempre o mergulho do sol no oceano porque, dizem, durante a noite ele dorme em suas profundezas. Ao acordarem o sol está subindo pelo outro lado, e aí eles dizem: O sol acordou e está subindo pelo outro lado. E sabes?, os índios fizeram caminhos que vão das beiradas do Oceano Pacífico até as beiradas do Oceano Atlântico para ver onde o sol nascia e por imaginarem a terra uma coisa plana, eles diziam: O sol dorme embaixo de nós e ao acordar nasce no outro oceano, apontando lá para o lado do Atlântico. Entendes?

Maya entendeu, e achou aquilo meio louco. Com as mãos engendrou algo em forma de América do Sul e disse: Então para eles o sol nasce deste lado, passa por cima do Brasil e depois vai dormir no fundo da água lá do outro lado?

– Bem assim. Depois acorda e pega o caminho do outro lado para não morrer, e eles afirmam que se o sol retornasse pelo caminho por onde se deitou ele morreria. Mas me responde, Maya. E a nossa mãe África? Ela também não é encoberta pelo sol? – Fayola se calou, depois voltou à sua história:

– Ora, Maya, para eles a África não existia, e nós éramos pretos por sermos gente concebida nas sombras das noites submersas e aqui trazidas pelas magias das estrelas solitárias. E só passados grandes tempos os escravos começaram a contar sobre os navios negreiros, falaram em como fomos caçados e vendidos e começaram a acreditar na existência da querida mãe África. Soubemos então o sofrimento de ser preso, acorrentado e ser vendido num fim de mundo, onde íamos trabalhar para os outros e deles apanhar.

Maya, em silêncio, pensava.

Fayola falava na importância das histórias e frisava: Da nossa história, Maya. Para nós, lá em nossa terra, ao entardecer todos se reúnem para ouvir histórias, antigamente eram contadas pelos idosos, agora, quando algum dos nossos para lá retorna vira contador de histórias. Sabes? – perguntou, e em voz baixa contou sobre o sobrinho. Chamou-o Okizi Urepê, pois ele tinha sido grande líder em Benin, era quem organizava a resistência dos nativos aos colonizadores britânicos, ficou bom tempo exilado no Porto de Ajudá, depois, tu deves saber, negociou com os ingleses. Ele foi bem aceito pelas autoridades desta província e a casa dele é visitada pelas pessoas mais respeitadas da capital. Ele sempre foi visto como uma autoridade espiritual, e, de fato, ele descende da aristocracia religiosa do antigo Reino de Daomé. Contava de como o sobrinho havia auxiliado a consolidar os cultos de matriz africana no Sul, trouxe o conhecimento e assentou orixás, disse, abaixando a cabeça e se calando por algum tempo – depois, seguiu – ele introduziu a elite política e econômica daqui aos ritos do batuque, e dessa forma tornou as pessoas dessas terras mais tolerantes à nossa cultura.

As duas caladas, mugiam as vacas e alguém dedilhava um violão. Fayola apontou à janela: As nossas canções.

E repetiu: Lá na África, o de mais valia são as nossas canções e as nossas histórias.

– Por que será? – perguntou Maya.

– Porque nos fazem fortes, Maya.

Fayola se levantou e abriu os braços, os panos da imensa roupa que vestia numa estonteante mistura de cores se abriram e, com uma voz forte e arrebatada ela começou a cantar. Fazia uma espécie de dança, a voz crescia enquanto o balanço aumentava até quando apontando ao céu pela janela, disse:

– Vieste aqui enviada, e há um caminho escrito para nele seguires. E quem vai encontrar esse teu caminho que foi escrito pelas conjunções mais sagradas do universo serás tu mesma.

Encaminhou-se à frente de Maya e se curvou em mesura, os cabelos se derramaram ao chão e ali, em silêncio, ela permaneceu. Depois se levantou e fazendo sinais e enrolando palavras desconhecidas parecia rezar enquanto girava os braços no entorno de Maya, no rosto, e por fim descansou as mãos em sua cabeça.

– Sejas bem-vinda. Ave, Maya.

Quando ela sentou o silêncio era forte e parecia não mais respirar.

Naquela noite Maya soube seu quarto, ouviu como o sobrinho Okizi Urepê no outro dia viria para o almoço e se encaminhou a dormir a noite que passou em claro.

Tentava dormir e rolava por despenhadeiros iluminados e deles escorregava às águas negras e delas era jogada por entre canhões com rosto de gente e dali alçou voo e caiu em cima da grande árvore onde os galhos falavam e as folhas sorriam, espichou um braço e sentiu o outro, sentou, estava na cama, suava e o coração pulsava, abraçou a si mesma, esse pesadelo, eu preciso dormir, pensou na professora Luciana e ouviu suas aulas, ela ensinando as mulheres pobres e analfabetas a escrever e elas achavam aquilo esquisito, sempre ouviram – diziam – mulheres só deviam cuidar da casa e fazer comida para os maridos e os filhos, mas Luciana reagia com indignação, nenhuma delas tinha nascido para ser produto daquilo que tinham posto em suas cabeças, servir aos homens e servir aos filhos, obedecer ordens e cumprir exigências, e a professora tinha feito elas escreverem em seus cadernos, *eu sou produto de mim mesma.* As mulheres não entenderam, então ela com uma calma sem limites começou a perguntar, a uma de cada vez: Qual teu maior sonho? Começaram a dizer, não tinham sonhos, e a professora começou a rasgar os trapos velhos – Maya lembrava de tudo – parecia estarem picoteando panos ordinários, e elas só diziam do dever de cumprir as obrigações de todo o dia. A professora Luciana se afastou e pediu que elas descobrissem como iam descrever a outra mulher nelas escondida. E levantou a voz:

– Ela existe e vive em vocês, falo naquela mulher da qual vocês têm medo de falar.

Enfim a primeira mulher falou, pois ela gostaria de ter casado com outro homem e este, proibido pelo pai, era com quem gostava de conversar, e sabe?, ele dizia como eu devia estudar para me emprestar livros, e então ela se imaginava lendo junto com ele e pelo que ele contava eles poderiam viajar em outras vidas e outros lugares apenas lendo. A senhora de mais idade começou a falar, pois ela gostaria de, além de saber ler, também saber bem escrever, e quando estivesse afundada na tristeza escreveria suas revoltas, talvez assim elas saíssem de dentro dela.

Subiu a fala de outra aluna a dizer que se soubesse escrever ia contar no papel as maldades do marido, era maltratada, abandonada, ele não a esfaqueava com as facas, mas com as atitudes e as palavras. Maya recordava e ia escorregando, cobriu o rosto e pensava, aquelas mulheres eram parecidas com ela, mas ela agora já lia e escrevia, e na escuridão da noite a professora Luciana seguia ouvindo as mulheres enquanto Maya abria o caderno e anotava pedaços da sua história, então o sono veio e ela enfim dormiu, mas logo acordou perturbada, tremia, sentia as mãos daqueles homens, sentia o rebenque estalando em si, saiu da cama, sentou no chão, deitou a cabeça nos joelhos. Pensava em Luciana, e era aquela tarde quando ficaram até anoitecer a ouvir das analfabetas como queriam ser e viver. Depois todas saíram e restou só ela, estava emocionada e ia arrumar a sala quando a professora, então muito grávida, tinha dito:

– Maya, não perguntei nada para ti, sinto curiosidade, o que, mesmo, querias ser?

Bem claro ela enxergou e lembrou, tinha dito: Bem, eu acho que eu gostaria de viver o que estou vivendo, estudando e costurando coisas bonitas. A professora insistiu: E quais os teus sonhos, Maya? Eu queria saber contar as histórias dos muitos pedaços da minha vida, sabe? Contar, eu acho, para dividir com os outros, para não viver com tudo aquilo por dentro, às vezes o que eu tenho guardado em mim me atropela, e me dói. Maya parou, sorriu: E sabe?, eu já ouvi como os índios e os africanos, o povo que cresce dentro da natureza, dizem, guarde os sonhos em si porque sempre chega o momento em que a vida mais viva da natureza se aproxima e dela vamos nos alimentar, assim, onde hoje minhas lembranças são secas e podres, irá acontecer igual ocorre com a noite quando as estrelas acendem as luzes, e é igual a quando a terra negra se abre e dela nasce a flor colorida. Eu não sei, professora, mas eu já pensei que ia ser bem bom eu ir abrindo um monte de galho seco, escuro e espinhento que ficou guardado em mim e despejar tudo fora, talvez aí, né?, talvez abrisse flor ou quem sabe se acendesse alguma estrela. A professora Luciana falou: Maya, vou te ajudar, vou te ensinar a contares tuas histórias. Maya pensava, lembrava da professora, a cabeça seguia nos joelhos e agora os sabiás começavam a cantar, a primavera chegava e ela sabia, os sabiás cantavam chamando uma parceira para fazerem ninho, pensou nos ninhos e veio a figura de Murilo Ferdinando, e era estranho, ela se decepcionou, mas não ficou triste, no meu fundo, se disse, eu sabia como assim ia ser, eu sentia uma tristeza e uma falta nele e uma coisa estranha em mim que me afastava de mim. Começaram os primeiros indícios da claridade chegando e ela subiu à cama, deitou a ouvir a frase da professora: *Maya, nós nascemos para sermos produtos de nós mesmos.* E ela tinha completado, é verdade, professora, e em nosso coração está a semente. Como tu sabes? Uma índia guarani me ensinou. Pensou em Bartira, relaxou o corpo e os sentimentos e só acordou quando sentiu o raio de sol batendo em seu rosto.

Maya não viu Fayola durante a manhã e perguntou às moças que a serviam se poderia passear lá embaixo. Claro, só cuidasse para não se perder. Ali era um aglomerado de casas de campo, os quilombos ficavam nas redondezas. Ela caminhou num sentido, voltou, andou em direção ao rio, ruas limpas, casas e jardins bonitos, o lugar era gostoso e as pessoas pareciam simpáticas. Viu em frente às casas cabriolés sendo preparados para passeio, as senhoras com chapéus de grandes abas, por vezes encontrava um grupo a caminhar nas calçadas com cachorros bem cuidados, chegou em uma pracinha, crianças brincavam, moças semelhantes a ela cuidavam dos pequenos, muitos loirinhos, olhos azuis. Quando voltou à casa viu os cavalos do príncipe e de seus acompanhantes amarrados nos frades de pedra à entrada. Na sala, umas dez pessoas, todos jovens, eram da família.

Fayola quis Maya sentada próxima a ela, e o assunto era ainda o aniversário de Okizi Urepê. Ele perguntava pelas senhoras amigas de Maya e a dizia moça de sorte, era admirador daquela gente, eles enfrentaram a revolução com muita firmeza.

– Eu acho, falou Maya, que a senhora Maria Josefa terminou adoecendo quando entendeu que iam perder a guerra.

Para Okizi Urupê o fato da guerra perdida não era o mais importante, o fato era como a província havia feito a mais longa luta civil do país, e quando os republicanos assinaram a paz com o Império puderam exigir o final de vários abusos vergonhosos do Poder Central para com o Sul. Encerrou repetindo: Não é verdade que a guerra não valeu a pena.

Maya a tudo tinha acompanhado, sua patroa morreu, mas seguiu muito ligada à senhora Maria Angélica, inclusive morou com ela quando adoeceu e precisou companhia.

Quando Fayola, Maya e Urupê sentaram na sacada, ele perguntou quais eram os planos dela para o futuro. Não sabia ainda, terminava de se alfabetizar e ajudava a professora Luciana, grávida, em sala de aula, ela alfabetizava as mães de seus alunos.

– Eu gosto muito, sabe? Quando ela precisa se afastar eu conto histórias e depois peço que escrevam.

Okizi Urupê disse:

– Maya, sabes que lá na África temos os contadores de histórias?

Explicou de como nas bibliotecas pessoas contavam das origens do povo africano, e por vezes saíam pelas aldeias falando sobre suas culturas, era quando aprendiam das diferenças em diferentes lugares. E agora por lá andavam preocupados em contar sobre os escravizados na América do Sul.

Ele seguiu dizendo, se Maya se animasse, ele poderia reunir o pessoal de um quilombo para ela lhes contar alguma história. Ela observou como sua própria história era triste. Ele achava que justamente uma história de sofrimento de alguém hoje estudando, lendo e preocupada em ajudar os outros seria um estímulo: Sabe, Maya, eles estão entregues às suas faltas, é importantíssimo saberem de alguém como você, que transformou uma vida no fundo de um poço em vida plena. Maya argumentou, ela foi muito ajudada pela família do Coronel Palmeiro. Para o príncipe, quem ali nos quilombos se dispusesse a procurar outros caminhos talvez conseguisse. E repetiu: Maya, tu podes ser um grande estímulo. Aproximou-se dela e perguntou:

– Que história, Maya, gostarias de contar?

– De verdade?

– Claro, se te largassem lá pelo Sudão, qual a pior história, a de maior sofrimento e dor dos africanos vindos para cá tu contarias?

Ela trançou as mãos, cruzou as pernas, olhou firme os dois: Eu sei qual é a pior história. Mas eu não poderia contar, seria muito sofrimento para quem eu contasse. Fayola se levantou, ia fazer um chá.

Maya:

– De que adiantaria eu chegar, por exemplo, aos *griots* e contar as tragédias de quem foi escravo igual a eles e não conseguiu fugir?

– Talvez eles se sentissem privilegiados. Tratassem de cuidar melhor do que alcançaram. Eles precisam entender o valor da liberdade conquistada.

E Urupê seguiu:

– Eu pedi a meus orixás para me indicarem o lugar aonde ir, me mandaram vir para Porto Alegre. E eu sei, minha presença aqui os protege, por isso comprei esta casa aqui para Fayola, onde ela e outros parentes estão sempre atentos à presença dos capitães do mato.

Urupê deu uma vasta gargalhada: Eu acho que esses caçadores de escravos fugitivos têm medo de mim, corre por aí sobre eu ser meio bruxo.

Fayola chegou, serviu o chá, Okizi Urupê insistiu: Maya, nós queremos ouvir de ti essa terrível história de escravos que tens a nos contar.

– Sei tanto, ouvi tantas vezes, tenho medo de falar coisas tão horríveis.

Naquela tarde e naquele velho casarão verde próximo aos quilombos, Maya pensa, vou contar tragédia, devo falar com firmeza.

– Em verdade naquele cair da tarde, naquele lugar havia um campo que parecia redondo mas não era porque se tratava do cimo da coxilha estar cercado por mato, e aquele mato era largo, fechado e se espraiava coxilha abaixo de maneira a quem ali entrasse fosse difícil enxergar. Pois como eu contava o lugar era descampado, igual fosse um morro careca, redondinho, e assim era o lugar bem lá para o Sul, para os lados da fronteira com o Uruguai. Naqueles anos o exército daqui era liderado por militares e políticos inconformados com a exploração do Império sobre a Província do Sul, mas vocês, claro, devem saber, os revolucionários daqui foram inspirados pelos franceses e se diziam esfarrapados.

Eu li sobre isso. Há muito eles se organizavam, compravam armas modernas na Argentina e no Uruguai e usavam as cores verde, amarelo e vermelho. Eram homens, mulheres, estudantes e inclusive alguns padres. Eram corajosos e tinham bem se organizado e eu vivia em meio a vários de seus líderes. A insurreição – como diziam – começou aqui em Porto Alegre, depois a cidade caiu nas mãos dos imperiais que encostaram um navio prisão no porto, onde encarceravam a nossa gente presa nas batalhas.

A senhora com quem eu trabalhava e as mulheres de sua família se tornaram espiãs, seus filhos, filhas e amigos se infiltravam nas reuniões do palácio e repassavam os planos do Império para elas. E elas repassavam lá fora dos muros para a gente do coronel Bento Gonçalves, o líder farroupilha. Havia muita gente envolvida, e eles conseguiam soltar os prisioneiros que se jogavam no Rio Guaíba, e eram resgatados em barquinhos pelo grupo, e trazidos nas madrugadas para os porões dos casarões. As batalhas iam ficando cada vez maiores e mais difíceis, o Império mandando mais e mais armas, soldados, barcos e navios.

Maya parou, pediu água. Levantou a cabeça:

– Então os farrapos começaram a falar com os escravos das estâncias e das charqueadas, eram muitos. Propuseram que viessem lutar junto a eles, em troca, receberiam a liberdade ao final da revolução. Os escravos que aceitavam e entravam no exército de imediato ficavam sendo "libertos". E foi como nasceu o grande destacamento dos exércitos farroupilhas chamado "Lanceiros Negros". Eu soube deles em detalhes nas batalhas. Eram fantásticos! Tão fantásticos que os imperiais tinham medo. Foram fundamentais nas vitórias dos revolucionários.

No início fizeram oito companhias com cinquenta lanceiros em cada uma. Eram mais de quatrocentos lanceiros, e eles entraram na luta em Pelotas. Eles não usavam escudos, a proteção eram os ponchos de lã, os mesmos que serviam de cama, cobertor, proteção ao frio e à chuva que eles enrolavam no braço esquerdo para amortecer e desviar os golpes. Às vésperas das batalhas eles não ficavam junto ao exército e às vivandeiras, ficavam em matos próximos com seus churrascos e seu batuque, chocalhos e tamborins, cantavam músicas estranhas e, consta, muito tristes, e suas vozes e brados fortíssimos entranhavam e submetiam a quem os ouvisse.

Maya ficou de pé, abriu os braços e começou a gesticular:

– Eles eram grandes e fortes, usavam sandálias de couro, colete de couro, chiripá de pano, uma faixa vermelha no braço e outra presa na testa, o vermelho era o símbolo da República. A arma principal deles eram lanças com três metros de comprimento que tinham pontas de metal afiadíssimas.

Grandes cavaleiros, eles atropelavam os exércitos inimigos com rugidos e urros assustadores. Muitos eram domadores de cavalos bravios, e grandes ginetes, como chamam os gaúchos aos homens que conseguem submeter os cavalos por mais xucros que sejam. E esse grupo era sempre uma espécie de tropa de choque dos exércitos farroupilhas. Entravam na luta a cavalo zunindo lanças em pontarias certeiras, iam ao chão com as lanças sendo cravadas no corpo dos soldados e de seus cavalos. Quando a luta esquentava seguiam a pé. E assim, descidos das montarias eles se esparramavam pelo campo mirando as lanças e depois atacavam com os facões. Quando lhes davam munição, usavam armas de fogo.

Maya estava emocionada. Abaixou a voz, deu alguns passos de cá para lá, olhou firme o príncipe e a tia, engoliu em seco, e seguiu:

– Um dos líderes farroupilhas era o italiano Garibaldi e ele, saibam, deixou escrito: "Vi muitas batalhas, mas nunca em nenhum lugar enxerguei homens mais valentes e brilhantes do que os Lanceiros Negros das cavalarias rio-grandenses". E, sabem?, pergunta. Dizem que, na Itália, no museu de uma cidade chamada Bolonha tem um quadro com um Lanceiro Negro rio-grandense atacando com sua lança. Eles montavam quase em pelo e à moda charrua, na hora do ataque escorregavam o corpo para a barriga do cavalo e assim eram protegidos pelo corpo das montarias. Nos últimos anos da guerra que era entre a República Rio-Grandense e o Império do Brasil, os Lanceiros Negros já eram quase mil homens.

Maya olhou os dois, parecia cansada, ganhou outra xícara com chá, sentou e tomou lentamente. Okizi Urupê e a tia atentos, Maya descrevia com tal vivacidade que eles já enxergavam aqueles escravizados na guerra, lutando nos campos do Sul. E bem tinham entendido e sentido, eles lutavam pela liberdade, deles e de suas famílias.

Maya levantou, um braço caído o outro dobrado, a mão no peito:

– Mas amigos, passados dez anos de luta, a presença dos Lanceiros Negros havia se tornado o grande problema à assinatura do acordo de paz com o Império. Como iriam libertar aqueles escravos? A Abolição da Escravatura seria exigida em todo o Brasil e isso o Império não aceitava. Houve acertos de algumas lideranças gaúchas com o pessoal do Império. Levaram grande parte dos Lanceiros Negros para o Cerro de Porongos, lá no extremo Sul, onde hoje é a cidade de Pinheiro Machado. O chamado Cerro de Porongos era a coxilha com campo redondo limpo em cima e muito mato pela volta. Disseram precisar deles por lá, em breve teriam um grande confronto, e devido a suas armas e lanças estarem velhas, iam ser trocadas. Eles entregaram suas lanças, facões, tudo, e ficaram a esperar a reposição das armas na clareira do campo, e assim esperavam. Mas aquilo nada mais era senão uma terrível emboscada. Quando todos estavam desarmados, saltaram dos matos as forças do Império, os tiros zuniam e os corpos dos Lanceiros Negros se esparramavam pelo chão. Devastação. O campo crivado de corpos. Alguns sobreviventes fugiram para os quilombos, outros atravessaram a fronteira para o Uruguai e ainda alguns sobreviventes foram presos e levados para a corte onde seguiriam escravos até a Lei Áurea, quarenta e três anos depois.

O silêncio se impunha igual ferro em brasa. Maya fala com a voz picoteada.

– Esta história real, eu a soube em meio à indignação e à fúria das famílias revolucionárias onde eu fui acolhida.

Ela senta.

O príncipe tem os olhos fechados, Fayola seca o rosto com um lenço.

Príncipe Custódio

13.

Tarde, bem mais tarde, Okizi Urupê indagou se Maya gostaria de melhor conhecer os quilombos. Sim, gostaria. Ele ficaria e na outra manhã fariam as visitas. Iriam a cavalo, mais fácil de atravessar os matos fechados. Alyka e outros jovens amigos e parentes chegaram na manhã, com Maya eram seis pessoas a cavalo, pouco assunto e o caminho estreito para o quilombo do Areal junto ao arroio Dilúvio. O grupo tomou desvios apertados, espinheiros e malocas, crianças nuas e magras, velhos e velhas encarquilhadas, roupas sem cor e tamancos tortos. Chegaram a um arranchamento com pessoas vazias de dentes, palavras e olhos mortos encostados nos ranchos, Urupê se aproximou e deu bom dia. Maya percebeu nos mais novos alegria em vê-lo, desejavam-lhe a proteção dos orixás enquanto Maya era apresentada, e ele dizia para perguntar àquele senhor bem pretinho quanto branquíssima era a carapinha como veio parar naquelas bandas.

Numa fala enroscada ele falou dos castigos nos ferros, em amigos mortos na forca e no medo constante; outro velhinho com só uma perna seguiu a falar nos terrores das correntes e dos troncos, Maya se afastou, não queria mais nada ouvir. Mostraram ao grupo as entradas dos túneis, muito caçador de escravo tinha morrido lá dentro, entravam para caçar os fugitivos, mas não conseguiam sair e eram atacados por quilombolas à espera. Maya se encolhia, o rosto expressava um pavor, as palavras secas e os olhos verdes congelados eram opacos e vazios. Encostou numa árvore, e falou com voz tênue:

– Tudo isso um dia será válido, vocês estão abrindo os caminhos para a verdadeira liberdade.

Tomaram o caminho de volta.

Na sala, Alyka, Urupê, Maya e Fayola. Ele disse:

– Maya, és uma grande contadora de histórias. Terias mais histórias a contar?

– O senhor viu hoje a cor das águas do Guaíba? Elas estavam cor de vinho escuro, quase pretas, a seca tem feito incêndios que enchem o rio com o pretume dos campos mortos. Pois vim olhando o rio e lhe digo, minhas histórias são muitas e são todas daquela cor, cor de um sangue escuro, sangue sem esperança.

– São águas profundas – ele disse.

E seguiu:

– Tudo o que faz a vida evoluir é profundo, as pessoas ficam hipnotizadas pelo superficial e quanto mais correm nessa busca mais se distanciam do substancial, porque o mais significativo não fica boiando. E a Arte, Maya, é quem nos comunica as profundidades.

Ficou de pé e parou em frente a ela:

– A contação de histórias é uma Arte. E se a música só é boa quando atinge tua profundidade, com as histórias é a mesma coisa. Músicas tolas e histórias bobinhas e cheias de enfeites também são bobas e se tornam mais uma das pedreiras onde a humanidade corre o risco de escorregar, cair e ficar seca.

– Senhor Príncipe Urupê, o senhor acha que se eu contasse a um povo como sua gente foi assassinada, isso teria profundidade? Onde?

– A história que contaste é pura profundidade, contaste da ruindade e das tramas sujas e ambiciosas, disseste como a maldade está semeada por todos os lados. Maya, ao te ouvir, deu-me vontade de voltar à nossa África e retomar a liderança ante colonizadores, outra vez pegar nas armas das palavras e nas armas de fogo.

O pequeno grupo demonstrava ansiedade e ele seguiu:

– Mas não, eu não vou. Devo ficar aqui e segurar a proteção que faço à quantidade crescente de quilombolas para cá vindo. Porém as palavras cínicas precisam ser abertas para o pus ser visível.

Maya fixou Urupê, sua presença era mesmo a de um príncipe, caminhava com desenvoltura, olhar forte e gestos determinantes acompanhavam a fala:

– Maya, todo ser humano recebe aportes do que deve dar ao mundo, seja sabedoria, valores, benevolência, não importa. Importa é não nos acomodarmos estacionados sem de alguma forma nos ampliarmos, porque, se o ser humano nada de melhor constrói ele é apenas um predador.

O silêncio causava mal-estar e ele seguiu:

– Todos temos um eu humano e um eu animal. O humano é o animal em evolução ao sagrado. Vejo em ti bagagem para ires nesse caminho, eu te enxergo pronta.

Bem, amigo leitor, em Maya inexistia assombro e sua alma cada vez mais se abria, agora ela desnudava fantasmas que a namoravam de pouco e lhe pediam colo. Acostumada a ver Murilo Ferdinando a jogar xadrez com o alfaiate, ela tinha concluído, estou em frente ao tabuleiro, só eu, e eu movimento as pedras brancas e as pedras pretas contra eu própria; as pretas, achava, eram as da vitória, estariam na África, as brancas seriam as da derrota e a decisão devia ser tomada com ela mesma, seguir o pedido da mãe e partir ao encontro de suas raízes ou se acomodar no mais fácil e cômodo, aceitar o emprego da senhora Maria Eulália e se albergar por ali. Assim como um dia ela transcendeu o mendigo em um vaso com flores, ela se perguntava se ao contar histórias duras e profundas, elas mergulhariam fundo em si e a capacitariam à busca de algo mais. Mais belo e mais humano. Maya entendeu, deveria transformar a submissão em que eles viviam sob o domínio dos colonizadores em bolsões de terra no mais profundo de si mesmos. Pensava, mascava três unhas na esquerda de uma só vez, não falou e pediu licença, levantou e foi para a sacada. Veio Urupê, queria ajudá-la, e ela repetiu os pensamentos, precisava saber uma coisa do senhor Urupê:

– Minha história, os casos das vivandeiras, dos Lanceiros Negros, a situação nos quilombos, coisas assim, sabe?, poderiam se transformar em terra adubada? Seria possível o início da transformação?

– Quando a pessoa se perde de si própria, seu eu transforma-se em um nada; e quando é assim, só as palavras são capazes de fazer um ser humano se reconquistar.

Ele se encostou na sacada: Se ela contasse as histórias em entrega apaixonada, com dor na voz onde doía, com esperança onde havia caminho aberto, dando colo em contextos onde outras realidades poderiam nascer e novo mundo brotar, sim, porque aí Maya atuaria na transformação de velhos e velhas, mulheres, homens e crianças em sementeiras onde brilhos e cores talvez brotassem do negrume da terra. Vários contadores por lá se esparramavam com esse intuito, as bibliotecas inclusive recebiam dinheiro de algumas organizações de africanos bem vivendo no exterior para estimular a contação de histórias, ou, talvez, melhor dizendo, para auxiliar na tomada de consciência da exploração a que foi submetido o nosso povo. Depois Okizi Urupê disse como caso ela quisesse voltar, ela teria, como também Alyka, os endereços de contatos seus por lá esparramados e eles dariam auxílio para retornarem:

– Se as pedras pretas, conforme falaste, Maya, seguirem perdendo, tomas o vapor e voltas às pedras brancas.

À noite Maya chegou de volta à Rua da Ponte e ao casarão dos Fontoura Casado. Era mais uma noite sem sono e longe dos sustos da insônia de afeto, flutuava em neblinas pegajosas e o pensamento tropeçava nas palavras, desistiu então do que mais ansiava ouvir e ela sabia, precisava se inundar por mares sem limites para sumir em águas salvadoras e agora enxergava, lá estariam pedaços de sonhos criados nas inverdades por ela criadas para si mesma, era uma fugitiva, fugia sempre, fugiu de si mesma e saiu com o corpo mas deixou os pés, e eles tinham andado por caminhos aonde iam a perder pedaços e ela sempre ia trôpega porque se apoiava nos tornozelos. Sentou na cama, o verde dos olhos se acendeu e naquela madrugada Maya encantou-se por entender agora como sozinha ela se descobria e se enxergava a se libertar de um existir capenga e dos desvãos mortíferos escondidos nas pessoas em que tropeçava, enfim agora enxergava os caminhos espinhentos, e compreendia, viveu escondida em frustrações e reduzida a nada além das frágeis transparências das nuvens, e escondida nos silêncios da própria mudez ela se apunhalara.

Acordou sem saber se tinha dormido, mas se arrumou e antes da casa acordar dirigiu-se à Capela do Divino Espírito Santo. Sentou lembrando o mendigo: Senhora, cuide do seu encantamento. Sim, amigo, estou preparada a dele cuidar, e agora meu encantamento será forte, eu, só eu dele serei a dona, e aprendi como bem sei onde está e vou atravessar o oceano rumo a ele, eu estou pronta, como disse o Príncipe Custódio Urupê. E tão alegre sentiu-se naquela manhã que misturou os nomes do novo amigo.

E na capela, enquanto pedia proteção e sabedoria, lembrou a frase da professora Luciana, quando andamos em caminhos certos e buscamos o visível, somos sustentados pelo invisível. Por isso ali estava. E sabia, as guerras internas produziam guerras externas e ela odiava as guerras. Estava disposta a tudo raspar dentro de si, precisava embarcar limpa a caminho da mãe África. Naquele tempo apenas para o Brasil ainda comercializavam escravos, embora desde a Lei Euzébio de Queiroz o tráfico estivesse proibido; novos tempos chegavam e ela queria demais participar do que imaginava ser a nova época de sua gente. A professora Luciana tinha contado de um tal Virgílio que dizia, acerte as contas com você mesmo, era como se apagava a sangueira interna e se ficava lavada e pronta ao viver externo. Olhava a grande pomba da capela, eram amigas, com ela viveu seus maiores silêncios e soube a contemplação, com ela soube do silêncio ter limites e como ao neles chegar alcançava as benditas e perigosas beiradas de seu mundo.

Lembrou as canções de seu povo nas águas do Nilo, a libertação pela harmonia e o ritmo e de como as canções diziam a cada um sobre ele próprio; lá para onde ela iria sua mãe contava de como as canções inspiradas nas águas eram atravessadoras de nossas vidas, encontrando-as, perdendo-as e as recomeçando. E ela costumava dizer como a palavra recomeço era importante, apertou forte os braços e reviu a cena, era ela menina, eram a mãe e uma noite de forte inverno, e da janela elas observavam a fúria da tempestade. A imagem se plantara em si. E ela seguia a sofrer as tempestades. Naquele dia lembrou a última vez em que falou à mãe, as tempestades a engoliam. Ela tinha respondido: Pares com isso, filha, estás a parecer essas gentes que andam sem rumo vida afora, tu és uma pessoa, não és uma gente a rolar por aí. Maya mirou a pomba do Espírito Santo e a ela falou com a cintilação dos próprios olhos: Agradeço ter lembrado a mim essas palavras de minha mãe, e eu lhe prometo: Nunca voltarei a ser mais uma gente, serei uma pessoa.

Saiu da capela, a manhã fazia-se madura, ela fez a volta no sobrado e entrou pela porta lateral, Manoela estava na cozinha.

– Amiga, vim me despedir de vocês.

Contou o novo caminho e abraçou o casal, ansiosa por deixar aquela casa.

Ia calma, não entendia o motivo mas sabia como o acontecido era o melhor para si mesma. Calculava estar com mais de cinquenta anos e, pensando, seguiu com vagar e quase na esquina viu a escrava da vizinha coxeando, com dificuldade segurava uma bilha cheia de água. Adiante, na janela, as eternas duas irmãs de todas as manhãs, todas as tardes e finais do dia sempre ali esquadrinhando as vidas dos passantes, só desciam para ir às missas, mas sabiam a gente da cidade em detalhes para atravessarem os dias ocupadas em tecer intrigas e espalhar venenos. Maya seguiu adiante, sacola na mão, naquele mês pretendia se dedicar a, além do auxílio para Luciana, fazer mais companhia para a senhora Maria Eulália, a pessoa mais doce por ela vista em toda sua vida. E sabia, ela teve momentos duros na mocidade, riam dela por andar mal vestida, falavam mal de seu pai porque era francês e o diziam pirata, falavam mal de sua mãe porque ainda adolescente havia engravidado e ela se acostumou a conversar apenas com as amigas negras, porque os avós estavam doentes e com ela ninguém falava, até quando os padrinhos a chamaram para Viamão. No entanto, a senhora Maria Eulália nunca foi amarga e sempre ajudou a todos por quem foi desprezada.

Entrou, lá estava a senhora com seu bordado, na cadeira da sala onde batia o sol da manhã. Maya contou sobre o passeio e os novos planos, seria contadora de histórias e costuraria roupas bonitas lá na África e ela apenas disse para Maya bem ouvir dentro de si. Assim tinha feito, disse Maya, e perguntou:

– E os sapatinhos de tricô para o novo neto, terminou?

Maria Eulália soltou o bordado e falou com voz fraca, rosto pálido:

– Estou cansada, Maya.

– Cansada de fazer tricô?

Não, ela estava cansada de ver as pessoas morrendo. E foi contando, o netinho havia morrido na véspera, pneumonia. Cinco anos, vinha muito brincar aqui, era uma alegria para mim. Maya sentou no chão, pegou as duas mãos desbotadas cheias de veias rosadas e exaustas, aconchegou-as entre as suas e ali ficou, embalava as mãos de quem nunca tinha visto de algo se queixar. Viu a lágrima a balançar junto ao olho e rolar pelo rosto de Maria Eulália enquanto pensava, igual a minha mãe, a lágrima dela é uma só, mas como lhe dói, deve doer mais do que se fosse um grande pranto. Saiu e trouxe o lenço, com leveza secou a lágrima, pegou-lhe a mão e a beijou. Ofereceu um chá de camomila, foi buscar. Ficou junto a ela, sabia, ela tinha poucos filhos e poucos netos, e o menino estava sempre por lá, ficava a brincar no tapete enquanto ela fazia seus trabalhos manuais, ou vinha a seu colo com livrinhos para a avó ir lendo e juntos comentarem as histórias.

Maya sentiu um aperto por dentro, sua senhora não merecia, ninguém merecia, olhou Maria Eulália, pegou a xícara e foi dizendo:

– Senhora Maria Eulália, vou lhe falar uma coisa, precisamos ter a sanidade e a convicção de que estamos vivendo dentro da insanidade, a vida que vivemos, senhora, é uma loucura onde se formos espertos enganaremos a nós próprios rascunhando algumas belezas; se aqui não fosse o espaço da loucura jamais seria permitido que mães vivessem a morte de um filho, e avós também são mães, e em verdade, nessa loucura fantasiada de normalidade tais mulheres apenas encenam a sobrevivência, e mais tarde adquirem a certeza da sobrevivência ser na loucura e engendram loucurinhas úteis para brincar de vida, ninguém percebe como elas se movem num mundo com frágeis brinquedos e os anos passam e essas mulheres, que já conhecem todas as dimensões da saudade, sabem, e cada vez mais sabem como a plenitude do tempo e da pessoa eclipsada não foi apenas um sonho acabado. E vem a fase da descoberta de como o que chamam de vida nada mais é senão uma dimensão tecida por loucura com o nome de normalidade, e então, sabe?, a sanidade única dentro da insanidade é quando essas mulheres entendem como para mães que vivem ser o não ser, nascem os anjos e então elas entendem o quanto são protegidas pelos deuses por terem aprendido como ao seguirem dando amor a um raio de luz debruçado sobre suas existências vivem essa loucura chamada vida em seu limite máximo. Só a fortaleza do amor – dizem os abençoados – pode mais do que a morte e essas mães tornam-se imbatíveis, porque nutridas pela invisibilidade carregam nas entranhas a grande coragem do amor, e o amor corajoso é silencioso e embala, e essas mulheres entendem como para sempre, em suas almas, irá ser dito: O silêncio será minha atmosfera.

Maya falou com vagar e com vagar vomitou as palavras igual elas estivessem gravadas a fogo em si mesma.

Maria Eulália:

– Maya! Tu estás certa, temos de ir adiante, é uma questão de dignidade. Mas donde tiraste o que disseste?

– Sou muito vivida, senhora.

Então as duas ficaram de mãos dadas, Maria Eulália a repetir: *O silêncio será minha atmosfera.*

À tarde, hora da aula, Maya chegou na casa de Luciana, ela estava mais lenta, aproximava-se o parto. A professora queria saber da visita aos quilombos, da família do Príncipe Custódio e Maya foi contando enquanto arrumava as cadeiras.

– Maya, eu te percebo serena, me dás a impressão de alguém encaixado na vida, satisfeita com teu viver.

Era verdade, e Maya falou nos contadores de histórias e de como a fizeram contar algumas, mas as palavras iam por um lado e vinham por outro, enredavam os caminhos e ela custava a dizer que iria embora para a África. Por fim, falou.

Luciana de Abreu ficou de pé refletindo, abriu os braços calada e pediu a promessa, Maya nunca deixasse de lhe mandar cartas de tudo contando. Maya prometia pedindo respostas, notícias do Parthenon Literário, das aulas e do filho que ia nascer. A professora falou no doutor Murilo Ferdinando e Maya resumiu o havido. Em verdade, desde quando conheceu o seu povo sentiu como deveria estar junto a eles:

– E agora, o milagre, vou com Alyka, levo recomendações do príncipe e saberei os caminhos a seguir. Estou sedenta por conhecer minhas origens, quero trabalhar e contar histórias a eles. Tenho muita coisa a contar.

– Sabes, Maya?, eu já li sobre o quanto é bom viver em um lugar desconhecido, é a melhor forma de uma pessoa se reconhecer.

– Reconhecer? – perguntou Maya.

– Sim, porque algum conhecimento de nós mesmos sempre temos, mas também sempre temos conosco profundidades ignoradas. Li sobre isso. É como se a pessoa abrisse as próprias cascas e se deparasse com seus gomos, ali existe uma substância a ser descoberta por você em você, sem palpites, perguntas nem interferências.

Maya terminou a arrumação, serviu um café e sentou junto à professora:

– Vou realizar o sonho de minha mãe, retornarei ao Sudão.

– Maya, quanta emoção, em minhas leituras sobre a África, eu estudei muito esse povo lá do Saara, sou grande admiradora deles, acreditas? – e espichou o braço e acariciou o rosto de Maya.

Luciana despencou a falar e, coisa rara, tropeçava nas palavras, emocionada:

– No Sudão – contava – também vivem os tuaregues, africanos que há milênios ocupam o norte da África. Eu os acho incríveis.

Iniciou a contar sobre aquele povo seminômade, alto e esguio feito Maya, grandes comerciantes, eram eles quem controlava a rota das caravanas no deserto em cima de seus camelos, os mais velozes da África. Usavam uma vestimenta de contraste belíssima, pois com suas peles muito negras andavam sempre enrolados em grandes panos de um azul forte e bonito que diziam protegê-los das areias e do sol. A professora apertava a barriga, e entusiasmada dizia de como eles tinham uma escrita peculiar e falavam o *berbere*, que vinha de sua origem nos povos *bárbaros*, mas, como eles repudiavam tal origem, diziam serem originários dos homens livres.

Maya, interessadíssima, ela conheceria esse povo! Tinha conversado com o Príncipe Custódio, ele deu conselho para ela morar em Cartum; a maioria do povo africano vivia no campo, mas se escolhesse ir para a zona do Sudão poderia morar na capital e de lá se moveria para onde quisesse. Olhou para Luciana:

– Mas professora, por que a senhora tanto admira a cultura tuareg?

– Maya, imagina um povo milenar que tem um estatuto só para as mulheres, há milênios! E nesse estatuto as mulheres gozam elevado grau de liberdade! E mais – dizia uma deslumbrada professora – os tuaregues são monogâmicos, e a linhagem familiar entre eles é matriarcal.

– E qual a religião do povo tuareg?

– Então Maya – seguiu Luciana – eu acho linda a religiosidade deles. Os tuaregues são animistas. É uma crença antiquíssima e presente em várias culturas indígenas, africanas e orientais. Para eles inexiste separação entre o mundo físico e o espiritual, e me parece que no budismo também é assim.

Maya confusa.

– Até é simples, Maya, para eles não apenas os seres humanos teriam alma. Animais, plantas, rochas, rios, montanhas, trovão, vento... Bem, até as cachoeiras e as sombras. Tudo o que existe teria alma. Entendeste?

– Preciso pensar para entender – disse Maya, se despedindo ao ver as alunas chegando.

Naqueles dias Maya caminhou pela cidade, ela crescia, foi à Praça do Portão e saiu em frente à Casa de Misericórdia, estava imensa, lá no alto enxergou-a igual fosse mãe pronta a acolher. Tinha vindo pensando em bater, procurar as enfermeiras, estariam ainda lá? Mas não, não iria, melhor assim. Seguiu pelo caminho dos Moinhos de Vento, viu a nova igreja em construção, onde ao lado se iniciava um novo hospital. Foi adiante, os bondes puxados por burros eram muitos, casas novas e além, lá de cima viu a chamada Várzea do Portão, uma planície seguidamente inundada nas vizinhanças do velho Portão dos muros da antiga Vila de Porto Alegre. Depois voltou, contornou o Caminho Novo marginal ao Rio Guaíba com muitas árvores e jardins que pouco depois seriam desmanchados para ali ser a Rua Voluntários da Pátria. Lá na altura da catedral ela subiu o caminho bem conhecido, passou pelo sobrado onde tinha morado com Murilo Ferdinando e se encaminhou à Rua da Ponte.

E houve o tempo das despedidas.

E houve a véspera do dia derradeiro, quando levou a roupinha de tricô feita para o bebê de Luciana; a professora tranquila, dizendo, esquece os medos e deixa o casulo onde te encerraste se abrir. Essa iniciativa, Maya, é tua.

Ela estava certa, e falou como seria bom ser contadora de histórias, pois tinha sabido o quanto para eles as palavras eram sagradas, podiam, inclusive, trazer a cura.

Alyka e Maya embarcaram no outro dia e por todo o embarque e o resto do dia Maya não largava uma corrente de ouro posta em seu pescoço.

– Foi de minha avó Isabel – tinha dito Maria Eulália quando nela colocou a corrente com o berloque de ouro.

Na mão de Maya, sempre fechada, a unha preta e uma lua crescente em ouro.

Muitos africanos nascidos nas senzalas do Brasil embarcariam nos portos do Rio de Janeiro e de Salvador. Eram escravos libertos buscando seu chão e suas origens.

Alguns dias passados souberam, Maya seria contadora de histórias. Aglomeram-se em torno a ela, querem ouvir as histórias do Sul.

Ela começa:

A coxilha. Ela sabe como os homens amontoados por um lado chegam da banda oriental e os amontoados por outro lado vieram de terras brasileiras. Sabe ainda como seu corpo ao campo deitado para encantar a existência mais uma vez irá sofrer o macabro ritual das lutas pela morte e pela vida. E a noite fareja pólvora, os homens enfileiram canhões, prendem lumes nos candeeiros e chamam a mulher.

Ela chega.

NOTA DA AUTORA

Estava eu em busca de um livro antigo e fui na interessantíssima livraria/sebo de Adão Monquelat, em Pelotas. Lá encontrei meus amigos Mário Mattos, Major Ângelo Pires Moreira e Adão Monquelat. Comemoraram minha chegada, muito queriam me falar.

O assunto eram as vivandeiras, tanto se havia escrito sobre elas no Prata e cá, no Rio Grande do Sul, nenhum livro as contemplava. E – haviam concluído – tal livro deveria ser escrito por uma mulher, e essa mulher deveria ser eu. Sensibilizada, agradeci, mas eu não tinha tempo, e tal obra exigiria pesquisa, quem sabe um dia...

Tempos depois eles me propuseram, fariam a pesquisa e eu escreveria o livro. Anos passados recebi o material pesquisado, mas então eu estava por demais ocupada tendo de assumir negócios de família, e prometi, um dia o livro seria escrito.

Enfim, eis o livro. Seu título é *Maya*. Mas houve a crueldade do tempo, Adão Monquelat e o Major Ângelo Pires Moreira alçaram voo, e Mário Mattos, aos 100 anos, encontra-se adoecido.

Este livro é deles.

Obrigada pela consideração.

Saiba o leitor, Maya cresceu no carinho de ser a molequinha xodó de sua mãe, a sudanesa Dandara, ganhando cafuné e ouvindo os dengos de suas palavras enquanto aprendia histórias do distante povo africano onde o grande rio era sagrado e a magia do deserto encimada por céu rubro no dia e banhado pelas estrelas à noite.

A mãe morre e ela, agora no extremo Sul, cai no desventurado mundo das vivandeiras, onde participaria de batalhas, receberia golpes de espada, facão, surras de relho e deveria se entregar a quantos e a quaisquer homens a quisessem. Enquanto as vivandeiras da zona do Prata eram brancas, a maioria das vivandeiras brasileiras eram caboclas, negras ou índias. Ao final das revoluções os militares montavam seus cavalos e galopavam para as cidades, suas mulheres e suas famílias. As vivandeiras saíam pelos caminhos e os campos e muitas terminavam a viver em arranchamentos miseráveis de beira de estrada.

Maya seria uma dessas, mas não ficaria a rolar estradas afora, porque à beira da morte seria levada às carretas que resgatavam sobreviventes no campo da batalha perdida. Seria levada a Porto Alegre e lá, como doméstica, viveria entre pessoas vanguardistas que brigavam pela Abolição da Escravatura e pela Revolução Farroupilha; reivindicavam a lei do divórcio, o voto feminino e bem mais, devido a ali haver um núcleo de pessoas em intensa briga pela liberdade das mulheres. Perspicaz e intuitiva, Maya não vivia no sentimentalismo, seus sentimentos eram enraizados, tinham seiva, e ela observaria, ajudaria e entenderia a dimensão daquele feminismo nascente.

Aprenderia a ler, ganharia livros, ouviria as discussões progressistas e o intenso movimento de homens, mulheres e seus filhos, vários de origem nos fortes militares, chegando de estudos no centro do país.

Amante da Natureza e do Belo, Maya se nutria com a emanação das árvores e o cheiro das terras, se perdia a ouvir a cantoria dos passarinhos e reverberava serenidade ao admirar as cores do poente e a alegria festiva das horas do amanhecer. Para ela, confabular com a lua cheia prateada refazia o perdido paraíso materno e era quando, sem palavras nem lágrimas, inabalável tenacidade a envolvia. Comparável, talvez, às memórias involuntárias de Proust transportando-se às memórias vivas da avó ao sentir o perfume da xícara de chá e o sabor das madeleines.

Maya é ficção construída com mulheres e vivências verdadeiras. Na cidade irá viver em meio a mulheres autênticas com as quais atravessará os difíceis e verídicos dramas do século oitocentista. Em algumas questões, poucas, o que seria real um pouco além, foi deslocado à época de Maya e, acredito, com sua intuição afiada, tudo houve no tempo certo.

Caríssimo amigo, você acompanhou a partida de Maya em busca de suas origens. Se ela ficaria por lá? Ignoro. Mas vi suas últimas horas. Sem dormir, Maya atravessou a noite no jardim de Maria Eulália em conluio com a lua, sob o brilho avermelhado das flores do flamboaiã. Ao amanhecer foi caminhar, achegou-se às beiradas do Guaíba e sentou nas pedras, em si mergulhou e em si desapareceu, ou, talvez, a si enxergou e em si se descobriu.

Entrou na capela, fixou em demora a pomba do Santo Espírito e, em fala não falada, murmurou: Cá vim em despedida e agradecimento.

Acariciou a porta, as paredes, e disse:

– Agora preciso ir.

Pórtico da Capela do Divino, preservado na Catedral Madre de Deus, em Porto Alegre

Créditos das imagens

Págs. 1, 2, 51, 126, 167, 196, 213, 254, 306: Marco Nedeff.

Págs. 7 e 36: *Las Chinas Quarteleras.* Acervo Adão Monquelat.

Pág. 8: À esquerda, a antiga Capelinha do Espírito Santo, reformada no século XIX. Porto Alegre. https://lealevalerosa.blogspot.com/2009/

Pág. 35 e capa: Otávio Teixeira. *Renaissance.* Sant'Ana do Livramento. 08/09/2013. Tempo de exposição: 539 segundos

Pág. 71:1994. Em *Santa Casa 200 anos: caridade e ciência,* de Sérgio da Costa Franco, 2003.

Pág. 72: 1884. *O Século.* Charge de Araujo Guerra. Reconciliacão Esmeralda e Venezianos.

Pág. 98: Antiga Praça do Novo Lugar, hoje Praça da Matriz, Porto Alegre/RS. Reprodução: Marco Nedeff.

Pág. 125: Xilogravura cedida pelo Instituto Histórico e Geográfico do RS, em Porto Alegre.

Pág. 144: Detalhe da Igreja do Divino Espírito Santo, em Porto Alegre. Foto de Marco Nedeff.

Pág. 168: Detalhe de lança Farrapa.

Pág. 195: Livro *Direitos da mulheres e injustiça dos homens,* de Nizia Floresta, em 1833. https://www.teses.usp.br/teses/disponiveis/8/8160/tde-04092019-161315/publico/2019_CatarinaAlvesCoelho_VCorr.pdf

Pág. 214: Antiga Capela do Divino Espírito Santo na Praça do Novo Lugar, hoje Praça da Matriz, em Porto Alegre, no séc XIX. Reprodução: Marco Nedeff.

Pág. 237: Solar Conde de Porto Alegre, hoje Memorial do Ministério Público, em Porto Alegre, Centro Histórico. Foto de Marco Nedeff.

Pág. 238: Luciana de Abreu, litografia de J. Alves Leite.

Pág. 286: Príncipe Custódio. https://litera.mus.br/o-misterio-do-principe-do-bara/

Pág. 300: Detalhe da fachada da Catedral Metropolitana de Porto Alegre. Catedral Madre de Deus. Escultura representativa de rostos de indígenas tupi-guarani. Foto de Marco Nedeff.

Pág. 305: Pórtico da primeira Capelinha do Divino, na Praça do Novo Lugar, hoje Praça da Matriz, em Porto Alegre. Foto de Marco Nedeff.

Biobibliografia

SIMÕES LOPES COSTA, HILDA. *Do abandono à delinquência*. Ensaio. Shogun Arte. Rio de Janeiro. 1983.

_____. *Senhoras e senhoritas, gatas e gatinhas*. Ensaio. Editora da Universidade Federal de Pelotas. 1989.

_____. *A superfície das águas*. Romance. Instituto Estadual do Livro / Rio Grande do Sul. 1997.

_____. *Cuba, casa de boleros*. Crônicas. Ed. AGE. Porto Alegre. 2000.

_____. *Um silêncio azul*. Romance. Ed. AGE. Porto Alegre. 2001.

_____. *A anatomia de Amanda*. Romance. Editora Juruá. Curitiba, Paraná. 2001.

_____. *Manual de criação literária*. Editor Baraúna / São Paulo. 2009.

_____. *Expulsão*. Contos. Editora Confraria do Vento. Rio de Janeiro. 2013.

_____. *Tuiatã*. Romance. Editora Libretos. Porto Alegre. 2016.

_____. *A maçã da rainha má*. Ensaio. Literare Books. São Paulo. 2021.

Grafia atualizada segundo o Acordo Ortográfico da Língua Portuguesa de 1990, que entrou em vifgor no Brasil em 2009.

Coordenação editorial e design gráfico
Clô Barcellos

Capa
Foto de Otávio Teixeira. Renaissance. 2013
Fotos da autora e da contracapa de Marco Nedeff

Revisão
Beto Arreguy
com supervisão da autora

Dados Internacionais de Publicação na Catalogação
Daiane Schramm CRB-10/1881

L864m Lopes, Hilda Simões
Maya. / Hilda Simões Lopes. - Porto Alegre: Libretos, 2025.
312p.; 16x23cm
ISBN 978-85-5549-069-9
1. Literatura. 2. Conto. 3. Guerra farroupilha. 4. Escrava. 5. Vivandeira. I. Título.
CDD B869.3
CDU 82-92

Catálogo sistemático
Conto: CDD B869.3
Guerra farroupilha: CDD 981.65

Libretos
Rua Peri Machado, 222, bloco B, 707
Bairro Menino Deus, Porto Alegre / RS
Brasil
90130-130

libretos@libretos.com.br
www.libretos.com.br
@libretoseditora

MAYA

HILDA SIMÕES LOPES

Libretos

Livro composto em Palatino, com 312 páginas, impresso sobre papel Avena 80 gramas, pela gráfica Pallotti, em Santa Maria, Rio Grande do Sul. Abril de 2025.